Religion und Angst

Karola Elwert-Kretschmer, geb. 1946, Dr. phil., ist Mitarbeiterin an einem Forschungsprojekt der Humboldt Universität Berlin. Sie studierte Soziologie, Anthropologie und Politische Ökonomie. Ab 1972 Feldforschung im westafrikanischen Bénin.

Karola Elwert-Kretschmer

Religion und Angst

Soziologie der Voodoo-Kulte

Campus Verlag
Frankfurt/New York

Die Deutsche Bibliothek – CIP-Einheitsaufnahme

Elwert-Kretschmer, Karola:
Religion und Angst: Soziologie der Voodoo-Kulte / Karola Elwert-Kretschmer. – Frankfurt/Main; New York: Campus Verlag, 1997
ISBN 3-593-35848-4

Umschlaggestaltung: Atelier Warminski, Büdingen
Umschlagmotiv: Stich aus dem 17./18. Jh., Privatbesitz
Druck und Bindung: KM-Druck, Groß-Umstadt
Gedruckt auf säurefreiem und chlorfrei gebleichtem Papier.
Printed in Germany

Inhalt

Zur Schreibweise des Wortes *vodún*

Die Schreibweise »Voodoo« auf dem Buchtitel ist eine Konzession an das Erkennungsmoment des Lesers. In wissenschaftlichen Arbeiten hat sich schon vor langer Zeit die Schreibweise *vodún* durchgesetzt, wenn von den béninischen Besessenheitskulten die Rede ist. Sie wird auch von mir in diesem Buch verwendet, anders als auf dem Buchtitel. Sie basiert auf der phonetischen Transkription. Daneben finden sich in älteren Publikationen häufiger die Schreibweisen Vodoun, Vodu, Voudoun und gelegentlich Vaudou, wobei letztere für dic haitianischen Kulte reserviert ist. Die Schreibweise »Voodoo« wird vorwiegend von den Medien verwendet und ist eine Anspielung auf alles vermeintlich Exotische im Zusammenhang mit religiösen Kulten in West-Afrika und in der Afro-Karibik. »Voodoo« ist ein Synonym für Blut und Busen, Ritualmorde und Zombies. Diese Klischees haben nichts mit dem Alltag der *vodún*-Kulte zu tun. Einerseits zur Abgrenzung von solchen Stereotypen, aber vor allem in Folge der zunehmenden Verschriftlichung afrikanischer Sprachen wurde die endogene Schreibweise zur Konvention.

Transkription

Die Transkription erfolgt in der in Bénin eingeführten Variante des phonetischen Alphabets »Africa«.

Im *Ayizɔ-gbè* und *Fɔn-gbè* werden vier Tonhöhen unterschieden, die mit Akzentzeichen bezeichnet werden.

á: hoch	à: tief
a: Neutralton	àá: von tief nach hoch ansteigend

In der Aussprache werden unterschieden:

e: geschlossen	ɛ: offen
o: geschlossen	ɔ: offen
d: dental	ḍ: retroflex

Abweichungen vom Deutschen ergeben sich bei folgenden Konsonanten:

s: stimmlos

z: stimmhaftes »s«

c: wie »c« im ital. »ciao«

y: wie »j« in »jeder«

x: wie »ch« im Wort »Drache«

j: wie »j« im engl. »joke«

gb: labiovelarer Plosivlaut, g und b gleichzeitig gesprochen

kp: labiovelarer Plosivlaut, k und p gleichzeitig gesprochen

Die Nasalisierung wird durch ein an den Vokal angehängtes »n« gekennzeichnet.

Danksagung

Die Namen meiner Mitarbeiter, Interviewpartner und Gastgeber hätte ich gerne genannt, um ihnen in dieser, unserer Kultur üblichen Form, zu danken. Sie bleiben dennoch unerwähnt, denn man nennt keine Namen in der Welt der *vodún*-Kulte. Die Atmosphäre der Angst, die den Gegenstand der Forschung umgibt, erzwingt, daß ich Mitarbeiter und Informanten nur selten benennen kann.[1] Der Gesprächsbereitschaft, dem Engagement und der großzügig gewährten Gastfreundschaft dieser Béniner Frauen und Männer habe ich sehr viel zu verdanken. Viele anregende und hilfreiche Hinweise gaben mir Dirk Kohnert, Ulla Simshäuser, Thomas Bierschenk, Ayse Caglar und Heinrich Balz. Danken möchte ich auch meinem Mann Georg Elwert, der mir immer ein interessierter und anregender Gesprächspartner war, und meinem Sohn Felix für seine akribische Durchsicht des Manuskriptes. Mein besonderer Dank geht an Klaus Meschkat und Helmut Bley. Ohne ihre Anregung und kritische Begleitung wäre diese Arbeit nicht geschrieben worden.

1 Für spätere historische Untersuchungen wurde jedoch ein Exemplar mit Angaben zu Personen, Zeit und Ort archiviert.

1. Kapitel

Einleitung

1. Vorüberlegungen zu einer soziologischen Theorie der *vodún*-Kulte

»Wenn man nicht gehorchen will, braucht man keine *vodún*«, – so kommentiert ein Priester des *vodún Sakpata* 1973 die zunehmende kritische Distanz weiter Teile der Bevölkerung zu der, damals noch, im Süden Bénins dominierenden Religion, insbesonders die zunehmende Ablehnung der Initiation in die *vodún*-Kulte. Durch seine Ablehnung der Kritik fokussiert er unsere Aufmerksamkeit auf die hierarchischen Strukturen dieser Religion und auf das Verhältnis zwischen Gläubigen und religiösen Institutionen.

Diesem Spannungsverhältnis zwischen der Logik der Institution, die auf ihre Reproduktion ausgerichtet ist, und den Einstellungen, Bedürfnissen und Visionen der Individuen gilt das Interesse der vorliegenden Arbeit. Untersucht werden die *vodún*-Kulte als eine spezifische Institution der béninischen Gesellschaft sowie ihre wechselseitigen Beziehungen zu anderen Institutionen im Kontext sich wandelnder Einstellungen zur Religion. Die Analyse zeichnet die Sicht der Akteure nach.

Bis in die 80er Jahre galten die *vodún*-Kulte den meisten Forschern als aussterbendes Glaubenssystem (Westermann 1930; Verger 1954a; Adoukonou 1988). Allgemein dominierte in den religionssoziologischen und ethnologischen Arbeiten die evolutionistisch-mechanistische Vorstellung, daß die Integration der afrikanischen Gesellschaften in einen größeren sozialen Kontext (Horton 1971) und die Intensität des Kontaktes mit der westlichen Welt (van Binsbergen 1976) zum Verschwinden alter Glaubenssysteme führe. In diesem Zusammenhang entstanden zahlreiche Monographien über die *vodún*-Kulte, die, einer theologischen Fragestellung verpflichtet, religiöses Denken in einer systematisierten Kosmologie darstellten (Herskovits 1967; Falcon 1970). Dies vermittelte den Eindruck eines kohärenten Ganzen, und die Illusion, man verstünde das Funktionieren dieser Religion. Gestützt wird dieser Eindruck durch eine große Anzahl von Detailstudien zur Bedeutung der Namen der Initiierten (Saulnier 1973, 1974a,b), zur Durchführung von Opfern und Zeremonien (Verger 1957; Adoukonou 1988, 1989), zu Tänzen, Gebeten und Anrufungen (Verger 1951, 1957), monographisch zu einzelnen *vodún* (Gili 1976; Soglo 1986, Aguessy 1970), zur figürlichen Darstellung des Ahnenkultes (Freyer 1993) und über Ornamente auf Ritualvasen (Brand 1973).

Nachdem sich die Bénin-Forschung lange nicht für religiöse Innovationen in Folge von Kolonialismus, Kommodifizierung und sozialem Wandel interessiert hatte, wie dies für andere Länder der Fall war (vgl. Balandier 1955; Peel 1968a; van Binsbergen/Buijtenhuijs 1976), kam es in den 70er und 80er Jahren im Zuge eines allgemein erwachten Interesses für »traditionelle« Religionen (vgl. Ranger/Kimambo 1972; Werbner 1977 u.a.) zum Erstaunen darüber, daß die *vodún*-Kulte trotz zunehmender Islamisierung und Christianisierung nach wie vor eine große Attraktivität besaßen. Nun forschte man, überwiegend im nigerianischen Verbreitungsgebiet (hier werden die *vodún Orisha* genannt), aus der Perspektive des symbolisch-kulturalistischen Ansatzes (Geertz 1966) nach den Bedingungen ihrer Überlebensfähigkeit. In einer Monographie über *Ogun*, den *Orisha* der Schmiede, Jäger und Krieger (in Bénin *Gun* genannt), werden verschiedene Merkmale dieses Gottes untersucht, die an historische Fragestellungen, aber auch an bereits bekannte theologische anknüpfen (Barnes 1989). Im Zentrum dieser Studien steht die Frage nach den Formen der »Interaktion zwischen Menschen und Göttern« (Barnes 1989:2), wie sie sich in Opferritualen, Besessenheit und Legenden ausdrückt. Die zentrale Erklärung für die Popularität und Überlebensfähigkeit der westafrikanischen Götterwelt ist danach die »Bedeutung«, die die Menschen auf *Ogun*, als Teil eines göttlichen Kosmos verstanden, projizieren können (Barnes 1989:3ff). Seine gegensätzlichen Wesensmerkmale, Destruktion und Kreativität, sind dem menschlichen Erfahrungshorizont entlehnt. Sie machten ihn gleichzeitig vertraut und gefürchtet; deshalb würde ihm von den Gläubigen eine große Effizienz und somit Anziehungskraft zugeschrieben. Eine weitere Studie, ebenfalls aus der symbolistischen Schule stammend, unterstreicht die Anpassungsfähigkeit und Integrationskraft der Kulte: In einer Untersuchung über die Variation von Ritualen, Liedtexten, Opfergaben und Tanz-Choreographien wird die Fähigkeit, sich an immer neue Erfordernisse anzupassen, aufgezeigt (Drewal 1989a). Beide Studien geben an, das Individuum und seinen Umgang mit den Göttern ins Zentrum der Analyse zu stellen. Jedoch statt Symbole als Metaphern sozialer Beziehungen zu verstehen, reduzieren sie Religion auf »Bewußtsein«. Interaktion wird nicht als soziales Handeln analysiert, sondern vielmehr werden Riten und Kosmologie beschrieben. Dieser Ansatz geht nicht über eine »theologische« Auseinandersetzung hinaus. Brenner (1989) moniert diese Verwechslung von Theologie mit sozialem Handeln und klagt einen interaktionistischen Ansatz ein, der die Bedeutung der Götter für die Menschen hervorhebt, verläßt aber auch selbst den Rahmen der Debatte nicht.

Im Zusammenhang des in den 90er Jahren stattfindenden Revivals kulturalistischer Denkmodelle (Surgy 1994; Palau Marti 1993; Présence Africaine 1993) untersuchen Tall (1995a) und Sulikowski (1993a) die Überlebensfähigkeit der *vodún,* die sich in einer unübersehbaren Flut von neugegründeten Kulten und Sekten behaupten. Sie betonen die undogmatische Religiosität der Gläubigen, die zwar konvertieren, aber weiter an die Wirkkraft der *vodún* glauben und ihnen opfern. Dieses undogmatische Verhalten, als Flexibilität und Anpassungsfähigkeit interpretiert, wird im Umkehrschluß auch den *vodún*-Kulten unterstellt. Des weiteren werden die neuen Sekten, insbesondere Christianisme Céleste[1], auf ihre Ähnlichkeit mit den *vodún*-Kulten untersucht, da diese, so die Annahme, entscheidend für den Entschluß zur Konversion sei (Tall 1995a). Basierend auf solchen Überlegungen wird nicht nur die Persistenz der *vodún* festgestellt, sondern sogar ihre Expansion behauptet (Barnes 1989:1ff). Durch diese Studien wird nicht zuletzt die explizite – gegen den *vodún* gerichtete – Motivation der Konvertiten weggeschoben. Eine aktive Auseinandersetzung mit der Kritik an den *vodún*-Kulten sowie mit Konversionen wird explizit ablehnt, indem das Verschwinden einzelner lokaler Kulte lediglich als topografische und zeitliche Verschiebung interpretiert wird. Es gebe nach wie vor ein zeitloses Religionskonzept, das nicht mit sozialen Manifestationen verwechselt werden solle (Sulikowski 1993a:200f).

Einige Merkmale der *vodún*-Ethnographien erfordern unsere Aufmerksamkeit: Es dominieren detaillierte Beschreibungen des theologischen Systems, insbesondere der Kosmologie; Interpretationsversuche fehlen durchgängig. Es entsteht der Eindruck, als seien die *vodún*-Kulte ein Glaubens-

---

1 Samuel Joseph Oschofa, ein Yoruba aus Porto Novo, gründete nach einem visionären Erlebnis 1947 diese Religionsgemeinschaft. Sie versteht sich als protestantische Kirche; ihre zentralen Elemente sind die Bibel, die Taufe, Geistheilungen und Prophetie (Guéry 1973).

system, dessen Theologie nicht nur allgemein akzeptiert werde, sondern, indem es soziale Kohäsion herstelle, für alle Mitglieder der Gesellschaft die gleiche (positive) Bedeutung habe. Diese Sicht spiegelt einen methodischen Fehler. Denn ein theologisches Gebäude läßt keine Rückschlüsse auf die Praxis der Religion zu und sagt nichts über die Interaktion der Gläubigen mit ihren Institutionen. Die Konzentration auf die Beschreibung göttlicher Eigenschaften und tranzendentalen Eingriffe der Götter in die Welt der Menschen, suggeriert eine rein rituelle Bewältigung und unterschlägt die Konstitution von sozialen Institutionen. Die Vermittlung von göttlichem Willen durch die institutionalisierte *soziale* Kontrolle der Religionsinstitutionen fehlt in der Literatur durchgängig. D.h., es werden weder die normgebenden Institutionen untersucht, noch wie die soziale Praxis gegenüber diesen Normen aussieht. Zudem verhindert die Annahme von der Traditionalität der *vodún*-Kulte eine theoretische Auseinandersetzung, die insbesondere Besessenheitskulte und Konversion in einen Zusammenhang mit Eroberung, Modernisierung und Marginalisierung brächte. Die Konzentration auf theologische und symbolistische Denkmodelle macht die Akteure unsichtbar; ihr Umgang mit dieser Religion wird nicht plausibel; Strategien werden nicht erkennbar. Dies engt das Verständnis der Überlebensfähigkeit der *vodún*-Kulte wie der Konversion zu anderen Religionen ein.

Die vorliegende Arbeit will die Einseitigkeiten und Beschränkungen der bisherigen, durch theologische Fragestellungen geprägten Analysen überwinden. Die Verengung auf theologische Konzepte versperrt die Sicht auf die Akteure und auf die Institutionalisierung der *vodún*-Kulte, die sich jenseits der Theologie ausgebildet hat. Die *vodún*-Kulte üben, wie alle Institutionen, eine Mehrfachfunktion aus: die der eigenen Reproduktion, die der Aufrechterhaltung der gesellschaftlichen Ordnung und die der Bedürfnisbefriedigung der Individuen. Die notwendigerweise daraus entstehenden Widersprüche und Interessengegensätze lenken die Aufmerksamkeit auf die innere Verfaßtheit der Institution *vodún*: auf Hierarchien, auf Rollendifferenzierungen, auf Elitebildung und auf Konflikte und rücken die Verflechtung mit anderen Institutionen wie Wirtschaft, Recht und Familie sowie die Frage nach der Kompromißfähigkeit der Institutionen in den Blick. Die Frage nach der Überlebensfähigkeit dieser Religion wird über kognitive und theologische Fragestellungen hinaus als Machtfrage formuliert. Der sozioökonomische Wandel hat nicht nur die sozialen Bedingungen des Überlebens transformiert, in deren Folge verschiedene neue Kulte und Sekten entstanden sind, sondern auch die Einstellung zu den *vodún*-Kulten. Dies drückt sich in vielfältigen Konflikten und Strategien der Akteure aus, die in dieser Arbeit thematisiert werden und die darauf hinweisen, daß es keine einheitliche interne Bewertung der *vodún*-Kulte gibt.

Die bisherige Reduktion der *vodún*-Kulte auf historisch übermittelte Muster von Bedeutungen macht es unverständlich, warum die Kulte immer wieder Ziel staatlicher Interventionen wurden und sind. Kapitel zwei stellt deshalb die *vodún*-Kulte, eingebettet in die Makrogeschichte und in makrosoziologische Strukturen, als politische Institution dar, die als ein Machtpol auf lokaler Ebene in ihrer Geschichte sowohl bekämpft als auch umworben wurden. Außerdem werden aus der Mikroperspektive der Akteure die Handelnden mit ihrer kritischen Auseinandersetzung in den Vordergrund der Analyse gestellt. Dies steckt die Probleme ab, die die Akteure mit den *vodún*-Kulten in einer sich wandelnden Gesellschaft haben.

Kapitel drei untersucht die soziale Organisation der Institution *vodún*. Es steht die religiöse Funktion im Vordergrund, und es werden die verschiedenen Akteure, Hierarchien und die Praxis der Initiation als tragende Elemente der Institution identifiziert. Die Analyse der Initiation legt ein Paradoxon offen, das auf die Institution *vodún* eine destabilisierende Wirkung ausübt.

Kapitel vier untersucht die bisher nur als transzendentale Strafe wahrgenommene Funktion der sozialen Kontrolle durch die *vodún*-Kulte. Die Übernahme neuer Kulte vor Ort wird als Anpassungs- und Selektionsleistung des Glaubenssystems interpretiert, sowie im Zusammenhang der sozialer Kontrolle und der Suche ihrer Legitimierung analysiert. Der Darstellung des *vodún* als normgebende Institution wird der Umgang mit den Normen gegenübergestellt.

Kapitel fünf konzentriert sich auf die Frage, ob die *vodún*-Kulte mit ihrem offensichtlichen Übergewicht von Frauen als Frauenkult bezeichnet werden können, die es diesen ermöglichen, gesellschaftliche Marginalisierung zu kompensieren, wie dies für andere Kulte in der frauenzentrierten Religionsethnologie beschrieben wurde.

Kapitel sechs konzentriert sich auf die Verflechtung religiöser Abgaben mit der allgemeinen Wirtschaftsentwicklung. Kosten für religiöse Zeremonien wurden bisher nicht als Wirtschaftsfaktor wahrgenommen, sondern lediglich als Mittel, gesellschaftliches Prestige zu erlangen. Hier hingegen soll der Blick auf ökonomische Differenzierung gelenkt werden.

Die innere Kohärenz der *vodún*-Kulte, ihre Stabilität wie Überlebensfähigkeit, erklärt sich nicht alleine aus den metaphysischen Erörterungen der Wirkkraft der *vodún*, ebensowenig wie aus symbolischen Bedeutungen. Die Institution *vodún* besitzt ein elaboriertes Instrumentarium, das auf die Erhaltung und Reproduktion der Kulte gerichtet ist und gleichzeitig Machtverhältnisse etabliert. Aus dieser Perspektive werden in Kapitel sieben die Trance, das Geheimnis und die Vergiftungsdrohung als Mittel der Macht auf ihren Beitrag zur Stabilisierung des Glaubenssystems hin untersucht. Zahlreiche Konversionen und eine kritische Perzeption der Gläubigen legen die Frage nahe, inwieweit sich die Mittel der Stabilität, unter den Bedingungen des sozialen Wandels, in Mittel der Destabilisierung verwandelt haben.

2. Kurze Darstellung des Glaubenssystems *vodún*

Vodún ist bis in die 70er Jahre dieses Jahrhunderts das dominierende Glaubenssystem der im Süden Bénins (vormals Dahomey) lebenden *Aja, Ewe, Fɔn, Maxi, Ayizɔ* und *Yoruba*.[2] Das religiöse Feld war jedoch bereits durch zahlreiche Konversionen gekennzeichnet. Heute entfallen auf die *vodún*-Gläubigen noch 28%, auf die traditionellen Religionen des Nordens 7%, auf Muslime 21%, auf Katholiken 26% und auf Protestanten und Sekten 11% (Barbier 1997:3), darunter sind Christianisme Céleste, Pfingstkirche, Rosenkreuzer, Assemblées de Dieu und Zeugen Jehovas.

Der Begriff *vodún* entzieht sich einer sinnvollen etymologischen Interpretation und wird im Sinn polytheistischer Gottheiten gebraucht (Segurola 1968).[3]

2 *Vodún* ist ebenfalls unter den Küstenethnien von West-Nigeria bis Ost-Ghana unter verschiedenen Namen verbreitet: *Orisha* in Nigeria, *Yehwe* und *vodún* in Togo und *Tron* in Ghana und besitzt trotz regionaler Differenzierung viele gemeinsame Basiselemente.

3 *Vodún* wird als generischer Begriff bereits in der Doctrina Christiana (Madrid 1658), einem von spanischen Missionaren auf *Allada-gbè* verfaßten Katechismus, erwähnt und dort dem christlichen Begriff »Gott« gleichgesetzt (Yai 1993:253; Law 1991:105). Vodún wird im Singular und im Plural gebraucht, mit den Bedeutungen Religion, Kult, Gottheit.

Über die frühe Geschichte der *vodún*-Kulte wissen wir wenig, und über ihren Ursprung werden wir wahrscheinlich nie etwas erfahren.[4]

Heute kennt man hunderte von verschiedenen *vodún*, wobei lokal immer nur eine kleine Auswahl davon verehrt wird. Zu den am weitesten verbreiteten gehören der *vodún Sakpata*, mit dem die Pockenerkrankung assoziiert wird, *Heviosò*, der *vodún* des Blitzes und des Donners, *Gun*, der *vodún* der Schmiede und der Krieger, und *Dangbe*, der mit einem »Schlangenkult« verehrt wird. Unter den lokal begrenzt verehrten *vodún* finden sich u.a. *Ava*, der *vodún* des mythischen Gründers meines Hauptforschungsortes Ayou, sowie die *vodún Agboe, Lisa, Loko* oder *Avizɛ*.[5] Die den *vodún* zugeschriebenen Aufgaben sind auf innerweltliche Probleme gerichtet: *Ava* ist zuständig für eheliche Treue und Fruchtbarkeit und sanktioniert anomisches Verhalten wie Ehestreit; *Sakpata* ist zuständig für Gerechtigkeit und Bodenfruchtbarkeit und *Heviosò* schützt Eigentum und bestraft Diebe.

In der oralen Tradition wird die Existenz der Schöpfergöttin *Mawu* erwähnt, die jedoch, außer in der alten Königshauptstadt Abomey, nicht mit einem eigenen Kult verehrt wird.[6]

---

4 Für die Zeit vor 1700 besitzen wir nur fragmentarische Informationen zum an der Sklavenküste vorherrschenden Religionssystem. Die frühen europäischen Beobachter, Sklavenhändler, Seeleute oder Gouverneure der verschiedenen Handelsniederlassungen kommentierten, wie nicht anders zu erwarten, die sichtbaren Bestandteile der Religion, wie Opferzeremonien oder öffentliche Prozessionen, mit Unverständnis und Vorurteilen. Die von ihnen, meist nur kurz, erwähnten Versatzstücke religiöser Übung lassen jedoch ein Religionssystem vermuten, wie wir es auch heute kennen. Sie erwähnen »Fetische«, falsche Götter oder Idole, von Bosman »Bossum« (*vodún*) genannt (zitiert nach Verger 1957:45), einen Baumfetisch (*Loko* vermutlich), Opferzeremonien, die am Meer stattfinden (wahrscheinlich für *Hun* den Meeres-*vodún)*, und beschreiben Prozessionen, denen der »fetisero«, gefolgt von »seinen Frauen« (*vodúnsì*), vorsteht (Pieter de Marees 1605, zitiert nach Verger 1957:36); Erwähnung findet auch die Opferung von Tieren, Wein und Nahrungsmitteln und die Bezahlung des »feticheers« in Gold (ebenda).

5 Es wurden verschiedene Versuche unternommen, diese Göttervielfalt zu systematisieren, indem man von der Idee des antiken Pantheon beeinflußt, familienähnliche Strukturen unterlegte (u.a. Le Herissé 1911; Herskovits 1967). Neuere Forschungen zeigen jedoch (Yai 1993; Brenner 1989), daß es sich bei diesen Systematisierungen um Forschungsartefakte handelt, die eine allgemeingültige Theologie suggerieren. Vielmehr findet sich eine lokal begrenzte Götterwelt vor, wie einige Pioniere schon früher betont haben (Verger 1954, 1957; Maupoil 1961).

6 König *Tegbesu* (1740-1774) führte die Verehrung des *vodún Mawu* in Abomey ein (Herskovits 1967 II:103). Verschiedene Autoren sehen in der Existenz einer Schöpfergöttin den Beleg erbracht, daß die *vodún*-Kulte eine monotheistische Religion seien (Idowu 1962; Adoukonoun 1988); dem wird in neueren Forschungen überzeugend widersprochen (Yai 1993).

Wir haben es im *vodún* mit einem heterogenen Religionsfeld zu tun, das sich durch die Inkorporierung außerdörflicher *vodún*-Kulte auszeichnet, indem zu den auf eine Verwandtschaftsgruppe beschränkten *akɔ*- und *hɛnnu-vodún*[7] vereinzelt *vodún* aus angrenzenden Regionen oder Ländern hinzugefügt und gleichberechtigt verehrt werden. Sie werden in der lokalen Terminologie als importierte oder »gekaufte«[8] Kulte von autochthonen unterschieden.

Welchen *vodún* man verehrt, hängt von verschiedenen Faktoren ab, wie familiären Konventionen, Heiratstrategien und Effizienzanforderungen an die *vodún*. Auch wenn es familiäre und dörfliche Traditionen der Verehrung bestimmter *vodún* gibt, so ist es dennoch für die Individuen nicht von großer Wichtigkeit, welchen *vodún* sie verehren, denn alle haben die gleiche Funktion: Sie sollen Schutz bieten sowie Glück und Reichtum gewährleisten. In Umkehrung erlaubt der Glaube eine Interpretation von Unglück, Krankheit und Tod.

Die *vodún* können in vielen Formen dargestellt werden: Erdhügel mit stilisierten Eisenäxten für den *vodún Heviosò*; Kleineisenteile (auch von Autos oder Fahrrädern) für den *vodún Gun*; Erdhügel mit Holzpenissen für den *vodún Lɛgba*; kleine Zeremonialhütten mit stilisierten Schlangen für den *vodún Dan*; anthropomorphe Holz- oder Zementfiguren vor Gehöften, am Dorfeingang, Kreuzungen oder Feldwegen. Nicht zuletzt werden auch für Zeremonien dienende Hütten für *Zangbetɔ* im Wald errichtet, die die Präsenz des *vodún* markieren. Bei den Priestern (*vodúnnɔ*)[9] und Initiierten (*vodúnsì*)[10] befinden sich Opferstätten, an denen in 4-tägigen Intervallen – am Feiertag des jeweiligen *vodún* – von den *vodúnsì* Nahrungs- und/oder Blutopfer

---

7 *akɔ* ist die patrilineare Deszendenzgruppe, die sich von einem gemeinsamen Vorfahren ableitet. *Hɛnnu* ist die patrilineare Verwandtschaftslinie.

8 »Kauf« (*e ɖa vodún*) ist eine übliche Metapher für die Inkorporierung eines *vodún* (im Kontrast zu vererbten und offenbarten *vodún*). Für diesen »Ankauf« spenden die Dorfbewohner manchmal Geld. Die Beschreibung eines solchen »Kaufes« findet sich in Anhang 2.

9 *vodúnnɔ* = Besitzer oder Wächter des jeweiligen *vodún*, in der französischsprachigen Literatur mit féticheur übersetzt. Das Suffix *nɔ* zeigt Rechte an, die wir mit Besitz übersetzen können.

10 *vodúnsì* = Frau des vodún, werden Frauen und Männer genannt, die eine Initiation durchlaufen haben. Die Bezeichnungen Adepten und Initiierte werden im Text als Synomyme für vodúnsì gebraucht.

Abbildung 1: Der *vodún Lɛgba* wird durch Erdhügel mit erigiertem Phallus dargestellt. Er ist der *vodún* der Unbeständigkeit und Unzuverlässigkeit. Er ist am Eingang von Gehöften zu finden. (*Foto*: Karola Elwert-Kretschmer, Abomey, 1973)

gebracht werden.[11] Einmal jährlich wird *xwètanu*[12], eine mehrtägige Zeremonie mit Opfern, Gesängen und Tänzen, für die *vodún* durchgeführt.

Die *vodún* wirken an bestimmten Orten: *Sakpata*, der Pocken-*vodún*, auf der Erde, *Hun*, der Meeres-*vodún*, im Meer, *Heviosò*, der Donner-*vodún*, im Himmel. Als Beweis für die Existenz der *vodún* gibt der Süd-Béniner das Wirken der Naturgewalten und Krankheiten an (vgl. Hazoumé 1937:156): Gewitter oder Regenbogen, Lebenskrisen, den plötzlichen Tod noch nicht hinfälliger Menschen oder Kinderlosigkeit, aber auch Glück und Reichtum. Nur ein Leben unter Beachtung der Tabus und zyklisch wiederholte Opfer

11 Zur Beschreibung und Funktion des Opfers siehe Awolalu 1972. Zu Liedtexten, Gebeten und Anrufungen siehe Verger 1951 und 1954.

12 *xwetánu* ist die jährliche Zeremonie für *hun* oder *vodún*, auch *hungbɛ* oder *hunxwɛ* (Glück für *hun*) genannt. Sie dauert 16 bis 30 Tage. Die Zeremonien für die *vodún Ava, Sakpata, Xebiosò* und *Lisa* finden zwischen Mitte Juni und Ende August statt, die für die *vodún Dan* und *Tɔxɔsu* zwischen November und Januar.

sowie Initiationen garantieren die relativ störungsfreie Interaktion zwischen den *vodún* und den Menschen.

Zur Perpetuierung und Reproduktion der Kulte ist nicht nur das regelmäßige Opfer notwendig, sondern vor allem die Initiation, die im fünf- bis siebenjährigen Rhythmus durchgeführt wird und in der Regel, je nach *vodún*, zwei bis drei Jahre dauert. Sie wird unter der Leitung des Priesters von erfahrenen Initiierten durchgeführt. Während der Initiation, die an einem separaten Ort, dem *hunkpámɛ*[13], stattfindet, werden die *vodúnsì* in der Geheimsprache, den Tänzen, Gebeten und Anrufungen unterrichtet, die für die Verehrung der *vodún* notwendig sind, und sie erhalten die für ihren *vodún* typischen Schmucknarben und Namen. Zentral ist dabei das Erlernen der Trance, deren Auftreten bei Zeremonien die Präsenz der *vodún* anzeigt, den Gottesbeweis erbringt. Die Initiation ist teuer. Sie kostet ein durchschnittliches bäuerliches Jahreseinkommen. Neben den »greifbaren« Institutionen gibt es noch das »Geheimnis«, das als virtuelle Institution hinzukommt und alle anderen religiösen Elemente verklammert (vgl. Kap. 7). Die Kulte sind intern hierarchisch organisiert. Es gibt die Priester (*vodúnnɔ*), deren Position in der Regel in der Patrilinie erblich ist, und die *vodúnsì*, die Initiierten. Die Hierarchie ist undurchlässig, es gibt keinen Aufstieg von der Position der *vodúnsì* zur Position des Priesters.

Der *vodún*-Glauben ermöglicht die Interpretation der Welt. Dafür ist die Einhaltung der Regeln und Tabus notwendig. Als personifizierte Naturkräfte greifen die *vodún* strafend, warnend oder belohnend in die Welt der Menschen ein. Sie beeinflussen, unterstützen oder stören die menschlichen Bemühungen um Überleben, Produktion und Reproduktion. Krankheit, Naturkatastrophen oder Kinderlosigkeit sind ständige Mittel der *vodún*, die Menschen auf ihre Pflichtverletzungen, Vergehen und Vernachlässigungen gegen die *vodún* aufmerksam zu machen. Abwendung von Unheil und Heilung von Krankheit lassen sich nur mittels Zeremonien, Opfern, Strafen für Tabuverletzungen und Initiationen erreichen.

Aus individueller Sicht sind die *vodún* nie zu befriedigen. Gekennzeichnet ist dieses religiöse System durch ein latent schlechtes Gewissen der Menschen, das auf alles Mißgeschick, Unglück aber auch Erfolg projiziert werden

13 *hunkpamɛ* = Innerhalb der Umzäunung des *vodún*. Die im lokalen Französisch gebräuchliche Übersetzung mit *couvent* (Kloster) wird, der besseren Lesbarkeit halber, für diese Arbeit übernommen.

kann. Sind Verfehlungen nicht rituell sanktioniert worden, was je nach Delikt eine empfindliche Geldstrafe impliziert, wird eine transzendentale Sanktionen erfolgen, wie Krankheit, Siechtum oder Tod. Die Menschen hinken mit ihren Bitten, Forderungen und Versöhnungen immer den Anforderungen der Götter hinterher. Das schlechte Gewissen, die nie genau bekannten Reziprozitätserwartungen der *vodún* nicht erfüllt zu haben, lassen jedes Mißgeschick als übernatürliche Sanktion erscheinen und wirken als positive Rückkopplung in diesem System. Relevant für die Erklärung von Krankheit oder auch individueller Unangepaßtheit ist *sɛ*, das Schicksal, das bei der Geburt jedem Individuum eingeschrieben wird.[14] Ein großer Teil der Bindungsfähigkeit und psychosozialen Anziehung ist somit im Glaubenssystem begründet; das Individuum kann alles erklären, und jede ausgebliebene Gratifikation wird auf das Individuum zurückgeworfen, das versäumt hat, bisher unerkannte Verfehlungen zu reinigen.

Die *vodún* wirken aber nicht nur transzendental (indem sie eine Krankheit schicken), wie in der Literatur suggeriert wird. Es haben sich zudem Institutionen herausgebildet, deren Vertreter als institutionalisierte Rechtsinstanz in das dörfliche politische System sozialer Kontrolle eingebettet sind. Sie konkurrieren mit anderen Rechtsinstitutionen auf lokaler Ebene, wie den Alten und den staatlichen Rechtsinstanzen, und sind, weit über die religiöse Funktion hinaus, Pfeiler der zivilen Gesellschaft (vgl. Kap. 4).

Ein Scharnier zwischen dem Willen der *vodún* und dem Handeln der Menschen bildet das *Fá*, ein Orakel, das mittels acht halbierter Kernschalen die Zukunft vorhersagt. Es wurde zu Beginn des 18. Jahrhundert aus dem Yorubagebiet, dem heutigen Nigeria importiert[15]. Die dreifache Funktion des *Fá*, religiös, sozial und politisch (vgl. Maupoil 1961:XI), spiegelt sich in den Gründen für seine Konsultation: vor wichtigen Entscheidungen oder Unternehmungen wird die Zukunft befragt. Ebenso ist es möglich, mittels des *Fá* herauszufinden, welcher *vodún* mißachtet wurde und eine Kompensation verlangt. Ebenso wird das Strafmaß bei Vergehen mit dem *Fá* festgelegt. Der Interpret des *Fá* ist der *bokɔnɔ*.

---

14 Nach Montilus (1972:15ff) bilden *sɛ, joto* und *yɛ* die individuellen Persönlichkeitsmerkmale eines Menschen (vgl. Maupoil 1961 (1936):378). Herskovits übersetzte mißverständlich *sɛ* mit Seele (1967 I:233).

15 Seit der Einführung des *Fá*-Orakels haben die autochthonen Orakeltechniken an Bedeutung verloren. Neben dem *Fá* ist heute nur noch das Wasserlesen bekannt. Zur Geschichte und Technik des *Fá* in Dahomey vgl. Maupoil 1961.

Abbildung 2: Anläßlich einer Reise findet ein Opfer für den Familien*vodún* der Familie *Wensu* statt. (*Foto*: Georg Elwert, Azohé-Aliho, 1972)

Die *vodún*-Kulte beruhen auf drei Komponenten: Dem allgemeinen Glaubenssystem, der Reproduktion durch die Initiation und den Institutionen der sozialen Kontrolle. Der Glauben an das Wirken der *vodún* ist weit verbreitet, auch unter Christen und Muslimen. Es ist keine Differenzierung nach Schichtzugehörigkeit zu erkennen. Die Initiation vermittelt in einer langer Ausbildung nur einem Teil der Bevölkerung Wissen und Geheimnisse . Der sozialen Kontrolle durch die *vodún*-Institutionen ist auch die nicht-initiierte Bevölkerung unterworfen, stärker aber noch die *vodúnsì*.

Als ein wichtiges definitorisches Merkmal wird die Flexibilität der Kulte hervorgehoben. Neben nur regional vorkommenden *vodún* finden sich jeweils *vodún*, die fremden Ursprungs sind. Diese Geschichte der Diffusion der *vodún*-Kulte reflektiert Wanderungsströme, kriegerische Eroberung und Staatsbildungsprozesse. Weniger dokumentiert ist ihre Verbreitung im Zusammenhang sozialer Konflikte und ihrer Kontrolle (vgl. Kap. 4).

Am Beispiel der Verbreitung von *Gun*, dem *vodún* der Schmiede und Krieger, werden vorkoloniale Wanderungsgewohnheiten von Schmieden oder Religionsspezialisten sichtbar (Barnes/Ben-Amos 1989), die diesen Kult von seinem Ursprungsgebiet in Nigeria in Westafrika verbreitet haben. Unter König *Akaba* (1680-1708) wird der Kult der *Toxɔsu* für die verkrüppelt geborenen Kinder eingeführt (Parrinder 1954:119), der vermutlich unter König *Agaja* um den *Nesuxwe*-Kult erweitert und auf die verkrüppelt geborenen Königskinder beschränkt wird (Burton 1893, I:204).

Neben dem *vodún Dangbe,* er kam mit den Ouidah-Flüchtlingen zum Ahémé-See, 20 km nordwestlich von Ouidah (Norris 1789), ist auch die Einführung des *vodún Sakpata* gut dokumentiert (Le Hérisé 1911). Letzteren führte *Agaja* (1708 - 1740) nach einer Pockenepidemie, als deren Verursacher man *Sakpata* sah, in Abomey ein. *Sakpata* wird wegen seiner todbringenden Waffe, den Pocken, als »König der Erde« bezeichnet, und seine Priester wurden von den Königen als Konkurrenten betrachtet. Unter König *Adandozan* (1797 - 1818) wird die Verehrung des *vodún Sakpata* in Abomey verboten, wohl auch wegen der Verstrickung seiner Priester in Komplotte.

Der Nachfolger *Agajas*, *Tegbesu* (1740 - 1774), setzt die integrative Religionspolitik fort. Er führte die *vodún Heviosò*, aus Hévié kommend, einem Ort zwischen Allada und Ouidah, ein sowie *Hu*, den *vodún* der *Hula* (Law 1991a:333).

Auch als Sklaven geraubten Priestern erlaubte man, ihre Kulte zu etablieren (Barnes/ Ben-Amos 1989) – sicherlich mit einem zweifachen Motiv: zum einen, um die Götter nicht zu provozieren und zum anderen als Teil einer Integrationspolitik.

Neben politisch-taktischen Erwägungen ist die Verbreitung neuer Kulte mit Heiratsallianzen der *Fɔn*-Herrscher verknüpft. Die für die *Fɔn*-Könige geltende Regel der exogamen Heirat erzwang die Suche nach einer Ehefrau außerhalb der eigenen Dynastie; und weibliche Kriegsgefangene wurden nicht nur von Häuptlingen und einfachen Bauern, sondern auch von Königen geheiratet (Blier o.J.:23f). So brachte König *Tegbesus* Mutter den Kult *Mawu-Lisa* aus Aja, dem heutigen Südwest-Bénin bzw. Südost-Togo, mit (Herskovits 1967 II:103). Auch die Mütter der Könige *Kpengla* (eine *Aja*), *Agonglo* (eine *Yoruba*), *Gezo* (eine *Fɔn*) und *Gbehanzin* (aus Abomey-Calavi) durften jeweils ihre *vodún*, die ihnen und der gesamten königlichen Familie Schutz und Gesundheit gewährleisteten, installieren und verehren (Glélé 1974:101).

Das Divinationssystem *Fá* soll unter König *Agaja* nach 1730 in Abomey eingeführt worden sein (Maupoil 1961:50), um die örtlichen Divinationstechniken zu diskreditieren, deren Spezialisten im Verdacht standen, gegen die Eroberer zu agitieren.[16]

Neben den *vodún* finden sich noch weitere reale und imaginäre Institutionen, die von einem Teil der Akteure – aber nicht allen – als Religion (*núsisɛ̀*) bezeichnet werden: Die Ahnenverehrung, Geheimbünde, Heiler (*amàtɔ*) und die Hexerei (*àzé*)[17], welche man sich als Geheimbund vorstellt. Während bei vielen *vodún,* wie oben ausgeführt, ihre Einführung oder Schaffung in den letzten drei Jahrhunderten belegt ist, kann für Ahnenverehrung und Heiler ein autochthoner Ursprung unterstellt werden. Die Verbreitung der Geheimbünde (von manchen auch als *vodún* verstanden) und der Hexereivorstellung in diesem Gebiet ist erst seit der Kolonialzeit belegt und scheint ein relativ rezentes Phänomen zu sein.

3. Feldforschung und Methoden

Forschungsorte

Dieser Studie liegen insgesamt 16 Monate Feldforschung[18] zugrunde, die ich seit 1972 in Bénin (vormals Dahomey) in verschiedenen Dörfern der Distrikte Allada und Tori Bosito durchführte. Davon verbrachte ich zur allgemeinen Orientierung 1972 zwei Monate in Allada und Azohé-Aliho, um dann 1973/74 sechs Monate in Allada, Ayou und Tori-Gare, 1977/78 sechs Monate in Ayou und Tori-Gare und je einen Monat in den Jahren 1986 und 1991 in Ayou und Tori-Gare zu forschen. Die beiden Hauptorte der Untersuchung, Ayou und Tori-Gare, liegen, wie die anderen Untersuchungsorte, fünfzig bis siebzig Kilometer von der de-facto-Hauptstadt Cotonou und der Atlantikküste entfernt.

Bewohnt werden die Dörfer von den ethnischen Gruppen der *Ayizɔ, Tori* und *Fɔn*, wobei die *Tori* von manchen auch zur Gruppe der *Ayizɔ* gezählt werden. Linguistisch gehören sie der *Gbè*-Gruppe der im Süden verbreiteten

---

16 *Agaja* hat das *Fá*-Orakel möglicherweise in Allada kennengelernt, wohin er 1730 als Teil einer Integrationspolitik umgezogen war. Das *Fá*-Orakel wurde bereits im 17. Jahrhundert in Allada praktiziert (Weickmann 1659, zitiert nach Law 1987:34).

17 Hexerei als eigener Bereich wird in dieser Arbeit nicht behandelt, siehe hierzu Houngan 1983 und die dort angegebene Literatur.

18 Zu methodologischen Erwägungen zur Generierung von Daten in diesem spezifischen Umfeld siehe Anhang 1.

Kwa-Sprachen an.[19] Die Ethnien sind nach patrilinearer Verwandtschaft strukturiert. Kulturelle Differenzen zwischen den verschiedenen im Süden ansässigen Ethnien, dazu gehören auch die *Gun, Aja, Gɛn* und *Yoruba*, sind minimal, wobei bei den *Ayizɔ* die interne Hierarchisierung weniger ausgeprägt zu sein scheint als bei den *Fɔn*. Die Forschungsdörfer gehörten ab Anfang des 18. Jahrhunderts zu der Region im südlichen Bénin, die dem sklavenhandelnden Reich Dahomey unterworfen war.

Das bäuerliche Wirtschaften ist hier durch eine Kombination verschiedener Produktionsformen gekennzeichnet. Dies sind vor allem exportorientierte Warenproduktion (Palmöl, Kaffee) und Produktion für den Eigenbedarf und den regionalen Markt (Mais, Maniok etc.). Die dominierende Agrartechnologie ist der Hack-Schwendbau. Das heißt, es wird nicht gepflügt und der wichtigste Arbeitsinput ist das Abschlagen des nach der Ernte oder Brache kräftig hochschießenden Buschwerkes. Die alltäglichen Ausgaben betreffen Kleidung und Nahrung. Die »großen« außeralltäglichen Ausgaben sind Brautpreis (von den Männern an die Frauen und ihre Familien), Begräbnisrituale, Krankheitsbehandlung und nicht zuletzt *vodún*-Zeremonien.

Die lokale politische Organisation ist heute durch konkurrierende Machtzentren gekennzeichnet. Die staatliche Macht, häufig lokal nur durch einen gewählten Bürgermeister oder *délégué* vertreten, der informelle Altenrat (*mɛxólɛ*) mit seiner schwindenden Macht und die Priester der *vodún*-Kulte sind die hauptsächlichen Akteure in der politischen Arena.

Ayou ist mit seiner wirtschaftlichen Struktur ein typisches Dorf seiner Region. Fünf Kilometer von der Distrikthauptstadt Allada entfernt wirtschaften die Kleinbauern zwar hauptsächlich auf ihrem eigenen Land. Jedoch sind die Produktionsbedingungen durch zunehmende Landknappheit, d.h. Verkürzung der die Fruchtbarkeit erhaltenden Brachezeit und dadurch Verschlechterung der Bodenqualität, zunehmende Migration in die Städte zur Lohnarbeit und unübersehbare (wenn auch noch geringe) sozioökonomische Differenzierung gekennzeichnet.[20] Aus der Sicht der Einwohner von Tori-Gare ist Ayou der »tiefste Busch« und zeichnet sich vor allem durch eine

---

19 30% der Gesamtbevölkerung sprechen *Fɔn-gbè* (*gbè* bedeutet Sprache) und etwa 5% sprechen *Ayizɔ-* und *Tori-gbè* (Höftmann 1993:15). *Ayizɔ-* und *Tori-gbè* sind Dialektvarianten des im Süden dominierenden *Fon-gbè*.

20 Zur sozioökonomischen und politischen Analyse von Ayou vgl. Elwert 1983 und die dort angegebene Literatur, ebenso wie Greuter 1984.

Abbildung 3: Ayou. Rechts ein überdachter Schrein für die Ahnen der Verwandtschaftslinie. (*Foto*: Georg Elwert, Ayou, 1973)

Mängelbeschreibung aus: fünf Kilometer von der Eisenbahnlinie Cotonou - Parakou entfernt hat Ayou weder einen Markt noch einen Bahnhof, keine Taxis (erst seit 1989 fahren gelegentlich Motorradtaxis ihre Kunden in die Nachbarorte) und keine nennenswerten Handwerker. Erst seit 1995 hat der Ort eine stundenweise betriebene Poststation.

Die »kosmopolitische« Arroganz der Bewohner von Tori-Gare gründet in der Sonderstellung, die der Ort mit Beginn des kolonialen Warenhandels gewann.[21] Die ersten Bewohner siedelten sich dort nach dem 1902 erfolgten Eisenbahnbau der Nord-Süd-Linie Parakou-Cotonou an. In der Folgezeit richteten alle wichtigen Handelsniederlassungen in Tori-Gare Filialen ein, die den Aufkauf von Palmöl, Mais und Kaffee übernahmen. Es zogen Händler, Aufkäufer und Beamte zu. Bereits ab 1913 gewann der Ort auch als Marktort an Bedeutung. Tori-Gare ist auch heute ein Zentrum für den Aufkauf von agrarischen Exportprodukten der Region. Ethnisch heterogen, etwa ein sech-

21 Zur Geschichte und Ökonomie der Händlerinnen von Tori Gare vgl. Frey-Nakonz 1984. Die folgenden Eckdaten zu Tori Gare sind dieser Studie entnommen.

stel der Bevölkerung sind zugewanderte *Fɔn* oder *Yoruba* neben den autochthonen *Tori*, bietet Tori-Gare auch ökonomisch ein vielseitiges Bild: Neben den Händlern und Händlerinnen (durchaus auch mit überregionalem Einfluß) und Beamten gibt es ein breites handwerkliches Angebot: Schreiner, Schneider, Maurer, Mechaniker und einen Fotografen. In verschiedenen Läden werden Importgüter, darunter technische Ersatzteile, angeboten. Eine katholische Mission, eine zweizügige Schule (neben der école primaire auch eine Sekundarstufe, Cours d'Enseignement Moyen et Général) sowie die Bahnstation akzentuieren den Unterschied zum überwiegend bäuerlichen Ayou.

Geschichtlicher Wandel in der Feldforschung

Die Feldforschung fand in drei unterschiedlichen politischen Perioden statt, die sich durch die Haltung der offiziellen Politik zu den *vodún*-Kulten stark unterscheiden. Bis 1975 war die Haltung der Politik gegenüber Religion generell indifferent. 1975 begann mit einem allgemeinen Verbot religiöser Rituale die Repression der *vodún*-Kulte, die trotz einer Lockerung ab 1977, bis zur Demokratisierung des Landes 1989 aufrechterhalten wurde. Die Demokratisierung brachte eine Aufhebung des Verbotes und eine Aufwertung der traditionellen Religionen, insbesondere der *vodún*-Kulte, als nationalem Kulturgut mit sich.

Die Perzeption der Kulte durch die lokale Bevölkerung ist aber durch die verschiedenen politischen Phasen hindurch erstaunlich bruchlos. Bereits bei meinen ersten Feldforschungen wurden die Kulte nie nur als theologisches System dargestellt. Vielmehr wurde die religiöse Praxis thematisiert (Handlungsebene statt Ideologie), und zugleich wurden die Probleme der Menschen mit den religiösen Institutionen betont. Meine anfangs diffuse Vorstellung von einem Forschungsthema wurde davon nachhaltig beeinflußt und mein Interesse systematisch auf den Widerspruch zwischen Religion als Funktionsträger von sozialer Kohäsion und der davon abweichenden Handlungsebene gelenkt. Dies lief meiner »Voreingenommenheit« zuwider. Wie jeder Feldforscher war ich voreingenommen, denn Bande der Sympathie – nicht nur Hypothesen – strukturieren die ersten Kontakte. So hatte mich 1973 eine sehr wesentliche Unterstützung durch einige *vodúnnɔ* diesen gegenüber eher positiv voreingenommen. Jedoch war ich zugleich auch Adressat in einer zum Teil öffentlichen Diskussion mit kritischen Tönen. Es gab eine Kritik an verschiedenen Institutionen der Religion. Sie war nicht neu, man kann sie in den historischen Quellen verfolgen. Nun aber stellte die fortschreitende »Modernisierung« die Menschen vor neue Anforderungen, in denen eine Religion mit repressiven Elementen wenig Platz fand. Die Periode der politischen Unterdrückung des *vodún* brachte daher für die Feldforschung keine Themenänderung oder Akzentverschiebung. Lediglich bei den Jugendlichen ließ sich eine größere Unbeschwertheit gegenüber diesem Thema feststellen. Daß die allgemeine Bereitschaft, mit mir über die Kulte zu reden, sich vergrößert haben könnte, da die Priester nicht mehr ungestraft willkürliche Sanktionen durchführen konnten, wenn sie die *vodún* verraten fühlten, ist eher hypothetisch. Denn insgesamt läßt sich für die »Revolutionszeit« bei der lokalen Bevölkerung, wie zuvor und wieder danach, die gleiche Zurückhaltung feststellen, allzu deutlich öffentlich zu den *vodún*-Kulten Stellung zu beziehen. Die Demokratisierung brachte einen Schwenk in der Thematik, allerdings mit dem gleichen Tenor: unter den Frauen wurden Ängste thematisiert, die in Richtung einer Erstarkung der Positionen der Priester gingen und die noch einmal eindrücklich die Ambivalenz und die Relevanz der Kritik belegten.

Methoden

Den klassischen Feldforschungsmethoden (Interviews, informelle Gespräche, Beobachtung und teilnehmende Beobachtung) sowie einer wenig bekannten Methode, der Bewertung durch Gewährsleute, verdanke ich die Grundstruktur dieser Arbeit.

Interviews

Formell arrangierte Einzelinterviews bildeten einen Schwerpunkt der Feldforschung. Die *vodún* sind zwar durch Artefakte überall präsent und man beruft sich ständig auf sie, sie sind aber kein Bestandteil alltäglicher, beiläufiger Kommunikation. Die Mitteilsamkeit meiner Gesprächspartner versiegte, wenn ich von »harmlosen« klassifikatorischen Fragen abweichend (welche *vodún* gibt es u.ä.) zu Fragen nach institutionellen Handlungsmustern überging. Mir wurde bald die Ambivalenz, mit der die *vodún*-Kulte lokal wahrgenommen wurden, deutlich. Selbst allgemeine Gespräche über die *vodún* waren für die meisten Interviewpartner nicht zu trennen von kritischen Kommentaren. Obwohl auf lokaler Ebene die Institutionen der *vodún*-Kulte schon seit vielen Jahren Gegenstand eines kritischen Diskurses waren, übte man mir als Fremder gegenüber Zurückhaltung. Bei vielen meiner Gesprächspartner erwies sich diese Zurückhaltung als Anfangsphänomen, andere schwiegen weiter, sei es aus Loyalität zu ihrem *vodún* oder auch aus Angst.

Vodún erwies sich als ein angstbesetztes Thema, und die staatliche Repression der Kulte während der Revolutionszeit (1975- 1989) mag die Redebereitschaft meiner Gesprächspartner erhöht haben. Doch bereits während der Feldforschung von 1973/74 lag in groben Zügen die Problematik der Institutionen der *vodún* offen. Auch wenn es nicht meiner Intention entsprach, »Negatives« über die Institutionen der *vodún* zu erfahren, so deckt doch die Analyse von Institutionen generell nicht nur die Bedingungen ihrer Stabilität auf, sondern auch Hierarchien, Machtstrukturen und Karrierevorstellungen, die Mißbräuchen und interessegeleitetem Handeln zugänglich sind.

Für viele meiner Gesprächspartner (Initiierte, Eltern von Initiierten u.a.) war das Reden auch über aus meiner Sicht »einfache« Informationen (wie Kosten der Initiation und Dauer) so problematisch, daß sie einzeln interviewt werden mußten; allerdings in etwa drei Viertel der Interviews vermittelt durch einen Übersetzer.

Anders war die Situation mit den Priestern. Sie wurden häufig im größeren Kreis von Besuchern oder Verwandten interviewt, die aber zum Gespräch nichts beitrugen. Es waren vor allem Priester, die mich auf die repressiven Elemente aufmerksam machten, indem sie Repression gegenüber den Adepten vehement als immanenten Bestandteil der religiösen Übung darstellten. Anders sah es da bei vielen »Betroffenen« aus, die durch Schweigen jeder Tabutransgression zuvorkamen.

Die Auswahl meiner Interviewpartner in Ayou überließ ich anfangs meinem Übersetzer, der, die dörflichen Höflichkeitsregeln einhaltend, mich ausschließlich zuerst mit Priestern bekannt machte. Parallel dazu interviewte ich in Tori-Gare und anderen Orten vorwiegend Initiierte, Eltern und Ehepartner von Initiierten, konvertierte Initiierte und einen katholischen Katechisten. Nach der Anfangszeit wurden in Ayou verschiedene Interessengruppen interviewt: Priester, Initiierte, Eltern, Ehepartner, Geschwister und Freunde von Initiierten, Strenggläubige, Skeptiker und Konvertierte. Ebenfalls berücksichtigt waren die sozialen Kategorien arm/reich, Mann/Frau und Alte/Junge.

Informelle Gespräche

Informelle Gespräche wurden systematisch nachträglich notiert und ausgewertet. Sie ergaben sich anfangs fast ausschließlich nur mit den französischsprechenden Dorfbewohnern, später auch mit den *Ayizɔ-gbè* sprechenden, allerdings überwiegend vermittelt durch Übersetzer. Themen waren u.a. Gesundheitsfragen, Schulschwierigkeiten, Altersproblematik, politische Themen, Empfängnisverhütung und Erziehungsfragen, das Wetter und die Arbeit – kurz, die ganze Bandbreite bäuerlichen Lebens. Überwiegend wurden die Inhalte dieser Gespräche von meinen Gesprächspartnern bestimmt, entstammten ihren aktuellen Problemen.

Gewährsleute

Im Laufe der Forschungsjahre hatte ich vier Übersetzer/Mitarbeiter. Sie waren mehr als bloße Übersetzer. Sie waren »Wegweiser« in Höflichkeits- und Standesfragen, korrigierten grobe Schnitzer meinerseits und waren selbst Informanten. Selbst autochthone Einwohner des untersuchten Dorfes Ayou, bestimmten sie den Rang aller Interviewten in der dörflichen Prestigehierarchie, gaben Informationen zum ökonomischen Status, erzählten Gerüchte und Familieninterna und verorteten somit die Interviewpartner im sozialen Kontext des Dorfes und in ihrem individuellen Umfeld. Diese Verortungen der Dorfbewohner, inklusive der Übersetzer, führten im Laufe der Forschungen verschiedene Personen durch; sie waren durch hohe Übereinstimmung gekennzeichnet.[22] Sie kommentierten auch die durchgeführten Interviews, relativierten häufig durch Informationen zur Person des Interviewten das Gesagte und ermöglichten somit die Zuordnung des Gesagten zu den persönlichen Interessen der Interviewten.

Erhebung statistischer Daten

Der größte Teil der Daten erlaubt keine statistische Auswertung. Zum einen weil das Thema häufig angstbesetzt war, zum anderen wegen der Komplexität der Problematik, konnten keine repräsentativen Stichproben erhoben werden. Kritik, Akzeptanz und Ablehnung überlagern sich und

22 Eine systematische Bewertung von Dorfbewohnern durch Gewährsleute wurde von Ilien und Jeggle (1978) in ihrer Sozialgeschichte eines schwäbischen Dorfes durchgeführt. Dieser Methode bediente sich auch Wong (1987) zur Klassifizierung von Schichtzugehörigkeit in einem Dorf in Malaysia.

lassen sich nur mit qualitativen Methoden in ihrer Mehrdimensionalität erfassen und darstellen.

Statistische Daten gehen in das Kapitel zur Ökonomie der Kulte ein, bleiben aber auch da begrenzt. Erhoben wurde die Höhe der Initiationskosten, der Zeitpunkt und die Dauer der Initiation, die Anzahl der Initiierten und der Priester. Von meinem Mitarbeiter wurde dafür ein ganzes Dorfviertel befragt (n= 281).

Ein besonderes Problem bildeten die Informationen zu den Einkommens- und Vermögensverhältnissen einiger ausgewählter Priester, als Zielscheibe dörflicher Kritik besonders wichtig. Einkommen und Besitzstand dieser Priester konnten nur mit Hilfe verschiedener Informanten und durch eigene Beobachtung indirekt erkundet werden.

Beobachtung/ Teilnehmende Beobachtung

Die Anwendung der Methoden der Beobachtung und mehr noch die der teilnehmenden Beobachtung suggerieren eine weitreichende Sozialintegration in die zu untersuchende Gesellschaft. Tatsächlich beobachtet ein Feldforscher aber sein Feld aus einer randständigen Position und wird bei der Teilnahme von Haus- oder Feldarbeiten nur geduldet. Ohne korrigierende Gespräche zu den Beobachtungsdaten liegen Fehlinterpretationen nahe. Meine Beobachtungsdaten sind deshalb nie isoliertes Datum, sondern dienen entweder als Bestätigung bereits erfragten Wissens oder (und das weitaus häufiger) als Ausgangspunkt und Anstoß für neue Fragestellungen.

Die Bildung sozialer Kategorien

Die Untersuchung von Institutionen erbringt erst einmal Selbstdarstellungen mit Bildern von Geschlossenheit. Eine soziologische Institutionenanalyse jedoch fördert zwangsläufig Kritisches zutage und muß den entsprechenden Personen oder Gruppen zugeordnet werden. Bemerkenswert an der vorliegenden Untersuchung ist, daß sich Kritiker und Befürworter, Strenggläubige und Konvertiten nicht verschiedenen sozialen Gruppen zuordnen lassen. Die Perzeption dieser Religion ist so vielschichtig, daß selbst Strenggläubige nicht nur eindimensional alle Facetten dieser Religion akzeptieren, sondern trotz Gläubigkeit z.B. die finanzielle Belastung beklagen. Während manche von ihnen mit dem Zwang als religionsimmanentem Element einverstanden sind, lehnen ihn andere Gläubige ab. Umgekehrt kann für Konvertierte das theologische Erklärungssystem nach wie vor Interpretationskraft haben. Priester werden nicht nur als Respektspersonen wahrgenommen, sondern auch als Personen, die dörfliche Vorstellungen einer anzustrebenden Gleichheit der Ressourcen überschreiten. Sie können sich »ungerechtfertigt« bereichern, mögen sich als Richter in Moraldingen bestechlich zeigen und heiraten – mit und ohne Brautpreis – z.T. überdurchschnittlich viele Frauen.

Die Differenzierung nach arm oder wohlhabend/reich ließ keine einheitliche Einstellung der jeweiligen Gruppierungen erkennen. Die Ablehnung der Initiation, Kritik an der Bereicherung und Korrumpierbarkeit der Priester wurde in armen und bessergestellten oder reichen Haushalten gleichermaßen geübt, ebenso waren Strenggläubigkeit, Initiationen, Indifferenz und Gegnerschaft gleich verteilt. Ebensowenig lassen sich Konversionen bestimmten Haushaltstypen zuordnen.[23]

Eine Differenzierung in Alte und Junge ergab für sich keine eindeutige Unterscheidung. Anders sieht dies aus, wenn man den Mann/Frau-Unterschied mitberücksichtigt. Alte Männer zeigten eine eher indifferente bis gleichgültige Haltung und verlagerten die Entscheidungskompetenzen auf die Frauen. Dies wurde von den Priestern bestätigt, die sich bei der Durchsetzung von Initiationen (wenn die zu Initiierenden »bocken«), an die Mütter halten, weil »Männer eher dagegen« seien. Unter den alten Frauen fand sich Befürwortung, Indifferenz wie Ambivalenz und vehemente Ablehnung der Initiation gleichermaßen. Unerwartet war, daß einige männliche wie weibliche Initiierte ihre Kinder gedrängt hatten zu konvertieren, um die Initiation zu vermeiden. Unter den Jungen, dies gilt für Männer und Frauen, war es eine Ausnahme, daß die Möglichkeit einer Initiation in Erwägung gezogen wurde. Zu Beginn der Forschung in den 70er Jahren waren Initiationen aus eigener Anschauung bekannt und wurden bei der Diskussion als Negativbeispiele zitiert. In späteren Jahren, in und nach der »Revolutionszeit«, als Initiationen kaum noch stattfanden, traten nicht nur Argumente gegen die Institution Initiation auf, sondern, als positiv vorgestellte Alternativen, vor allem der Wunsch nach Schulbildung und

---

23 30% Christen und Sektenmitglieder verteilen sich auf 56% der Haushalte in Ayou-Hannyan. In 23% der Haushalte finden sich keine Initiierten (n=281; Stand 1991). In einer Erhebung von 1978 zur sozioökonomischen Gliederung nach emischen, d.h. gesellschaftsimmanenten, Kriterien wurden 50% der Bevölkerung von Ayou als arm bezeichnet, 31% als mittel gestellt und 19% als reich, während in Tori-Gare je 65%, 31% und 4% als arm, mittel und reich erschienen (n = 42 in Ayou und 196 in Tori-Gare; Elwert und Wong 1978).

Berufsausbildung. Die Initiation war mit dem Wunsch nach Selbstbestimmung des Lebenslaufes unvereinbar geworden.

Daß die Wahrnehmung der Institutionen *vodún* auf eine breitgestreute kritische Haltung trifft, stellt sich also nicht ausschließlich als Folge der Repression durch die Militärregierung dar. Bereits in den 60er Jahren führte Unzufriedenheit und Kritik an der Initiationsdauer zu einer Verkürzung derselben. Ebenso finden sich verstreute Belege für eine ambivalente Stellung gegenüber den *vodún*-Kulten in der länger zurückliegenden Vergangenheit, wie im folgenden Kapitel dargestellt wird.

2. Kapitel

Die *vodún* -Kulte im Spannungsfeld staatlicher Eingriffe und einer Kritik »von unten«

Die *vodún*-Kulte standen, soweit sich dies aus den fragmentarischen historischen Quellen rekonstruieren läßt, immer wieder im Spannungsfeld staatlicher Eingriffe sowie einer bisher wenig beachteten Kritik »von unten«.

Im Folgenden soll die Geschichte der *vodún*-Kulte aus zwei unterschiedlichen Blickwinkeln dargestellt werden: aus einer Makroperspektive, die die Funktionalisierung sowie Unterdrückung bzw. Duldung der Kulte mit der nationalen Politik verknüpft und aus einer Mikroperspektive, die die Perzeption der Kulte durch die lokalen Akteure dargestellt.

1. Staatsbildungsprozesse und *vodún*-Kulte

Prozesse der Staatsbildung, Herrschaftsstabilisierung und staatliche Legitimationskrisen in Dahomey und im postkolonialen Bénin waren immer wieder von einer Auseinandersetzung mit den *vodún*-Kulten begleitet – sei es als Funktionalisierung oder als Repression.

Die verschiedenen, ja gegensätzlichen Formen staatlichen Umgangs mit den *vodún*-Kulten verweisen uns auf eine bisher übersehene Qualität der Institutionen der *vodún*: Die *vodún*-Kulte sind als Teil des dörflichen Netzes der sozialen Kontrolle ein lokaler Machtpol[1], dessen Machtpotential es entweder zu kontrollieren, zu unterdrücken oder zu kooptieren gilt, will man zentralstaatliche Macht lokal verankern.

1 In der lokalen politischen Arena finden sich heute neben den *vodúnnɔ* die Bürgermeister und *délégués* als Nachfolger der *chefs de village* und der von den Königen von Dahomey eingesetzten *togán* sowie die *big man* – Funktionäre und Händler – und einige der Lineageoberhäupter.

Staat und *vodún*-Kulte von 1724 bis 1894

Die Siege über die unabhängigen Königreiche Allada (1724) und Ouidah (1727) beendeten zwar die Ära der Expansions- und Eroberungskriege der *Fɔn*-Herrscher, jedoch nicht die internen Widerstände lokaler Eliten gegen die Eroberer. Die Unterordnung der besiegten Königreiche war bis in die 1730er Jahre durch brutale Eroberung gekennzeichnet, die hunderttausende von Einwohnern in die Sklaverei oder zur Flucht ins Ausland zwang oder in den Tod führte (Law 1991a:309ff). Die Konsolidierung der Dahomey-Monarchie, basierend auf Legitimität und Integration, begann trotzdem schon 1733 mit einem Vertrag, der die Rückkehr der exilierten Bewohner Ouidahs möglich machte. Die Zeit bis 1770 war trotz aller Bemühungen um nationale Integration durch Thronfolgestreitigkeiten (1740) und Revolten von Tori und Ajara (1754) gekennzeichnet. Die zeitgenössischen Autoren weisen den Priestern bei diesen Revolten und Aufständen summarisch eine zentrale Rolle zu (Norris 1789; Snelgrave 1734). Die Widerständigkeit der Priester und ihre Fähigkeit, breite Massen für ihre Ziele zu mobilisieren, basierte, folgt man der Literatur, auf einer nicht näher spezifizierten Macht der Priester über ihre Gläubigen (Herskovits 1967 II:175), die sogar das Prestige des Thrones überschattete (Mercier 1954:214). Weitaus plausibler scheint es jedoch, die Priester bereits in der vorkolonialen Zeit als einen Machtpol in der politischen Arena zu verstehen. Sie konkurrierten auf lokaler Ebene somit nicht nur um Prestige, sondern sie waren ein Teil der politischen Struktur der dörflichen sozialen Kontrolle und wurden deshalb zu Konkurrenten für die sich neu durchsetzende Zentralgewalt (vgl. Kap.4). Die Konflikte zwischen Priestern und Königtum basierten somit nicht auf einer undefinierten transzendentalen Macht, sondern waren der Überlappung von politischen Einflußsphären geschuldet, die der dahomeanische Staat usurpieren mußte, wollte er seine Macht stabilisieren.

Bereits im 18. Jahrhundert wurden die *vodún*-Kulte als Teil des lokalen Machtapparates (neben den Alten und den *togán* – den von Abomey eingesetzten Dorfchefs) Ziel zentralstaatlicher Politik. Verschiedene Versuche wurden unternommen, sie zu kontrollieren und als lokales Machtzentrum auszuschalten, was jedoch nie zur vollständigen Unterordnung und Kontrolle der lokalen Macht der Priester führte: So wurde die gesamte Priesterschaft der *vodún*-Kulte dem Priester des dynastischen *vodún* des Königsclans und somit dem Thron unterstellt (Maupoil 1961:64f). Des weiteren durfte innerhalb der Hauptstadt Abomey kein Schrein für den *vodún Sakpata*, der ursprünglich aus *Maxi* kam und unter *Agaja* in Abomey eingeführt worden war, errichtet werden. Verschiedentlich wurde der Kult des *vodún Sakpata* sogar verboten, da seine Priester und Anhänger in Komplotte gegen den Staat verwickelt waren (Herskovits 1967:137; Le Hérissé 1911:35). Aufständische Priester wurden unter *Agaja* in die Sklaverei verkauft (Herskovits 1933:35), und zur Verhinderung politischer Verschwörungen wurde auch der *pacte de sang*, ein »Blutspakt« (auch »*vodún* trinken« genannt), verboten (Hazoumé 1937: 46ff).

Die Gefahr einer starken Priesterschaft kennend, beruhte die Politik der *Fɔn*-Herrscher gegenüber den *vodún*-Kulten nicht durchgängig auf Konfrontation, sondern auch auf Integration[2]. Nach anfänglichen Versuchen, den Schlangenkult *Dangbe* im eroberten Ouidah zu zerschlagen (Snelgrave 1734:11f), verlegte man sich später nicht nur auf seine Tolerierung (Norris 1789:2, passim), sondern räumte den Priestern auch Privilegien ein, wie das zur Erhebung religiöser Abgaben.

Um die Suprematie des Zentralstaates auf lokaler Ebene durchzusetzen, wurden verschiedene religiöse Elemente manipuliert. So versuchte man, die autochthonen *vodún*-Kulte zu unterwerfen und den lokalen Ahnenkult abzuwerten, z.B. wurde die zweite Beerdigung des Schädels in Ouidah verboten (Law 1987:330). Außerdem funktionalisierte man auch die Mythologie der *vodún*- und der Ahnenkulte: *Toxɔsu*, der Kult für die verkrüppelt geborenen Kinder, wurde um den nur für tote Königskinder reservierten *Nɛsuxwe*-Kult erweitert (Blier 1990) sowie der *Mawu*-Kult eingeführt; wobei *Mawu* in Analogie zur umstrittenen *Fɔn*-Dynastie als oberster Schöpfergott dargestellt wurde (Yai 1993), dessen Priester ausschließlich vom König eingesetzt wurden. Diese neugeschaffenen religiösen Institutionen können als »ideologischer Counterpart« (Law 1991a:113) bei der Stabilisierung und Legitimierung der Fremdherrschaft interpretiert werden.

---

2 Der Umzug des Königs *Agaja* von Abomey nach Allada kann ebenso wie die nicht vollständige Entmachtung des autochthonen Königs von Allada, der zwar seiner souveränen Rechte enteignet, aber mit der Rolle des *Adjahutɔnɔ*, des Priesters des mythischen Gründers der Alladadynastie, neu betraut wird, als herrschaftsstabilisierender Versuch interpretiert werden. In dieser Funktion führt er die Inthronisierung der Könige *Agaja*, *Tegbesu* und deren Nachfolgern durch und bestätigt somit die Legitimität der Abomeyherrscher (Law 1987:330).

Die politische Konsolidierung baute nicht nur auf Repression oder Integration religiöser Institutionen; mit der Schaffung einer neuen Verwaltungsstruktur in den eroberten Gebieten wurde unter König *Tegbesu* (1740-1774) ein Ministerium für religiöse Angelegenheiten eingerichtet und u.a. in Ouidah und Allada etabliert, dem alle Priester unterstellt waren. So basierte die Religionspolitik der *Fɔn*-Herrscher nicht nur auf einer Assimilierung und Integration der Kulte und ihrer Priester, sondern auch auf staatlicher Kontrolle. Zwei staatliche bzw. parastaatliche Instanzen sind somit für die Kontrolle der *vodún*-Kulte im 18. Jahrhundert zuständig: Die *Mawu*-Priester, die ausschließlich vom König eingesetzt werden und deren Kult als der ranghöchste in Abomey galt, fungierten auf einer innertheologischen legitimatorischen Ebene; und der *Akplogan*, ein Minister auch für religiöse Angelegenheiten, der jeder Neubesetzung einer Priesterposition, obwohl grundsätzlich erblich, zustimmen mußte. Wie effizient diese Kontrolle war, kann nicht gesagt werden. Es liegt jedoch die Vermutung nahe, daß die Priester nie vollständig kontrolliert worden sind. Einige Priester haben sich wohl nie mit ihrer untergeordneten Rolle abgefunden, denn immer wieder tauchen in der Literatur Beschreibungen von Problemen mit den Priestern von *Sakpata* auf die zu neuen Repressalien führten.

Die *vodún*-Priester blieben auch im 19. Jahrhundert Opponenten des monarchischen Staates. Mitte des 19. Jahrhunderts gehörten sie zu einer Interessengruppe, die, in Opposition zur Monarchie stehend, die Beendigung von Sklavenraubzügen und Kriegen sowie die Verlagerung vom mittlerweile illegalen Sklavenhandel auf den von den Briten geforderten Palmölhandel forderte. Diese Gruppe, von Yoder »fly-party« genannt, umfaßte überwiegend Leute, die vom Sklavenhandel bisher nicht profitiert hatten (Yoder 1974:426). Folgt man Adams, so hat sich die innenpolitische Lage mit Beginn des 19. Jahrhundert stabilisiert. Die politische Macht der Könige war absolut, so daß sie auf Konfrontationen mit den Priestern verzichten konnten. Gleichzeitig bleiben aber die Priester eine Parallelmacht; (unrechtmäßige) Aneignung von Eigentum und Freiheitsberaubung konnten sie sich erlauben (1823:198).

Die Strategien des Zentralstaates waren anfangs auf Neutralisierung und Kontrolle der lokalen Priester gerichtet und, als dies nicht gelang, auf Duldung und Kooperation. Die Religionspolitik der Könige von Abomey zielte, soweit eine Rekonstruktion möglich ist, auf mehrere Ebenen: Sie war als Kontrolle über die Priester gedacht; sie sollte – durch Inkorporation – die

Plusieurs Pourceaux tuez a Fida sur ce qu'ils avoient devoré un Serpent des Idolatres.

Un Cochon aiant été mordu par un Serpent sur les Côtes de Guinée l'an 1677. le Cochon prit le Serpent entre ses Dents pour s'en venger & l'avala en un moment, sans que les Negres qui voioient cela de loin, pussent venir assez tôt pour delivrer leur Dieu. Car les Serpens sont tenus en quelques endroits pour des Divinitez, ils sont ondez, & leur couleur est mêlée de blanc de jaune & de brun. Les Prêtres s'assemblerent aussitôt & s'en plaignirent au Roi à qui ils demanderent de faire publier un Edit pour détruire tous les Cochons, sans examiner s'il etoit juste que les innocens périssent pour les coupables. l'Edit fut donc publié par tout & ce fut alors qu'on entendit un beau bruit. Car d'un côté on voioit des milliers de Negres armez pour executer les ordres du Roi, & de l'autre, il y en avoit pour le moins autant qui avoient des Cochons & qui venoient pour les justifier. Mais ce fut inutilement, la tuerie commença & on en extermina un grand nombre. Il n'en seroit pas même resté un seul sans que le Roi qui n'étoit pas sanguinaire, & qui étoit poussé par des gens amateurs de la chair de cochon, fit publier un contre-ordre pour arrêter le carnage, ajoûtant qu'on avoit répandu assez de Sang innocent & qu'il faloit apaiser le Dieu par un autre Sacrifice.

Götter der eroberten Völker besänftigen; und diente nicht zuletzt – wie im Fall der Inkorporation des *vodún Sakpata* – der Aneignung und Zuhilfenahme seiner transzendentalen Kraft als Legitimation staatlicher Macht (Snelgrave 1734:11f; Norris 1789:2; Blier o.J.:23).

Staat und *vodún*-Kulte von 1894 bis 1990

Wenige Informationen stehen uns in Bezug auf die Religion aus der Zeit der französischen Fremdherrschaft zur Verfügung. Die Zerschlagung des alten Reiches durch die französische Kolonialmacht und somit auch die Nichtanerkennung der von Abomey eingesetzten Beamten, wie des *Akplogan* (Herskovits 1967 II:175), führte ungewollt und unbemerkt zu einer Restauration der Macht der *vodún*-Priester. Das laizistische Selbstverständnis Frankreichs ließ nicht zu, daß es sich in religiöse Angelegenheiten im eroberten Dahomey einmischte. Lediglich eine Randbemerkung verweist auf eine sich transformierende, wieder erstarkende Rolle der Priester, deren Beginn bereits im 19. Jahrhundert liegt; ohne flankierende staatliche Kontrolle schüchterten die Priester nach der Auslöschung des Königreiches die Bevölkerung durch Terror wie Grabschändungen oder schwarze Magie ein. Gleichzeitig diskreditierten sie sich durch Gewinnsucht und eine indifferente Haltung gegenüber der Kolonialmacht (Maupoil 1961:66f).

Im postkolonialen Bénin scheint außenstehenden Beobachtern die Religionspolitik der vergangenen zwanzig Jahre einer Laune oder den Vorurteilen einzelner Politiker zu entspringen. Mit der 1975 beginnenden Repression der verschiedenen Religionsgemeinschaften – insbesondere der *vodún*-Kulte (Republic Populaire du Bénin 1975:10, 14) – wurden diese erneut ein Vehikel politischer Einflußnahme.[3]

◀ *Abbildung 4:* Ausschnitt aus einem undatierten Stich (17. oder 18. Jahrhundert). Priester des *vodún Dan* verfügten 1677 die Tötung aller Schweine, da eine als heilig angesehene Schlange von einem Schwein getreten und gefressen worden war. (Eigene Sammlung)

3 Zur Chronologie und Auswirkung des Religionsverbotes vgl. Elwert-Kretschmer 1986; Sulikowski 1993b und Tall 1995b.

Die Regierung Kérékou, 1972 durch einen Militärputsch an die Macht gekommen, erklärte 1975 die Unvereinbarkeit von Religion mit dem Marxismus-Leninismus, der ab 1973 zur staatstragenden Ideologie erklärt worden war. Bis zum Ende dieser Regierung (1989) wurde immer wieder versucht, über Religionspolitik politische Legitimität und Stabilität zu konstruieren. Mit dem »antifeudalen Kampf« gegen »Obskurantismus, Hexerei und Fetischismus« wurde im Dezember 1975 nicht nur ein totales Verbot der Durchführung religiöser Rituale wie Initiation oder *xwètanu*[4] ausgesprochen, sondern auch von Zeremonien, die die Betroffenen keineswegs eindeutig als religiöse Übung interpretieren, z.B Begräbnis- oder Regenzeremonien. Zeremonien also, die mit dem landwirtschaftlichem Produktions- und familialen Reproduktionszyklus assoziiert sind, wurden gleichfalls verboten und mit Polizeigewalt unterdrückt. Zur Einschüchterung wurden vereinzelt »dickköpfige« Priester kurzzeitig inhaftiert. Ebenso wurde den alten »Zwischenhändlern« der Staatsmacht, neben den früheren *chefs de canton* und Funktionären politischer Parteien eben auch den religiösen Funktionsträgern, das passive Wahlrecht genommen. Die christlichen und islamischen Gemeinden waren von dem Verbot nicht in gleichem Maß betroffen; jedoch war auch ihnen jede religiöse Manifestation in der Öffentlichkeit und jede Selbstdarstellung in den staatlich kontrollierten Medien untersagt.

Eine partielle Rücknahme des Verbotes erfolgte auf die lokale Kritik an der Religionspolitik hin, die als Folge auf den ausbleibenden Regen in der kleinen Regenzeit im März/April 1976 hinter vorgehaltener Hand zirkulierte. Die Regierung wurde beschuldigt, diesen Regenausfall mit ihrer Religionspolitik provoziert zu haben (Elwert/Elwert-Kretschmer 1991:63ff). Dieser Mangel an Regen ist jedoch nichts Ungewohntes. Ihm wird sogar, als sich periodisch wiederholendem Ereignis, von den Bauern durch verschiedene Produktions- und Vorratsstrategien begegnet. Diese Kritik könnte somit sowohl die Religionspolitik gemeint haben als auch eine verschleierte allgemeine Unzufriedenheit mit der Regierung. Denn die mit der Erdölkrise (1973) einsetzende wirtschaftliche Rezession mit ihren schlechten

---

4 *Xwètanu* wird von Yoder (1974) für das monarchische Dahomey nicht nur als religiöse Zeremonie interpretiert, sondern vor allem als politisches Aushandlungsfeld. Diese Interpretation scheint mir auch für die heutigen *xwètanu* plausibel zu sein, denn bei dieser wichtigsten jährlichen Zeremonie für die *vodún* sind alle lokalen Priester anwesend, so daß Strategien und Vorgehensweisen in der religiösen und politischen Arena abgesprochen werden können. Dies müßte jedoch in einer weiteren Forschung geklärt werden.

Preisen für landwirtschaftliche Produkte hielt weiter an. Die Regierung, vor allem am Machterhalt interessiert, der nicht durchgängig auf Gewalt und Repression basierte, nahm in ihrem Bemühen um politische Legitimität Teile der repressiven Religionspolitik zurück und erklärte ihre strikte Neutralität gegenüber dem magisch-religiösen Bereich. Einzelne Zeremonien wurden wieder zugelassen, darunter auch die Initiation in den *vodún* – diese aber drastisch verkürzt auf ein bis drei Monate. Dieses Zugeständnis an den Volksglauben erwies sich jedoch als Lippenbekenntnis, denn in der neuen Verfassung von 1977 wurde diese scheinbare Liberalisierung mit weiteren Repressionen gegen alle diejenigen, die in konterrevolutionäre Aktionen verwickelt waren, relativiert. Die Propaganda gegen teure, unproduktive und zeitraubende traditionelle Gepflogenheiten wie Begräbniszeremonien und Initiationen wurde die gesamte Revolutionszeit über aufrechterhalten (Ehuzu 23.8.1985). 1979 kam es zu einer offiziellen, moderaten Rehabilitation aller religiöser Gruppierungen, und es wurden den verschiedenen religiösen Gemeinschaften sechs Sitze, davon drei für die »*animistes*«, in der neugegründeten Assemblée Nationale Révolutionaire zugestanden.

Zwischen dem Verbot der *vodún*-Kulte und ihrer teilweisen politischen Rehabilitierung als nationalem Kulturgut lagen zwei Ereignisse, die die sozioreligiöse und die politische Landschaft Bénins nachhaltig verändert hatten: die »Hexenverfolgung« und der Putschversuch von 1977. An den meisten Orten[5] fanden nach 1976, ermuntert durch die politische Rhetorik, »Hexenjagden« statt. Sie trafen überwiegend alte Frauen, die gesteinigt wurden oder im Gefängnis verhungerten, aber auch Gegner der Revolutionsregierung, die man mit der Denunziation politisch isolieren konnte. Die »Hexenjagd« hat in Bénin keine historischen Vorbilder. Auch wenn der Glaube an Hexen dieser Gesellschaft und ihrem magischen und religiösen System nicht grundsätzlich fremd ist, war der Topos der Hexerei bis 1975 nicht gesellschaftlich relevant gewesen[6].

---

5 Besonders brutale Übergriffe sind aus Banté (pers. Mitteilung von Ulla Simshäuser) und Allada bekannt. Dagegen verhinderte der Präfekt der Provinz Atacora, Abdoulaye Issa, eine Hexenverfolgung, denn seine Vision von Marxismus war mit dem Glauben an Hexen unvereinbar. Zur Hexerei als politischem Mittel in der lokalen und nationalen Politik siehe Geschiere 1995.

6 Auch wenn Nichterwähnung keine zuverlässige wissenschaftliche Kategorie sein kann, ist doch auffallend, daß Verfolgung von Hexen in der gesamten vorkolonialen Literatur nicht erwähnt wird, deren Autoren – Sklavenhändler, Seeleute, Reisende, Händler und Missionare – bereitwillig jede exotische Praxis aufgriffen. Ein Hinweis auf eine

Der gescheiterte Putsch zeigt, folgt man den Erklärungsversuchen verschiedener béninischer Intellektueller, ähnlich wie das staatliche Diktat der Hexenverfolgung, die mangelnde Legitimität des Staates. Es ist dabei unerheblich, ob es sich um einen von regierungsfeindlichen Kräften gelenkten Putschversuch handelte oder, wie die zahlreichen Kritiker der Revolutionsregierung nicht unplausibel behaupteten, um einen von der Regierung selbst lancierten Scheinputsch. Übernimmt man letztere Position, so sind Hexenverfolgung und Scheinputsch Ablenkungsmanöver und Versuche, politische Legitimität zu konstruieren.

Gewirkt haben die staatlichen Eingriffe der »Revolutionszeit« nicht nur unmittelbar im religiösen Bereich, sondern auch auf einer politischen Ebene, nämlich als Schwächung der lokalen politischen Macht der Priester, die offiziell nie als solche thematisiert worden war. Die Bemühungen auf lokaler Ebene zentralstaatliche Strukturen durchzusetzen, wie die Gründung einer Staatspartei (Parti de la Révolution Populaire du Bénin) sowie lokaler Kadergruppen (Comités de Défence de la Révolution), führte bei der lokalen Bevölkerung zwar nicht zur größeren Akzeptanz der Revolutionsregierung und ihrer lokalen Politik, weil sie sich u.a. durch Landenteignungen mißliebig machte. Dagegen wurde die Kontrolle, die die Comités de Défence de la Révolution im Dorf über die Aktionen der Priester ausübten, akzeptiert. Mit dieser Politik herrschte ein großes Einverständnis unter den Dorfbewohnern.

Nach dem Ende der Militärregierung (1989) rehabilitierte die 1990 demokratisch gewählte Regierung unter Präsident Soglo die *vodún*-Kulte und stellte dies als Wiederaufnahme von demokratischer Kontinuität und als Ausdruck von Verwurzelung der neuen Politik in der kulturellen Tradition, die auf die Religion verkürzt wurde[8], dar. Vordergründig wurden die afrikanischen Religionen zwar als identitätsstiftender Topos funktionalisiert, bezweckt wurde jedoch ihre politische Reaktivierung. Die lokalen Einflußnetze, über die die Priester verfügen, machten sie aus der Sicht der demokratisch gewählten Regierung zu idealen Intermediären auf Dorfebene, derer man sich bedienen wollte. So bereiste u.a. *Hunnɔ*, ein *vodúnnɔ* und Reprä-

---

Antihexereibewegung in den 1940er Jahren im Osten Bénins findet sich bei Morton-Williams (1956), der den Atinga-Kult, einen Antihexereikult, bei den Yoruba Nigerias untersucht, der von Bénin aus in Nigeria verbreitet wurde.

8 Nicht alle Regierungsmitglieder waren mit dieser Politik einverstanden. Siehe die vehemente Kritik des Kultusministers Paulin Hountondji (1992) besonders an der Reduktion von Kultur auf Religion.

sentant der ehemaligen Assemblée Nationale Révolutionaire, als Regierungsvertreter die Dörfer und warb für die Partei des Präsidenten Soglo.

Die Aufhebung des Verbotes und die Aufwertung der *vodún*-Kulte zur Wiege der béninischen Tradition ist für das Renouveau Démocratique, wie die Demokratiebewegung genannt wird, als demokratische Geste eine wichtige symbolische Handlung; sie ist jedoch aus einer politischen Sicht zweifach problematisch: unsicher ist, ob sich die Priester mit der Rolle des Intermediärs zentralstaatlicher Politikimplementation zufrieden geben und nicht erneut partikulare Eigeninteressen verfolgen. Dies würde die staatlichen Institutionen in Konkurrenz zu lokalen Machtzentren bringen. Des weiteren fällt der Staat mit seiner Re-Etablierung der *vodún*-Kulte weiten Teilen der Bevölkerung in den Rücken, die die staatliche Kontrolle der Institutionen der *vodún* durch die Regierung Kérékou weitgehend widerspruchslos akzeptiert hatten, gerade weil deren Macht eingeschränkt worden war.

2. Kritik »von unten«

Gegen die verschiedenen staatlichen Eingriffe in die *vodún*-Kulte finden sich wenig Hinweise auf Protest »von unten«. Daraus kann nicht unbedingt geschlossen werden, daß es sich um ein breites Einverständnis mit der jeweiligen Politik gehandelt hat. Auffallend ist jedoch, daß sich Spuren der Kritik an den Institutionen der Kulte (nicht am Glaubensmodell) durch die historische Literatur ziehen. Ab Mitte des 20. Jahrhunderts wird die Kritik an den *vodún*-Kulten lokal zu einem wichtigen Thema, wie zeitgenössische Beobachter auch für andere Regionen bestätigen.[9] Diese Kritik führte sogar in den 60er

---

9 Für verschiedene Regionen in Südbénin wurde dies berichtet von Manuela Leonhardt, Petra Feil, Lazare Séhouéto, Paulin Hountonji, Flavien Gbéto, Ulrike Sulikowski, Andreas Maul, René Ségbénou. Studien liegen uns zu dieser Frage nur bei den Yoruba in Südwest-Nigeria vor, einer Ethnie, die grenzüberschreitend auch im Südosten Bénins lebt und wo die *vodún*-Kulte unter der Bezeichnung *Orisha* vorkommen. Die Yoruba weisen viele kulturelle Gemeinsamkeiten mit den anderen Ethnien Südbénins auf. Morton-Williams (1956) berichtet für das Grenzgebiet Dahomey/Nigeria die schwindende Popularität der *Orisha*, über Zerfall und Zerstörung von Schreinen und Klöstern. Eindrücklich belegt auch Peel (1968a) in seiner Studie über die Aladura-Bewegung die Bereitschaft zur Konversion unter den Yoruba. Nach Peel ist die rasche Verbreitung von Christentum und Islam unter den Yoruba in der Toleranz, Rezeptivität und in der synkretistischen Qualität der lokalen Religionen begründet (Peel 1968a:85; 1968b). Die

Jahren zu kultinternen Korrekturen, um den Wünschen der Anhänger entgegenzukommen und um die Kritik abzuschwächen. Die Kritik an den *vodún*-Kulten hat sich, da mit Angst verbunden, nie in einem organisierten Protest artikuliert, sondern zirkulierte leise als diffuses, aber wahrnehmbares Gemurmel gegen Dauer und Kosten der Initiation. Es kam zu individuellen Handlungen, die langfristig eine subversive Wirkung hatten: lokal wurde die Initiation in die *vodún* immer häufiger verweigert, Initiationsklöster mußten geschlossen werden, auch Priesterstellen blieben immer häufiger unbesetzt.

Die historischen Quellen erlauben uns nur eine punktuelle Einsicht in die Einstellung der lokalen Bevölkerung zu den *vodún*-Kulten. Kritisch erwähnt wird die Machtfülle der Priester, die zwangsweise Internierungen in die Initiationsklöster (Labat 1731:180ff) erlaubte, in denen die mehrjährige Initiation durchgeführt wird. Ebenso negativ erwähnt werden die ökonomische Ausbeutung der Gläubigen durch religiöse Abgaben, die zur Verarmung führte (Skertchly 1874:177), die Dekapitalisierung der betroffenen Haushalte (Polanyi 1968:80) und die damit einhergehende Bereicherung der Priester (Bosman 1705:151, 398; Pruneau de Pommegorge 1789:77). Mit Kwadzo (1930) liegt uns ein Selbstzeugnis eines ehemals Initiierten vor, der die Praxis der *vodún*-Kulte und besonders der Initiation beschreibt. Danach kennzeichnen Todesdrohungen, Entführungen, Priesterbetrug und ökonomische Ausbeutung die *vodún*-Kulte und machen sie unbeliebt und gefürchtet zugleich (vgl. auch Spieth 1911:178f).

Die Widerstände in der postkolonialen Zeit speisen sich aus der gleichen Kritik. Die 1975 erfolgte staatliche Denunziation der im Süden vorherrschenden religiösen Praxis als »feudal-reaktionär« und als »rückwärtsgewandte Ideologie« traf weite Teile der Bevölkerung nicht aus heiterem Himmel, denn die lokale Akzeptanz der *vodún*-Kulte war ambivalent: Ihre Institutionen werden gleichzeitig gefürchtet und kritisiert. Bereits in den 1950er und 1960er[10] Jahren wurde, oralen Quellen folgend, z.B. in der Souspréfécture Allada in weiten Teilen der Bevölkerung die dreijährige Initiation, der Zwang und »Terror« sowie die ökonomische Ausbeutung durch die Priester von der lokalen Bevölkerung kritisiert. Wünschen nach Bildung und Ausbildung, Migration und Selbstbestimmung stand die mehrjährige Initiationspraxis im

mangelnde Verbundenheit der Akteure mit der dörflichen Tradition fördere zusätzlich die Konversion.

10 Folgt man den historischen Quellen, dann kann diese Kritik nur als Kontinuum einer schon früher existierenden Kritik aufgefaßt werden und nicht als etwas gänzlich Neues.

Wege. Der Wunsch nach Selbstbestimmung und das Bemühen nicht als »Traditionalist« erkannt zu werden, machten es schwer vorstellbar, daß man seinen Namen ändere und Schmucknarben bei der Initiation eintätowiert bekomme. Die Weigerung, sich initiieren zu lassen nahm zu. Die Initiationszahlen sanken zwischen den 1950er und 1970er Jahren eklatant. Waren es 1950 noch 15 bis 30 Initianden pro Jahrgang, können zu Beginn der 70er Jahre in Ayou und Tori-Gare nur noch eins bis acht Personen pro Jahrgang initiiert werden. Vor dem Hintergrund dieses Desengagements wurde, auch wenn man dem marxistisch-leninistischen Staat auf Dorfebene eher feindselig gesonnen war, das staatliche Verbot von einer breiten Masse der ländlichen Bevölkerung begrüßt. So atmeten insbesondere Frauen auf, die überwiegend von den Initiationen betroffen waren.

Die Unzufriedenheit und die Verweigerungen, die mit den herkömmlichen Sanktionen nicht einzudämmen waren, hatten schon 1967 dazu geführt, daß *Daa Toyi,* der König von Allada und die oberste Kontrollinstanz aller *vodúnnɔ* der Region, die Priester anwies, eine verkürzte Initiation von sieben bis zwölf Monaten anstelle dreier Jahre durchzuführen. Diese Anweisung wurde jedoch in den seltensten Fällen von den Priestern vor Ort in die Praxis umgesetzt. Es wurde nach wie vor die dreijährige Initiation praktiziert – allerdings fast ohne Adepten. Es liegt die Vermutung nahe, in dieser Anweisung eine gemeinsame politische Taktik des Königs mit den Priestern zu sehen, die der Kritik die Spitze nehmen sollte. Eine mangelnde Kontrolle der Priester muß nicht in Erwägung gezogen werden, da die Priester bis 1974[11] einer strikten königlichen Kontrolle unterlagen. Vor Ort übte ein *hungàán*, ein vom König eingesetzter lokaler Zuträger, diese Kontrolle über die Priester aus und berichtete Unregelmäßigkeiten dem König. Mir gegenüber jedoch hielten sich die Priester an die offizielle Version, mir wurde immer wieder die verkürzte Initiationszeit bestätigt.[12] Auf diesen Widerspruch angesprochen, legitimierten die Priester ihr Beharren auf der dreijährigen Initiation mit innerkultischen Zwängen. Die »richtige« Initiation

11 Der König wurde 1974 durch Staatspräsident Kérékou entmachtet. Er forderte ihn während eines Festes, an dem der König in seiner Hängematte teilnahm, öffentlich auf, er möge »aus seiner Hängematte steigen und arbeiten wie andere Leute auch«. Kérékou bediente sich zum Vergnügen vieler in den Anfangsjahren der »Revolution« einer deftigen Sprache.

12 Ich entdeckte diesen Unterschied zwischen Ideologie und Praxis, als im davon unabhängigen Kontext einer Haushaltserhebung die Haushaltsmitglieder auch zur Zeitdauer der Initiation befragt wurden.

könne nicht verkürzt werden, da das rituelle Wissen, die Tänze, die Anrufungen, das Geheimnis, die Trance etc. nur in der langen Initiation vermittelbar seien.

Die *vodún*-Kulte befinden sich in einer defensiven Lage. In dieser Situation wurde 1975 das staatliche Verbot ausgesprochen, gegen das von den Bauern aber erst ein halbes Jahr später, nach dem Ausbleiben der kleinen Regenzeit, protestiert wurde. Der Protest war jedoch nicht eine uneingeschränkte Sympathiekundgebung für den Erhalt der *vodún*-Kulte, sondern umfaßte verschiedene Probleme, die im Zusammenhang mit dem Verbot entstanden waren. Das Religionsverbot betraf nämlich auch Zeremonien, die nur in einem weiten Sinn der Religion zugerechnet werden können und in einem sozioökonomischen Zusammenhang mit dem landwirtschaftlichen Zyklus stehen, wie Regenzeremonien, das Yamsfest im Ouémé oder die zeremonielle Öffnung der überschwemmten Lagunen bei Ouidah. Ihre Unterlassung minderte die Überlebenschancen der Bauern. Die aus dieser Kritik resultierende staatliche Liberalisierung der Repression (1977) ließ auch wieder eine Initiation zu, allerdings nur für die Dauer von mehreren Tagen bis zu höchstens einem Monat. Dieser Regelung folgte keine öffentliche Kritik mehr, vielmehr war eine klammheimliche Zufriedenheit in den Untersuchungsdörfern feststellbar.

Im großen Ganzen war die Mehrheit der Dorfbewohner mit der Regelung der Kurzinitiation zufrieden. Die große Mehrheit hatte ohnehin schon früher Wege gefunden, sich oder die eigenen Kinder der Initiation zu entziehen, und die Befürworter der Initiation hatten wieder die Möglichkeit einer Initiation erhalten. Zwischen den Jahren 1975 und 1990 wurden in Ayou zwölf *vodúnsì* initiiert mit einer durchschnittlichen Initiationsdauer von zehn Monaten. Sie lag damit deutlich unter der dreijährigen Initiationszeit der vorrevolutionären Ära, aber in Einzelfällen deutlich über dem staatlich verordneten Limit.

Tabelle 1:
Initiationsdauer in Monaten in den Repressionsjahren 1979 – 1989, n = 12

Jahr *	1979	1983	1984	1985	1986	1989
Männer	18	3**	—	10**	—	—
Frauen	24	3	14**	10	12	8

* Jahresangaben bezeichnen das Ende der Initiation; Stand 1991.
** In diesem Jahr endeten zwei Initiationen mit gleicher Dauer

Die Priester selbst gaben in diesem Zeitraum an, nur noch die dreimonatige Initiation durchzuführen. Die Verbotszeit wurde von ihnen als Kriegszustand interpretiert und die seltenen, dreimonatigen Kurzinitiationen somit innersystemisch gerechtfertigt. Auch wenn aus der Sicht der Priester diese Kurzinitiation nicht ausreicht, die »wirklichen« Geheimnisse zu vermitteln, erweist sich die Klage eher als politischer Schachzug denn als reales Versäumnis. Denn auch bei der Vollzeitinitiation findet die »Professionalisierung« erst mit Lebenserfahrung und zunehmendem Alter statt. Hieraus erklärt sich auch die mangelnde Gegenwehr der Priester, die, auf die schwach ausgebildeten staatlichen Kontrollmechanismen auf Dorfebene vertrauend, Beharrungsvermögen erwiesen.

Die Priester waren aber nicht nur die Verlierer. Auf der einen Seite wurde ihre Macht zwar staatlich beschnitten, auf der anderen gewannen sie lokal an Autonomie, spielten also die Karte des Staates, indem sie sich nach der Absetzung des Königs von Allada sofort der Tributzahlungen an ihn entledigten. So vermischten sich persönliche Interessen mit einer ansonsten unbequemen staatlichen Politik. Ansonsten überwinterten die Priester – aber in einem um sie herum bröckelnden Religionsfeld. Denn nicht nur die sinkenden Initiationsziffern signalisieren eine Änderung. Geschlossene Klöster und Nachfolgeprobleme bei Priestern runden das Bild einer sich verändernden Einstellung zur *vodún*-Religion ab. Auch wenn die Priester, in der späteren Revolutionszeit nur wenig kontrolliert, machen konnten, was sie wollten, unterstützte die offizielle Politik doch die Absetzbewegung. Die Kritik an den *vodún*-Kulten brach nicht ab, obwohl sie in dieser Zeit einer besonderen Loyalität bedurft hätten. »Man muß dem Präsidenten gehorchen«, legitimierten Bauern und Bäuerinnen lapidar ihr wenig wehrhaftes Verhalten gegenüber dem Verbot.

Als eine ganz andere Form der Kritik kann ab den 70er Jahren die massive Einführung »neuer« *vodún* ins lokale Götterspektrum interpretiert werden. Darunter sind die *vodún Gambaɖa* aus Ghana, *Jagli* aus dem Monogebiet, beide ungefähr 1970 eingeführt, *Glo* aus Abomey-Calavi in Süd-Bénin um 1974 und *Azɔn* 1978, sowie der *vodún Agbo* 1990, ebenfalls aus Ghana. Emisch gesehen sind es keine »richtigen« *vodún*, denn sie sind reine Antihexereikulte. Ihre Einführung ist gleichzeitig Kritik an den *vodún* wie Bestätigung für die schwindende Macht der *vodún*-Priester. Denn diese Antihexereikulte sind, anders als die in den 1930er Jahren importierten Kulte *Sakpata* und *Zangbetɔ* ohne den dafür notwendigen Konsens der Alten und der *vodún*-Priester im Dorf etabliert worden.[13] Sie versprachen Hilfe bei der Suche nach Hexen, Reichtum und Wohlstand. Sie waren sehr populär und hatten in den 80er Jahren großen Zulauf. Besonders der *vodún Glo* (auch *Golo, Goro* und *Trɔn* genannt) hatte viele Anhänger. Die Anziehungskraft alteingesessener *vodún* wurde beeinträchtigt. *Avanɔ*, der Priester des Haupt-*vodún Ava*, verlor an Einfluß, denn die »neuen« Kulte respektierten ihn nicht mehr als obersten *vodúnnɔ*. Die Attraktion der »neuen« Kulte ist jedoch nicht von Dauer. Konzentriert und spezialisiert auf die Hexenbekämpfung und Erringung von Reichtum mußten sie ihre Anhänger enttäuschen, die zwar eine Eindämmung der »Hexenplage« konstatierten (der Höhepunkt der Hexenhysterie war allerdings bereits überschritten), aber den erhofften Reichtum nicht erlangt hatten.[14]

Diese »neuen« Kulte weisen verschiedene strukturelle Abweichungen zu den lokalen Kulten auf. Sie führen keine Initiation durch, sondern machen eine eintägige Aufnahmezeremonie, weshalb sie auch »private« *vodún* genannt werden. *Glo-vodún*, in den 40er Jahren in Ghana gegründet (Morton-Williams 1956), verpflichtet seine Anhänger dazu, alle anderen *vodún* fallen zu lassen, eine nicht übliche Praxis im *vodún*. Diese neuen *vodún* schließen auch nicht mit den transzendentalen Naturkräften einen Pakt, sondern mit anonymen Mächten. Sie sind in keiner Mythologie verankert, sie üben keine soziale Kontrolle aus, sanktionieren also keine Verstöße gegen die Regeln der Gemeinschaft und sind somit nicht eingebettet in die dörflichen Sozialstrukturen. Mit ihrer Hilfe kommt es zu einer Neuinterpretation von Glück und Unglück, wird an die Stelle von kollektiven Ordnungsvorstellungen ein individualisiertes Erklärungsmuster gesetzt. Waren bis dahin Krankheiten o.ä. Zeichen der *vodún* oder der Ahnen, daß man gegen Regeln verstoßen hat, die den Frieden der Verwandtschaftsgruppe oder der Dorfgesellschaft bedrohen, wie Diebstahl oder Ehebruch, so wird mit den Antihexereikulten ein individualisiertes Erklärungsmuster eingeführt. Krankheiten, Verkehrsunfälle, Mißerfolge und Streitigkeiten zwischen Ehepartnern werden als

---

13 Die Bedingung für eine Aufnahme ins lokale Götterspektrum wurde von einem Priester so formuliert: »Wenn die Sitten und Regeln unserer Ahnen respektiert werden, haben wir nichts dagegen.« Mit anderen Worten bedeutet dies, daß nur Kulte aufgenommen wurden, die nichts essentiell Neues brachten. Tatsächlich ist ihre Gleichförmigkeit mit vorhandenen Kulten eine Vorbedingung ihrer Akzeptanz.

14 Dagegen sind die »neuen« Priester schnell reich geworden, wie vielfach im Dorf gesagt wird. Dies gilt auch für die Priester des Antihexereikultes *Atinga* in Nigeria (Morton-Williams, 1956).

Macht der Hexen interpretiert und münden in die Suche nach einem Sündenbock.

Die große, wenn auch vorübergehende, Akzeptanz der Antihexereikulte verweist auf Bereiche, die bei den herkömmlichen *vodún* in der Bevölkerung auf Angst und Ablehnung stoßen: die Initiation, die Trance und das Geheimnis. So erweist sich der Erfolg der »neuen« *vodún* als eine implizite Kritik an den alten.

Die politische Rehabilitierung und die damit einhergehende Restauration der Macht der alteingesessenen Priester wurde lokal ambivalent aufgenommen. Mit dem »Renouveau Démocratique« blühte in den Köpfen vieler Priester und anderer Funktionsträger die alte Vitalität wieder auf. Mit der 1989 wiedereingeführten Freiheit der Religionsausübung sprechen in Ayou die Priester sofort wieder von der Wiedereinführung der dreijährigen Initiation.

Ganz anders reagieren viele Frauen. Mit dem Religionsverbot war viel Angst aus den Dörfern verschwunden, auch wenn alte Loyalitäten, Geheimnisse und somit eine gewisse Anerkennung der Macht der *vodún* und der Priester erhalten geblieben war. Heute ist die Angst von Frauen, die sich in der Revolutionszeit relativ sicher vor der erzwungenen Rekrutierung durch Priester und Familientradition fühlen konnten, auch in den Städten[15] wieder aufgebrochen.

Die Revolutionszeit und ihre Repression gegenüber den *vodún*-Kulten brachte aber nicht nur eine Erleichterung vor Willkürakten. Sie weckte auch in vielen Kritikern die Hoffnung auf eine Reformierbarkeit der Kulte. Besonders der *vodún*-Priester *Dagbo Hunnɔ*, einer der vormaligen Abgeordneten in der Assemblée Nationale Révolutionaire und späterer Befürworter der Demokratisierung Bénins, bestärkte diese Hoffnungen. In Radioübertragungen und auf seinen Wahlkampftourneen durch die Provinz forderte er die Modernisierung der *vodún*-Kulte. Drastisch verkürzte Initiationen, um den Schulbesuch zu ermöglichen, und das Verbot der Schmucknarben, »damit man die Anhänger der *vodún*, nicht von den Christen unterscheiden kann«, waren seine Hauptforderungen. Ebenso propagierte er die politische Auto-

---

15 Auch ältere Frauen, die in der Stadt leben, haben Angst davor, ihre Heimatdörfer zu besuchen, weil sie befürchten, zwangsweise initiiert zu werden (persönliche Mitteilungen von Paulin Hountondji, Ulrike Sulikowski, Flavien Gbéto). Viele Frauen konvertieren zu *Christianisme Céleste*, weil sie Angst vor der Initiation haben (Tall 93:20ff).

nomie der Priester im Vergleich zur Bevormundung der Priesterschaft durch die Revolutionsregierung oder die vorkoloniale Monarchie. Lokale Skeptiker befürchten dahinter allerdings politisches Kalkül und eigene Interessen.

3. Kapitel

Die soziale Organisation der *vodún*-Kulte

Die religiöse Funktion der *vodún*-Kulte sowie ihre Aufrechterhaltung und Reproduktion wird durch die Priester, die Initiierten und die Initiation gewährleistet. Im Folgenden werden die *vodún*-Kulte als soziale Institution dargestellt, die auf einer Differenzierung nach Rollen und Funktionen basiert und die rigide Hierarchien hervorgebracht hat.

1. Die *vodúnnɔ*

Die Position des *vodúnnɔ* (auch *hunnɔ*[1] oder vertraulich *hunbonɔ*), des Priesters, impliziert Macht. Er wird gefürchtet und respektiert und nimmt somit eine widersprüchliche gesellschaftliche Rolle ein.

Der Priester, erhält nach der Amtseinführung einen neuen Namen; sein säkularer Name darf bei Strafe nicht mehr ausgesprochen werden. Er hat verschiedene soziale Rollen zu erfüllen. Er vermittelt die Kommunikation zwischen den lebenden Mensch, den *vodún* und den Ahnen. Er leitet die Zeremonien und kennt die dafür notwendigen rituellen und symbolischen Praktiken. Er ist eine der Instanzen der sozialen Kontrolle, und er ist Herr der Initiation. Der Priester wird bei Krankheit, Unglück und Sterilität konsultiert. Krankheiten erfordern nicht nur eine Behandlung im engen Sinn, sie erfordern vor allem die Suche nach den Ursachen, die vorwiegend in Tabuverletzungen zu suchen sind.[2] Das *Fá*-Orakel beantwortet die entscheidende

1 *hunnɔ* ist ein Synonym für *vodúnnɔ* (vgl. Fußnote 9, Kap. 1).

2 Krankheitsursachen im biologisch-physischen Sinn existieren für eine Mehrheit der Dorfbewohner nicht als solche. Die Suche nach den »sozialen« Ursachen (z.B. in Tabuverletzungen, Mißachtung der *vodún* und der Ahnen) steht deshalb im Vordergrund (Ulla Simshäuser 1995:20).

Frage, welcher *vodún* sich gestört, mißachtet oder nicht richtig verehrt fühlt und erlegt eine Kompensation auf. Erst in einem zweiten Schritt werden dann Heilkräuter gegen die spezifischen Symptome verordnet. Der Priester kann also auch *amatɔ* (Heiler) und *bòótɔ* – Spezialist für die Herstellung von *bòó* (Zauber) – sein, der sowohl schützen als auch Schaden zufügen kann (vgl. Brand 1973a; Maupoil 1961:64).

Die *vodúnnɔ* erscheinen auch als eine politisch relevante Instanz. Besonders die Priester von *Sakpata* hatten am Hofe des Königs *Agaja* (1708-1740) einen schlechten Ruf. *Agaja*, in dessen Regierungszeit die Eroberungen der Königreiche *Allada* und *Xweda* mit den Städten *Savi* und *Glexue (Ouidah)* fallen (zwischen 1724-32) sieht seine Regentschaft in den eroberten Gebieten durch die Priester von *Sakpata* stark bedroht. Sie intrigieren und beeinflussen ihre Adepten und die Gläubigen gegen das Königtum. Auch für die Priester des *vodún Dan* ist im späten 17. Jahrhundert das aktive Eingreifen in die Politik dokumentiert. Sie zünden den Tempel von *Dan* an, interpretieren dies als göttliches Zeichen und verhindern somit die Konversion von König *Hufon* zum Christentum. (Law 1991b:53).

Läßt sich der Einfluß der Priester von *Sakpata* hier lediglich als Bedrohung für eine expansive Monarchie nachvollziehen, so finden sich bei Adams (1823:198), Baudin (1884) und Borghero (1881) (die beiden letzteren zitiert nach Verger 1957:64) Hinweise auf Willkürakte gegen die Gläubigen wie unrechtmäßige Bereicherung und Freiheitsberaubung.

War bisher die Stellung der Priester in ihrem Verhältnis zu den verschiedenen Königen von Dahomey und Ouidah zitiert worden, kommt mit Kwadzo (1930, Übersetzung und Kommentar von Westermann) ein ehemals in einen *Yehwe*-Kult (*vodún*-Kult im West-Ewe Gebiet, heutiges Togo) initiierter *Ewe* zu Wort. Der 1894 geschriebene autobiographische Bericht über die Wahl der Adepten und die terroristischen Praktiken während der Initiation gehört zu den bis heute seltenen schriftlichen Zeugnissen von ehemals Initiierten.[3] Kwadzo prangert die Dekadenz des *Yehwe*-Kultes an. Er habe sich von einer vormals (vermuteten) religiös-sozialen Institution zu einer Terrororganisation gewandelt, mit den Zielen der ökonomischen Bereicherung, sexuellen Freizügigkeit und des Machterwerbs. Eine führende

3 Des weiteren liegt eine romanhaft verarbeitete Autobiographie eines konvertierten ghanaischen Zauberers und Wahrsagers vor, der vor allem die betrügerischen, auf Gelderwerb gerichteten Praktiken von Priestern thematisiert (Bohner 1890).

Rolle fällt dabei den Priestern zu. Westermanns kritischer Kommentar warnt zwar vor Übertreibungen, da ein zum Christentum bekehrter Laienprediger und Evangelist eher die negativen Seiten des Kultes betone, es bleibt jedoch eine frappante Detailkenntnis von Praktiken wie willkürlicher Gebrauch von Macht und ökonomische Ausbeutung.

Aufgrund dieser Berichte scheint es, als könnte man den *vodúnnɔ* , als bekannte Größe voraussetzen. Er erscheint, um die Nuance der Macht erweitert, als leicht verfremdeter »Priester«, und wird zur idealen Projektionsfläche für die populäre Romanliteratur sowie für Horrorfilme (Sulikowski 1990). Aus diesen Quellen vorinstruiert könnte man den *vodúnnɔ* im Dorf nicht erkennen. Daher wird im Folgenden der Hauptakzent auf der Wahrnehmung der Dorfbewohner liegen.

Die Besetzung der Position des *vodúnnɔ*

Wird in der frühen Reiseliteratur die negative Rolle des Priesters betont, so schweigt sich die heutige Literatur über den Priester aus. Außer der summarischen Qualifikation der Priester als mächtig und Dank ihrer Verfügung über Schadenszauber (*bòó*), Gifte und dem Besitz großer Geheimnisse gefürchtet (Verger 1957; Maupoil 1961; Herskovits 1967; Frey-Nakonz 1984:38, 159; Quénum 1983 (1922):94), ist über die Rolle, Funktion und Machtfülle des Priesters wenig bekannt.

Der Priester übt innerhalb der Dorfgemeinschaft eine legitime Funktion aus. Der deutlichste soziologische Indikator hierfür ist die Sorgfalt mit der die Nachfolge betrieben wird. Trotz der Vielfalt der Nachfolgeregelungen, wird der institutionelle Charakter des *vodún* gerade hier deutlich.

Die wenigen deskriptiven Anmerkungen suggerieren, da der Priester auch ein hohes Ansehen genießt, eine unproblematische Besetzung der Priesterposition durch Vererbung oder durch eine zufällige Wahl durch das *Fá*-Orakel. Erbschaftsregeln wie Orakeltechniken[4] unterliegen jedoch komplexen Mechanismen, die eine genauere Betrachtung erfordern.

4 Zu den wenigen Quellen die die Manipulation von Orakeltechniken thematisieren, gehört Rosalind Shaw, die zeigt, daß weibliche Orakelspezialisten geltendes Recht zugunsten von Frauen manipulieren (1985:286).

Abbildung 5: Avanɔ, der höchste Priester Ayous, vor seinem Haus, das rund und aus Rinde gebaut sein muß – eine Tradition aus der Zeit der Sklavenjagden, da man durch die Hinterwand fliehen konnte. (*Foto*: Karola Elwert-Kretschmer, Ayou, 1978)

Üblicherweise leitet der Tod eines Priesters die Frage seiner Nachfolge ein. Die Suche eines Nachfolgers erfolgt innerhalb der *hɛnnu,* der patrilinearen Verwandtschaftslinie (vgl. Verger 1954a:16). Als Nachfolger kommen in der Regel nur die Söhne in Frage, und nur in Ausnahmefällen werden Brüder, Onkel oder Töchter des verstorbenen Priesters in die Wahl miteinbezogen. Idealerweise findet eine Designation des Nachfolgers bereits durch den Vater statt, der noch zu Lebzeiten einen seiner Söhne, den er für besonders geeignet hält, zu seinem Nachfolger bestimmt. Vorbedingung ist ein einwandfreier Lebenswandel, der als »guter Charakter« bezeichnet wird. Säufer, Schürzenjäger, Christen und Muslime sind ausgeschlossen. Darüber hinaus gibt es keine weiteren Bedingungen. Insbesondere – und das ist überraschend – wird nicht erwartet, daß der neue Priester selbst initiiert ist. Er durchläuft lediglich, aber auch das trifft nicht immer zu, langwierige Inaugurationsriten, die Spezialwissen vermitteln und die in der Literatur mißverständlich als Initiation bezeichnet werden (Brand 1974:420ff). Es gibt keinen kontinuierlichen Aufstieg von der *vodúnsì* zum *vodúnnɔ* wie Hazoumé (1993:96) und Brand (1974:424) suggerieren, denn die Hierarchien in diesem Religionssystem sind undurchlässig.[5]

Es wird darauf insistiert, daß ein Nachfolger gefunden werden muß. Betrachtet man allerdings die Anzahl der 1991 unbesetzten Priesterstellen, kommen Fragen nach der gegenwärtigen Popularität der Position auf. Von 20 Priesterpositionen in Ayou sind acht (= 40%) unbesetzt und z.T. seit mehr als 15 Jahren vakant. Die Gründe dafür sind vielfältig. Häufig waren die Söhne zum Christentum konvertiert und kamen als Nachfolger somit nicht mehr in Frage. In 50% der Fälle weigerten sich die Söhne, die Nachfolge anzutreten und konnten auch nicht dazu gezwungen werden. Einmal kam es auch zu Nachfolgestreitigkeiten zwischen den Söhnen, die jeweils andere Mütter hatten und die sich, so berichtet die Dorffama, gegenseitig vergiftet haben.[6]

Findet sich kein männlicher Nachfolger, weicht man ausnahmsweise auf eine Tochter des Verstorbenen aus. So war z.B. der Posten des *vodúnnɔ Axɔsihunɖe* jahrelang unbesetzt, bis man sich dazu entschloß, seine Tochter als Nachfolgerin einzusetzen. Sie brachte eine für Frauen wichtige Voraus-

---

5 Des weiteren findet sich gelegentlich eine Konfusion bei der Übersetzung der Begriffe *vodúnnɔ* und *vodúnsì*, wobei letztere, die initiierten Adepten, fälschlich mit Priesterinnen übersetzt werden (Hazoumé 1993(1956):95; Drewal 1989a:332ff; 1989b:207ff). *Vodún-nɔ* heißt Besitzer des *vodún*, *vodún-si* heißt Frau des *vodún*.

6 Dieser Vorwurf konnte natürlich nicht überprüft werden. Es handelt sich um eine stereotype Begründung, die bei fast jedem plötzlich auftretenden Tod erfolgt. Der Vergiftungstod, ein gängiger Verdacht, der unterstellt, daß bestimmte Konflikte mit Vergiften beendet werden, gehört jedoch nicht unbedingt in das Reich der Legende. Spezialisten wie Heiler oder Priester verfügen durchaus über die notwendigen Kenntnisse, die zudem heute für jeden käuflich sind. Auch wenn Vergiftungen selten vorkommen mögen, so kann nie das Gegenteil bewiesen werden. Anders wird mit dieser Art von Verdacht in Ghana umgegangen, wo eine medizinische und gerichtliche Klärung betrieben wird (Carola Lentz, persönliche Mitteilung).

setzung mit, die Männern nicht abverlangt wird. Sie war verwitwet und lebte als *tayinɔ* (ältere Tante) wieder im Gehöft der patrilinearen Deszendenzgruppe ihres Vaters. Betont wurde immer wieder der Ausnahmecharakter einer solchen Wahl, die nur in »Notzeiten« erfolge. Bevor eine Priesterposition auf Dauer vakant zu bleiben droht, was den Zerfall des Schreins und des Klosters und somit das Verschwinden des jeweiligen *vodún* impliziert, toleriert man dann doch die Wahl einer Priesterin.

Von den 1991 zwölf aktiven Priestern in Ayou wollten drei nur unter großen Schwierigkeiten die Position des Priesters übernehmen. Ein Priester wurde in die Position hineingezwungen; die zweite Priesterposition wurde, wie oben erwähnt, nach langer Wartezeit mit der Tochter des verstorbenen Priesters besetzt; die dritte Position wurde jahrelang von einer Initiierten, die durch ihr großes Wissen und ihre Persönlichkeit im Dorf ein hohes Ansehen und Vertrauen genoß, »vertreten«, bis ein männlicher Nachfolger gefunden worden war. Anders als der Priester durfte sie jedoch kein Geld für ihre Dienste nehmen. Das hätte als unseriös gegolten, wiewohl sie aber manchmal von ihren Konsultanten etwas zugesteckt bekam. Sie blieb auch nach der regulären Besetzung mit einem Mann der aktive Teil. Nach ihrem Tod zerfielen die Opferstelle und das Kloster, da der eingesetzte Priester kein Interesse an der aktiven Führung zeigte. Obwohl Frauen von der Priesterposition in der Regel ausgeschlossen sind, gibt es zwei *vodún* am Ort, *Avizɛ* und *Lisa*, die auch eine Frau als Priesterin »verlangen«. Doch auch hier spielen die Priesterinnen keine herausragende Rolle, sondern werden in die zweite Reihe verbannt. Sie werden nur ergänzend zu männlichen Priestern zugelassen und müssen anders als männliche Priester unverheiratet, d.h. verwitwet sein (vgl. Quénum 1983:14). Auch der *vodún Sakpata* akzeptiert in Notzeiten eine Priesterin.[7]

»Die Priester und Adepten tun alles, um das Aussterben ihres *vodún* zu verhindern«, lautet die einmütige Meinung in Bénin sowie bei den Yoruba in Nigeria (Barber 1981). Mit welchen Mitteln die Perpetuierung der *vodún* u.a. betrieben wird, illustriert das Beispiel einer schwer erkrankten *vodúnsì*, der

7 Eine spektakuläre Ausnahme bildete *Yaoutcha Gankpé*, die in den 70er Jahren in Porto Novo einen vielbeachteten Kult für *Heviosò* installierte. Ihre Popularität, so die Volksversion, verdankte sie der Hilfe »obskurer Mächte« und der Protektion des damaligen Präsidenten Kérékou, der sie 1979 in die Assemblée Nationale Révolutionnaire berief. Mißtrauen erregte jedoch nicht nur ihre Nähe zur staatlichen Macht, sondern auch die Tatsache, daß sie sich als Frau eine Priesterposition angeeignet hatte.

der kostenträchtige Wiederaufbau ihres zerfallenen Initiationsklosters auferlegt wurde, um die Ursache ihrer Erkrankung zu beheben und ihre Gesundung einzuleiten.

Findet sich kein Nachfolger bereit, die Position des Priesters zu übernehmen, kann das *Fá*-Orakel unter den Söhnen oder Brüdern eine Wahl treffen. Auch die Wahl durch das *Fá*-Orakel kann als Zwang empfunden werden, da das Orakel nur eingesetzt wird, wenn entweder Streit um die Nachfolge entbrannt ist, oder kein Kandidat die Wahl freiwillig annimmt. Diese Wahl ist nur scheinbar zufällig, denn sie findet unter einem vorselegierten Personenkreis statt.

Die Nachfolgeregelungen implizieren häufig Konflikte.[8] Hat man die Position des Priester einmal angenommen, gibt es kaum eine Möglichkeit des Rücktritts. In der neueren Literatur wird ein einziger zum Christentum konvertierter Priester erwähnt, wobei die Umstände seiner sicher nicht konfliktfreien Konversion nicht offengelegt werden (Adoukonou 1973:175). In den Dörfern selbst hält man einen Ausstieg für kaum praktikabel. Man befürchtet die unvermeidliche Vergiftung dieser Person, deren Loyalität nach einer Konversion weder erzwingbar ist, noch kontrolliert werden kann. Eine Möglichkeit der konsequenzlosen »Abtrünnigkeit« wird trotzdem in Erwägung gezogen. Man hält es für nicht ausgeschlossen, daß ein »leiser«, d.h. den *vodún* nicht öffentlich beleidigender Ausstieg erfolgt, indem man seinen *vodún*, der symbolisch in einem Tontopf eingeschlossen ist, zurückgibt. Wählt der betreffende Priester, und dies gilt für alle Funktionsträger im *vodún*, die öffentliche Form, indem er seinen Tontopf zerschlägt, wie von einem konversionsbereiten Adepten in Ayou berichtet wird, setzen die Priester Drohungen ein und in besonders hartnäckigen Fällen werden Vergiftungen befürchtet, die diese öffentliche Beleidigung nicht nur zu sanktionieren, sondern auch zu verhindern versuchen.

Die Position und die Person des Priesters sind nie unumstritten, bleiben immer ambivalent. Er wird als Herr der Initiation von seinen Adepten sowohl verehrt als auch gefürchtet. Als Instanz der sozialen Kontrolle ist er innerhalb des Dorfes unentbehrlich, hat aber häufig nicht die ethisch-moralisch motivierte Persönlichkeit, die von ihm erwartet wird, und rückt durch

8 Brand (1974) erwähnt als einziger, ohne nähere Erläuterungen zu geben, daß ein Priester zuerst die Ernennung ausgeschlagen hatte, es bei der Besetzung also Konflikte gab.

Manipulationen des Rechts, Korrumpierbarkeit, Machtstreben und Geldgier seine Position in die Nähe mißliebiger staatlicher Instanzen.

Auch aus einer anderen Perspektive ist die Priesterposition nicht immer begehrt. Denn, auch wenn man vom Idealfall ausgeht, daß der Nachfolger gerne die Position übernimmt und es auch zu einiger Macht, Einfluß und Prestige gebracht hat, muß er sich häufig vor dem Neid seiner Kollegen schützen. Die Macht der Priester, die nicht vererbt wird, sondern erworben werden muß, ist an individuelles Charisma gebunden und hängt auch vom jeweiligen Erfolg ab. Ein erfolgreicher Priester wird deshalb täglich für sich einen Schutzzauber (*bòó*) machen, um seine Person gegen den Neid anderer zu schützen, aber auch um seine eigene Angst zu bewältigen.

Daß die Priesterposition dennoch begehrt sein kann, zeigt das Beispiel eines Mannes, dessen Vater ihn zum Nachfolger bestimmt hatte, der aber in den 60er Jahren Katholik geworden war und lange als Katechist gearbeitet hatte. Nachdem sich weiterreichende Karrierewünsche in der Kirche zerschlagen hatten, arbeitete er als Verwaltungskraft der untersten Stufe in einem staatlichen Landwirtschaftsbetrieb. Von ihm ist bekannt, daß er in späteren Jahren gerne die Nachfolge seines Vaters angetreten hätte, aber als Konvertit dafür nicht mehr in Frage kam, obwohl die Position seines Vaters seit über zehn Jahren unbesetzt war. Verspielte Loyalitäten können in diesem Fall auch durch eine Rückkonversion zu den *vodún* nicht wiedergewonnen werden.

Nicht jeder Priester übt seine Aufgabe mit Begeisterung und Hingabe aus. Besonders diejenigen Priester, die ihre Position ungern übernahmen oder gar hineingezwungen wurden, sind für ihre laxe Führung bekannt. *Dannɔ*, der Priester von *Dan*, »ließ sein Kloster zerfallen.« Auch *Dannɔ Akoɖe* war zeitlebens ein unwirscher Priester gewesen und hatte wenige Initiationen durchgeführt. Seine Söhne konvertierten durch sein Drängen und seine Ermunterung alle zum Christentum. Seine Position ist deshalb seit Jahren vakant. *Sonɔ*, der Priester für *Heviosò*, mißachtete zentrale Regeln und Tabus, denen Priester unterworfen sind. Er wird deshalb von niemandem respektiert und ist das Gespött des Dorfes. Alle seine Brüder waren bereits konvertiert, und so wurde er trotz großer Konflikte in diese Position hineingezwungen, weil, so der Dorftratsch, er kein »Mittel« fand – eine euphemistische Umschreibung für Dummheit – die Ernennung abzuwehren. Trotz seines Lebenswandels als Schürzenjäger und Trinker und seiner Abneigung gegen die Priesterposition, mußte er Priester werden, da seine Familie heute als einzige in Ayou-

Hannyan den *vodún Heviosò* vertritt. Nicht in allen Dörfern der Umgebung ist man jedoch so stark an der Existenz der *vodún* interessiert, z.B. findet sich im Nachbardorf Atotinga kein einziger aktiver Priester mehr, der ein Kloster unterhält.[9]

Neben der Vererbung der Priesterposition und der Wahl durch das *Fá*, gibt es noch eine andere anerkannte Möglichkeit Priester zu werden, nämlich durch »Kauf« (*e ɖa vodún*), so die volkstümliche Bezeichnung. So kann man Priester aus eigenem Entschluß werden (Spieth 1911:178) und so vor allem gelangen die *vodún* von einer Region in die andere.[10]

Trotz der weitverbreiteten Ansicht, daß die Priesterposition mit einer langwierigen Initiation in das kultische und okkulte Wissen sowie in die Pharmakologie verbunden sei (Maupoil 1961:64), gibt es hier nur recht unterschiedliche Verfahrensweisen. So berichtet Idowu (1975:133, 210), daß die Yoruba-Priester in Nigeria automatisch in die Position des Vorgängers nachrücken, ohne eine formale Wissensvermittlung erhalten zu haben. Dies wird von Quénum (1983:15) für Bénin implizit bestätigt, indem er lediglich von einer nächtlichen, einführenden Zeremonie berichtet. In verschiedenen Dörfern der Souspréfécture Allada fand Olivier de Sardan nicht einmal diese vor (1987:14). In Ayou war keine spezielle Unterweisung oder institutionalisierte Wissensvermittlung in Form einer Initiation in die Priesterposition bekannt, wie sie bei Brand (1973:421ff) für das Tal des Ouémé beschrieben wird, wobei der Autor an anderer Stelle einräumt, daß durchaus nicht alle Priester diese Ausbildung durchlaufen (Brand o.J.:52). Doch auch Brand beschreibt nicht eine Initiation sondern eine Ausbildung, denn eine Initiation durchlaufen lediglich die *vodúnsì*. In dieser Beschreibung wird der Eindruck vermittelt, daß das für einen Priester notwendige Wissen lediglich in dieser Ausbildung vermittelt wird und dann in einem statischen Zustand verharrt. Dieses entspricht kaum der Realität. Wo erwerben oder erweitern Priester aber ihr Wissen, insbesondere wenn sie, wie in der Untersuchungsregion, keine formalisierte Unterweisung erhalten? Das Wissen wird, ebenso wie die Position, vor allem innerhalb der patrilinearen Familie weitergegeben. Der Vater tradiert es seinem designierten Nachfolger. Ein wenig ehrgeiziger Priester kann sich mit dem vom Vater erworbenen Wissen zufriedengeben. Hingegen kann ein wissensdurstiger Kandidat (auch Priester), die Möglich-

---

9 Persönliche Mitteilung von Petra Feil (1991).
10 Vgl. Fußnote 8, Kap. 1.

keit, bei anderen Priestern der Region oder des Landes gegen Bezahlung zu hospitieren, nutzen und so Wissen akkumulieren. Wie weit die Hilfe allerdings geht, ist nicht bekannt, denn die Priester sind als Religionsspezialisten gleichzeitig Konkurrenten, deren Prestige, Einfluß und Macht gerade von exklusivem Spezialwissen abhängig ist. Anders als noch vor fünfzig oder sechzig Jahren kann man heute auch Wissen über magische, häufig doppelbödige Praktiken bei geschäftstüchtigen Spezialisten kaufen.

Die Kontrolle der *vodúnnɔ*

Die Priester sind in Regeln und Tabus eingebunden, die die Priester als eigene »Klasse« kennzeichnen. Übernimmt man die Position des Priesters, müssen Tabus betreffend Moral, Habitat, Bekleidung, Nahrung und territorialer Einschränkung akzeptiert werden. Diese variieren sowohl für die verschiedenen *vodún* als auch regionalspezifisch. *Avanɔ*, der Vertreter des Haupt-*vodún* von Ayou, darf z.B. in keinem befestigten Haus wohnen, sondern nur in einem Rindenhaus, wie es zur Zeit der Sklavenjagden als Fluchthaus gebaut wurde. Er darf weder Fahrrad noch Auto, noch Eisenbahn benutzen, noch Französisch sprechen. Er muß barfuß gehen, darf kein Hemd und keine Hosen tragen, sondern Wickelrock und Toga, und er muß bestimmte Speisetabus einhalten. Die anderen Priester Ayous unterliegen nicht den gleichen Tabus. Sie dürfen lediglich keine Hosen tragen, sondern ein Wickeltuch und müssen bestimmte Speisetabus beachten. Eine Regel die in Tori-Gare befolgt wird, das Verbot der Berührung anderer Menschen und ganz besonders von Toten (Frey-Nakonz 1984:39), ist in Ayou unbekannt. Für das Gehöft von *Avanɔ*, *Hɔnmɛ* genannt, gilt allerdings, daß niemand dort sterben oder beerdigt werden darf. Üblicherweise werden sonst Verstorbene hinter dem Wohnhaus, aber auch im Busch beigesetzt.

Neben der gegenseitigen Hilfe, die kollegial besonders bei öffentlichen Ritualen gewährt wird, haben wir noch einen zweiten Mechanismus, der das Funktionieren der Priesterposition garantiert: den der Kontrolle. Die Priester sind sowohl in eine gegenseitige (vgl. Maupoil 1961:62) als auch eine hierarchische Kontrolle eingebunden. Bis 1974 war der König von Allada die oberste Instanz aller Priester der Region. Er garantierte den regelhaften Ablauf aller Rituale sowie die Einhaltung der Tabus, die den Priestern abverlangt werden, indem er ihre Übertretung sanktionierte. Seine Zuträger und Informanten waren nicht nur Priester, Initiierte oder auch einfache Gläubige

(Agbanou o.J.:43, 51; Falcon 1970:22; Maupoil 1961:56; Herskovits II 1967:175), sondern vor allem institutionalisierte Kontrolleure (»Spione«), die *hungàán*, die der König unter den Initiierten, Männern wie Frauen, aussuchte und einsetzte. Diese Kontrollinstanz entfiel mit der Entmachtung des Königs durch die Regierung Kerekou im Jahre 1975.

Die Insignien des Priesters, die seine Position und die damit verbundene Macht symbolisieren, sind ein Hut oder eine Kappe, ein weißes Stirnband als Zeichen für eine ererbte Position, ein »Thron«, meistens ein Hocker, ein beschnitzter Holzstab und eine Toga. Sie variieren mit den verschiedenen *vodún* und Regionen. Der Priester wird kniend gegrüßt und angesprochen (vgl. Quénum 1983:94). Betritt ein Besucher das Territorium eines Priesters, muß er sich die Schuhe ausziehen und bei *Avanɔ* zusätzlich den Oberkörper entblößen. Die Insignien und die Unterwerfungsgesten, gleichen denen der Könige von Abomey (Westermann 1935:200), drücken bereits auf der symbolischen Ebene den Anspruch auf Macht und Herrschaft aus.

Der Priester fällt und dies ist ein wesentlicher Indikator seiner Machtposition, aus dem allgemeinen Netz der dörflichen sozialen Kontrolle heraus – er steht darüber. Öffentliche Kritik und üble Nachrede, sei sie nun berechtigt oder nicht, verbietet sich beim Vertreter der *vodún* und wird mit Sanktionen bedroht (vgl. Kap. 4 und 7).

2. Die Initiation

»*Vodún* wählt, wen er will.« Die Rekrutierung der *vodúnsì* zur Initiation

Initiation ist die allgemein übliche Übersetzung von *hunsuḍiḍee*, und bedeutet die Handlung des Aussortierens. Folgt man dagegen der Literatur, dann erfolgt die Aufnahme in den Kult zufällig (Verger 1965:153; Rouget 1990:92; Olivier de Sardan 1987:14). Es werden allerdings verschiedene Rekrutierungsmodi unterschieden und beschrieben, die, eine breitgefächerte Auswahlpraxis aufzeigend, soziales Handeln und unterschiedliche Strategien erforderlich machen. Da die Auswahl einer Person als *vodúnsì* in der Literatur nur als mystifizierende Randglosse auftritt, soll sie hier länger beschrieben werden; denn hinter den stereotypen, lapidaren Sätzen wie »*Vodún* wählt, wen er will« oder »Das *Fá*-Orakel hat sie ausgewählt« verbergen sich komplexe Auswahlmechanismen, häufig soziale Dramen. Der Verweis meiner Gesprächspartner auf *vodún* oder *Fá* soll gerade das verhüllen.

Der Benennung durch das *Fá*, den häufigsten Wahlmodus, gehen wiederholt Krankheit und Unglück voraus (Parrinder 1961:87). Am häufigsten handelt es sich hier um kranke Kinder, deren körperliche oder mentale Krankheit trotz verschiedener Behandlungsversuche nicht geheilt werden konnte. Krankheiten, so die gesellschaftliche akzeptierte Erklärung, sind im allgemeinen auf einen *vodún* oder Ahnen (oder auch magische Handlungen) zurückzuführen, der entweder mißachtet wurde oder verehrt werden will. Fraglich ist nur, um welchen *vodún* es sich handelt, der hier auf sich »aufmerksam« macht. Diese Frage kann nur der *bokɔnɔ*, der berufsmäßige Wahrsager, mittels des *Fá*-Orakels beantworten. Durch Fragen findet er heraus, welcher *vodún* die betreffende Person für sich »reserviert« hat, der nun nur durch die Initiation dieser Person wieder »beruhigt« werden kann (vgl. Herskovits II 1967:179; Agbanou o.J.:22).

Die Weihung einer Person ist ein weiterer Wahlmodus, der von den Priestern besonders gerne gesehen wird. Hier veranlassen Kindersterblichkeit oder Sterilität den Gang zum Priester. Mit einer Opferzeremonie wird das Versprechen verstärkt, die Mutter oder das Kind, das dank dieser Zeremonie geboren wird, *vodún* zu weihen, d.h. einer Initiation zu unterziehen. Diese Kinder werden als *abikun*, als geborene *vodúnsì* bezeichnet.

Die »Vererbung« der Initiation innerhalb der Familie ist ein weiterer wichtiger Modus. Der jeweilige *vodún* wird allerdings nicht allgemein innerhalb einer Familie vererbt (Verger 1957:79; Herskovits II 1967:178; Rouget 1990:94), sondern muß von der Mutter an eine ihrer Töchter weitergegeben werden und schafft nach der Heirat der Tochter eine untrennbare Verbindung zwischen dem neolokalen Heim der Tochter und ihrem Elternhaus. Da Frauen in patrilinearen Gesellschaften schwach in die affinale Gruppe integriert sind, ermöglicht dieses Arrangement den Töchtern häufigere Besuche, z.B. zu Zeremonien, im Elternhaus, was gerade bei größerer Entfernung vom angeheirateten Zuhause gerne gesehen wird.

Parrinder (1961:82; 1989:268) und Quénum (1983:92) weisen noch auf einen Personenkreis hin, der beim Zuschauen von öffentlichen Zeremonien spontan in Trance fällt und somit öffentlich zeigt, daß ein *vodún* sie ausgewählt hat. Diese Möglichkeit wurde in der Untersuchungsregion nur vage in Erwägung gezogen und nicht für wahrscheinlich gehalten.

Des weiteren kann ein Priester auf der Suche nach Adepten bei öffentlichen Zeremonien einzelne Eltern auffordern, ihr Kind zur Initiation zu schicken (vgl. Agbanou o.J.:22; Parrinder 1961:82). Dies wird heute als Indiz für den rezenten Mangel an Adepten gewertet.

Die Entführung einer Person zur Initiation ist kein eigenständiger Auswahlmodus, sondern ist eine der Rekrutierungsmöglichkeiten. Denn die Auswahl, die überwiegend in der Kindheit stattfindet, und die Rekrutierung zur Initiation, bei der die Betreffenden ins Initiationskloster interniert werden, fallen zeitlich auseinander. Die heranwachsenden designierten *vodúnsì*, Mädchen werden *hunjɛ* und Jungen *togbe* genannt, gehen in den seltensten Fällen freiwillig zur Initiation. Gegen ihren Widerstand werden sie »geraubt« (Labat 1731:180ff, zitiert nach Verger 1957:103) und »entführt« (Agbanou o.J.:18, 35; Parrinder 1961:83).

Von der späteren romantisierenden und idealisierenden Literatur ignoriert, beschreiben Spieth (1911:178ff) und Kwadzo/Westermann (1930:13ff) die soziale Praxis der Rekrutierung der *vodúnsì*, die durch Zwang und List gekennzeichnet ist. Ihr Zeitgenosse Veindeix, ein katholischer Missionar, betont dagegen, daß keine Gewalt bei der Internierung angewendet wird, daß die zukünftigen *vodúnsì* alle freiwillig ins Kloster gehen (1928:646). Die unterschiedlichen Darstellungen resultieren aber eher aus der Fähigkeit, Informationen zu interpretieren, als aus einer diametral unterschiedlichen sozialen Praxis. Zwei Randbemerkungen in der späteren Literatur bestätigen eher Zwangspraxis. Quénum (1983:93) beschreibt die bewaffnete Opposition von Ehemännern, deren junge Frauen für die Initiation entführt wurden, und Verger (1957:79) spricht, eher vage, von dem großen sozialen Druck, der auf den auserwählten Personen lastet.

Es muß hier die Frage gestellt werden, ob wir es mit einem Zwangssystem zu tun haben oder ob wir im Gegenteil, eine ohne Zwang sozial integrierte Institution vor uns haben, wie Adoukounou (1988:649) ohne Belege postuliert. Zweifel an letzterer These entstehen, wenn wir die verschiedenen Strategien untersuchen, die die Betroffenen entwickelt haben, um sich der Initiation zu entziehen.

Die gleichen Akteure, darunter auch Priester, vertreten zwei unterschiedliche Versionen. Eine offizielle, idealisierende Version bestätigt, daß die *vodún* ihre Adepten aussuchen und daß eine Verweigerung mit dem Tod durch Vergiften, mit Verrücktwerden, Krankheit oder Siechtum bestraft wird. Gestützt wird diese Version durch Klatsch der verschiedene Beispiele von

Irresein oder plötzlichem Tod zitiert. Die zweite, nur geflüstert geäußerte, Version relativiert dieses Bild und läßt Möglichkeiten der Verweigerung erkennen.

Es bestehen mehrere Möglichkeiten. Priester zeigen einen legalen Ausweg aus diesem Zwangssystem. Hat eine designierte *vodúnsì* sich endgültig der Initiation entzogen, legitimiert der Priester dies wie folgt: »*Vodún* hat alles gemacht um seine ›Frau‹ zu bekommen; da die Person aber trotz aller List eine Möglichkeit des Entkommens gefunden hat, ist der Beweis erbracht, daß der *vodún* nicht sehr nach einer ›Frau‹ gesucht hat.« Ein Eingeständnis eines Mißerfolges ist somit vermieden. Auch die drohenden Bestrafungen durch die *vodún*, die sich in der Volksversion zu einem kausalen Zusammenhang verdichten, werden von den Priestern vorsichtig formuliert, so daß ein »Mißlingen« auch da erklärt werden kann. So erkrankt man nicht unmittelbar auf die Verweigerung, sondern: »Wenn man sich weigert, kann man krank werden, oder verrückt, oder man stirbt vorzeitig, oder man wird schwach oder nichts gelingt mehr im Leben.« Diese Formulierung ist jeder Interpretation zugänglich, denn es bleibt offen, wann und mit welcher Intensität die Strafe eintritt.

Bestätigen selbst die Priester mehr oder weniger offen, daß es Verweigerungen gibt, so weist die Statistik den Weg zu den »Risikogruppen«, die initiiert werden und ermöglicht es uns, die Frage nach den Möglichkeiten der Verweigerung systematisch zu stellen.

»*Vodún* kann nehmen, wen er will, unabhängig von Alter und Geschlecht«, übernimmt Agbanou (o.J.: 18) die herrschende Ideologie. Nehmen wir die Zufallsauswahl ernst, müßten jedoch bei einer zufälligen Entscheidung Männer und Frauen langfristig zahlenmäßig gleich repräsentiert sein. Frauen sind jedoch mit einem Anteil von 72% an allen Initiierten überrepräsentiert.[12] Überprüft werden muß, ob die Initiierten nach dem Zufallsprinzip ausgewählt werden oder ob wir es mit einem sozialen Selektionsprozeß zu tun haben, dessen Strategien gegen die abhängigen Glieder der Gesellschaft gerichtet sind, gegen Frauen und Kinder.

---

12 In Ayou-Hannyan waren 1991, aus einer Stichprobe von 281, 31% aller Frauen, aber nur 12% aller Männer initiiert.

Abbildung 6: Vodúnsi tanzen bei der Zeremonie *xwètanu*, die jährlich zu Ehren der *vodún* gefeiert wird und an der alle Initiierten des Dorfes teilnehmen. (*Foto*: Karola Elwert-Kretschmer, Ayou, 1978)

In der Tat gibt es bei der Rekrutierung eine bewußte Selektion von Frauen, die, so die emische[13] Version, zur Initiation gezwungen werden können, während für Männer Möglichkeiten bestehen, sich diesem Zwang zu entziehen. Dies scheint kein rezentes Phänomen zu sein. Burton (1864 II: 102) und Veindeix (1928:643) stellten für die zweite Hälfte des 19. Jahrhunderts und das frühe 20. Jahrhundert ein Übergewicht an Frauen fest, ebenso wie Herskovits (1967 II:177), Brand (1973:225) und Rouget (1990:94), die im Widerspruch zu ihrer eigenen Zufallsthese das Übergewicht von Frauen unter den *vodúnsì* betonen. Parrinder (1961:82) präzisiert, daß nach seiner Schätzung drei Viertel aller *vodúnsì* Frauen sind. Ebenso wird durch Fotos von Herskovits (1967) und Verger (1954), jeweils in den 1930er und späten 1940er Jahren aufgenommen, das Übergewicht an Frauen bestätigt. Die Rhetorik mit der die Verschonung der Männer gerechtfertigt wird, führt die offizielle Version der »Zufälligkeit« *ad absurdum.* In dieser Rhetorik erweisen sich die *vodún* als moderne, den Wandel fördernde Götter, denn sie akzeptieren, daß Knaben und junge Männer in die Schule gehen und somit »fonctionaire« werden können, anstatt die langwierige Initiation zu durchlaufen. Des weiteren wird von den befragten Priestern der Frauen-*Bias* mit der bäuerlichen Arbeitsteilung begründet: Es wird die Unentbehrlichkeit männlicher Feldarbeit zitiert, die auf keine Arbeitskraft verzichten kann, während die weiblichen Arbeiten wie Haushaltsführung, Kindererziehung und auch Arbeit auf dem eigenen Feld keine Hindernisse für eine langjährige Initiation darstellen. Parrinder zitiert Militärdienst und Zwangsarbeit für die Kolonialadministration als weitere zeitgemäße Ausnahmen mit denen die Nicht-Initiation der Männer entschuldigt wurde (1961:82).

Die Konzentration auf Frauen bei der Initiation hängt jedoch nicht nur mit der Toleranz anderer Ziele durch die Priester zusammen. Männer haben, anders als Frauen, weitaus bessere Voraussetzungen der Verweigerung. Mit der häufigeren und längeren Schulausbildung als Mädchen sind sie mobiler, informierter und auch bereiter, das Dorf zu verlassen. Dies erwarten sie auch für die Söhne. »Männer sind mutiger« und: »Männer wollen nicht die Tradition fortsetzen«, formulieren ein Student und ein Priester die Erwartungen, die eine sich wandelnde Gesellschaft an Männer und Frauen richtet. Von Frauen wird nach wie vor Gehorsam, Anpassung und die Bewahrung des

13 Emisch ist der aus der Linguistik übernommene (emic bei Kenneth Pike 1967) und in die Sozialanthropologie eingeführte Ausdruck für kulturimmanente Begrifflichkeit.

Althergebrachten verlangt. Männer unterliegen auch mit der nachlassenden Macht der Alten (Elwert 1984) weitaus weniger der häuslichen Kontrolle als Frauen und Mädchen. Zusätzlich hemmen soziale Stigmatisierung die Frauen in ihrer Mobilität: Schneiderinnen, Kindermädchen, Köchinnen, aber auch Politikerinnen gelten in der dörflichen und städtischen öffentlichen Meinung als Huren oder diesen ähnlich.

Die seit den 1950er Jahren insgesamt zurückgegangene Zahl der *vodúnsì* belegt jedoch, daß auch zunehmend Frauen für sich und ihre Töchter einen Weg gefunden haben, sich der umstrittenen Initiation zu entziehen. Diese Verweigerungshaltung kann jedoch nicht mit einer grundsätzlichen Ablehnung des Glaubens verknüpft werden. Der Protest richtet sich gegen die langjährige Initiationspraxis. »Wir wollen uns entwickeln«, wird der Wunsch nach einem selbstbestimmten Lebenslauf formuliert. Und dazu gehört auch, daß man nicht als »Traditionalist« erkannt werden möchte. Denn die Initiation hinterläßt für alle sichtbare Spuren: Die notwendige Namensänderung[14] (»man schämt sich, einen *vodún*-Namen zu tragen«) und die für jeden *vodún* typischen Schmucknarben (»man hat ein Hemd auf die Haut tätowiert«) »brandmarken« die Betreffenden.[15]

Es entsteht der Eindruck, daß Initiationen tendenziell nur noch mit dem Einverständnis der in Frage kommenden Erwachsenen oder der Eltern durchgeführt werden. Doch die Eltern entscheiden nicht einmütig: »Die Männer sind immer dagegen, wir sprechen nur mit den Müttern«, berichten verschiedene Priester. Warum die Mütter, wenn überhaupt, dann aber überwiegend ihre Töchter auswählen, wird nur angesichts der Bedeutung der physischen Reproduktion und ihrer Risiken plausibel.

Frauen sind die »Risikogruppe« par excellence, denn ihre Bedeutung für ihre unmittelbare Umgebung – die Verwandtschaftslinie ihres Mannes – erwächst aus ihren Kindern; daher sind für sie Schutzrituale besonders wichtig. Die Sorge um den Fortbestand der Verwandtschaftlinie und, direkter, die Angst um Kinderlosigkeit und Altersversorgung wird überwiegend Frauen aufgebürdet. Es lastet ein großer Erwartungsdruck auf ihnen, alle Möglich-

---

14 Zur Bedeutung der Namen, die man mit der Initiation erhält, siehe Saulnier 1973 und 1974a, b.

15 Die Technik der Tätowierung beschreibt Henry Drewal 1989. Im Dorf verbreitete Gerüchte behaupten, daß die Lehrherren in der Hauptstadt keine Initiierten als Lehrlinge einstellen. Ebenso dürfen diesem Klatsch zufolge Initiierte keine Beamten werden. Dies konnte nicht überprüft werden, gibt aber Aufschluß über sich wandelnde Normen und Aspirationen.

keiten zur Vermeidung von Kinderlosigkeit und Kindestot auszuschöpfen. So lassen Frauen aus Dankbarkeit, daß eines ihrer Kinder mit der Hilfe der *vodún* überlebt hat und gesund wurde, sich oder ihr Kind initiieren; ebenso lassen sie es zu, daß ihr Kind beim kleinsten Zeichen des Widerstandes oder Verdachtes auf Ablehnung von Helfern des Priesters in einer theatralischen Inszenierung entführt wird (vgl. Parrinder 1961:82). Die alten *vodúnsì* drängen sich dabei um das gefangene Kind, hindern es am Schreien oder übertönen es mit Jubelschreien und transportieren es ins Kloster.

Damit in Zusammenhang steht der Finanzierungsmodus der Initiation. Die hohen Initiationskosten, die bei den Verweigerungsgründen mit an erster Stelle genannt werden, müssen von den Eltern vollständig aufgebracht werden, wenn sie einen Sohn initiieren lassen. Bei der Initiation einer Tochter besteht die Möglichkeit, die Kosten auf den zukünftigen Ehemann abzuwälzen oder sie zumindest mit ihm zu teilen (vgl. Herskovits 1967 II:177).

Ist dagegen eine zukünftige *vodúnsì* mit der Initiation einverstanden, geht sie in das Kloster und wird ohne viel Aufhebens aufgenommen.

Die eingangs gestellte Frage nach dem Zufallsprinzip bei der Auswahl der Adepten und nach der sozialen Integration des *vodún*-Systems findet keine einfache Antwort. Es sind überwiegend Frauen, die von der Initiation betroffen sind, aber es sind auch Frauen (Mütter), die dieses System perpetuieren.[16] Hier soll nicht die Traditionalismusthese als Argument bemüht werden. Vielmehr ist es das Zusammenspiel von Angst, Unterordnung, ökonomischen Erwägungen, mangelnden außerdörflichen Perspektiven und die Sorge um die biologische Reproduktion, die Frauen in der »traditionellen« Rolle festschreiben.

Dieses Religionssystem stützt sich nur teilweise auf Konsens. Es wird vielfach Zwang eingesetzt, um es zu reproduzieren. Aus dieser Rekrutierungspraxis speist sich auch ein Teil des negativen Images der Priester; sie sind es, die die Adepten für die Initiationen auswählen. So wird die offizielle Lesart, daß »der *vodún* seine Frau selbst aussucht«, von der lokalen Bevölkerung als Manipulation bezeichnet, die sich dieser Ideologie bedient, um den sozialen Protest zu minimieren. Skeptiker und furchtlose Gläubige unterstellen weitreichende Eingriffe des Priesters in die körperliche Autonomie

16 In einer Erhebung zu Béniner Ortsgeschichten zeigte sich, mit Männern verglichen, die stärkere Neigung von Frauen zu transzendentalen Erklärungsmustern und der größere Wunsch an ungehinderter Religionsausübung (Elwert/Elwert-Kretschmer 1991).

einzelner, wenn sie auf der Suche nach Rekruten sind. So wird angenommen, daß anhaltendes Schreien sowie Krankheiten bei Säuglingen und Kleinkindern von den Priestern selbst durch Gifte provoziert werden, deren Wirkung durch ein Gegengift aber wieder aufgehoben werden kann, vorausgesetzt das Kind wird einem *vodún* geweiht.[17]

Woher speist sich der Widerstand, wenn keine Glaubensfragen als Argumente angeführt werden? Die Initiation ist auf keine bestimmte Altersstufe festgelegt, und auch der Zeitpunkt zwischen Wahl und Rekrutierung ist nicht definiert. Statistisch gesehen liegt der Altersdurchschnitt in Ayou bei Beginn der Initiation, für den Zeitraum 1973 bis 1991, bei zwölf Jahren für Jungen und Mädchen. Die Jüngsten waren dabei sechs und acht Jahre alt und der Älteste 37 Jahre. Für die Jahre 1928 bis 1966 lag der Altersdurchschnitt mit 14,6 für Jungen und 16 Jahren für Mädchen höher. Zwischen den Jahren 1966 und 1973 lag er für Männer bei siebzehn und für Mädchen bei zwölf Jahren. Die Wahrscheinlichkeit, daß man heute zwischen dem achten und vierzehnten Lebensjahr initiiert wird, ist sehr groß. Wir haben es jedoch nicht mit einer abgeschotteten Dorfgemeinde zu tun. Schulbildung, der Club 4 D[18], Heirat oder Lehre werden als Sprungbrett in eine nicht-bäuerliche Karriere oder als sozialer Aufstieg wahrgenommen. Die Initiation verlangt jedoch die Aufgabe all dieser individuellen Visionen und Hoffnungen. Die Versicherung der Priester, man könne und würde für Schüler eine Kurzinitiation in den Schulferien durchführen, stellt sich lediglich als verbale Anpassung an den sozialen Wandel im Dorf heraus. Nach Gilli (1976:227) besuchen die *vodúnsì* nie eine Schule. Dies gilt modifiziert auch heute für Ayou, Tori-Gare und Umgebung. Denn Kinder, die zum Zeitpunkt der Initiation bereits eingeschult waren, kehren nicht mehr in die Schule zurück. Ähnlich gilt für Erwachsene, daß sie Ausbildung, Familie, die Versorgung von Kindern, den Marktstand oder die Feldarbeit aufgegeben müssen.

Es werden jedoch nicht nur lebensplanerische Gründe für die Ablehnung angeführt. Mit am häufigsten wird das strenge Regime während der Initiationszeit erwähnt: der rituelle Tod, die ungewisse Wiedergeburt, die an abso-

---

17 Kein anderer gesellschaftlicher Bereich wird so von Gerüchten und Klatsch überlagert, in denen sich die Angst der Menschen ausdrückt, wie der religiöse.

18 Der Club 4 D (développement, décision, dévoir, Dahomey), auch Club de Jeunes Agriculteurs, ist eine Vereinigung von Jungbauern, die 1967/68, in Ayou gegründet und von der FAO finanziert wurde, um die ländliche Jugend zu modernen Landwirten auszubilden. Zu Gründung, Verlauf und Scheitern siehe Ahohounkpanzon 1990.

luten Gehorsam gegenüber allen an der Initiation Beteiligten geknüpft wird, sind stark angstbesetzt. Dies gilt ganz besonders für Kinder, die das Leben außerhalb der Familie nur von Besuchen bei Onkeln und Tanten in der unmittelbaren Nachbarschaft kennen. Je nach Region und *vodún* bedeutet die Internierung den mehr oder weniger radikalen Bruch mit der gewohnten Umgebung. Während die *vodúnsì* in Tori-Gare nach der Erweckungszeremonie, die ein bis zwei Wochen nach Beginn der Initiation stattfindet[19], aus dem Kloster herausgehen und ihre Freunde und Familien besuchen dürfen, leben die *vodúnsì* in Ayou in einer fast totalen Seklusion, in der nur ab und zu der Besuch von Eltern, Geschwistern und Freunden innerhalb des Klosters gestattet ist. Die Freundschaften, die man vor der Initiation hatte, zerbrechen häufig nicht nur wegen der langen Initiationsdauer und der fehlenden gemeinsamen Erfahrung, sondern auch an der Beschwertheit im Umgang mit nicht-initiierten Freunden. Man fürchtet unbedachte Reden und Respektlosigkeit der Freunde gegenüber den *vodún*. Außerdem sind Initiierte zahlreichen Verhaltenstabus unterworfen, die eine verstärkte Selbstkontrolle erfordern und den spontanen Umgang behindern.

Als besonders lästig wird die Dauer der Initiation empfunden. Trotz der 1967 von König Toyi in Allada-Togoudo geforderten Verkürzung der Initiation von drei Jahren auf sieben bis zwölf Monate, findet weiterhin die zwei bis dreijährige Initiation statt. Erst ab 1981, weit nach dem 1975 von der Revolutionsregierung erlassenen Religionsverbot, werden die Initiationen tatsächlich verkürzt. Es wird aber noch weit über die von der Regierung erlaubten drei Monate hinausgegangen. Die Forderungen und Hoffnungen, von den Gläubigen seit Jahrzehnten formuliert, werden damit übergangen.

Ebenfalls auf Widerspruch stößt die Verfügung der Priester über die Arbeitskraft und Zeit der *vodúnsì*: die Arbeitsdienste, die die *vodúnsì* ihren Priestern in regelmäßigen Abständen zu leisten haben, die Anwesenheit bei Zeremonien und bei der Ausbildung neuer *vodúnsì* im Kloster.

Will man die Initiation endgültig verweigern, muß man eventuell bereit sein, sein Leben von Grund auf zu ändern. Häufig ist dies mit dem Wegzug aus dem Dorf verbunden, denn die Macht des Priesters begrenzt sich auf dieses und die nähere Umgebung. Eine sichere Möglichkeit, der Initiation zu entkommen, ist die Konversion, die allerdings von langer Hand vorbereitet sein muß und einen Glauben an Schutz vor zu erwartenden Repressionen

---

19 Die Abfolge der Zeremonien und Rituale während der Initiation findet sich in Anhang 4.

erfordert. Der *vodúnnɔ* führt häufig, auch um sich selbst vor Lächerlichkeit zu schützen, die zukünftigen *vodúnsì* dem Katechisten oder katholischen Priester vor, was die Initiation von bereits Konvertierten verhindern soll. Ein Priester, der unter seinen Kandidaten einen Christen hat, »häuft viel Schande auf sich«. Frauen stehen beide Fluchtmöglichkeiten seltener offen als Männern, denn Frauen migrieren und konvertieren seltener.[20]

Eine weitere Möglichkeit der Verweigerung liegt in der Bestechung des *vodúnnɔ*. Die Voraussetzung dafür ist ein stillschweigender Rückzug. D.h. es darf zu keiner öffentlichen Brüskierung oder Diskussion kommen. Eine letzte Möglichkeit des Entkommens, wenn auch nicht mehr vor der Initiation, so doch den daraus resultierenden Verpflichtungen, liegt in der Konversion nach der Initiation. Vier mir bekannte Personen sind so konvertiert. Sie fühlen sich aber nach wie vor an das Geheimnis und die Schweigepflicht gebunden, die ihnen auf Lebenszeit auferlegt wurde.

Die Seklusion

Durch eine quer über den Weg gespannte Schnur, an der ein weißes Band befestigt ist, wird der Unbefugte am unbedachten Betreten des *hunkpámɛ*[21] gehindert. An diesem außerhalb des Dorfes liegenden Ort, er besteht aus einigen einfachen, strohgedeckten Hütten und einer Umzäunung, findet die Ausbildung der *hunjɔ*[22] statt. Er ist eine Welt für sich und für alle Nicht-Initiierten tabu. Er ist geheimnisumwittert. Über die internen Vorgänge darf nicht berichtet werden. Trotzdem sind alle über die Vorgänge im Kloster auf dem Laufenden, und es ist allgemein bekannt, wie das Ausbildungsprogramm aussieht. Die *vodúnsì* selbst, an ein striktes Schweigegebot gebunden und wohl im Unklaren gelassen, wo die Grenze zwischen Erzählbarem und Geheimnis liegt, geben über den Komplex der Ausbildung fast keine Auskunft. Angst und Loyalität (Brand 1973:232) lassen sie über eine Sache schweigen, die jedoch zu einem weiten Teil zum Alltagswissen des ganzen Dorfes gehört, und worüber von anderen auf sehr weltliche Art und Weise berichtet wird. Den Nicht-Initiierten, den *ahè*, sind die Grenzen zwischen

20 Unter den Konvertierten befinden sich nur 18% Frauen (Ayou 1991, n = 281).
21 Vgl. Fußnote 13 in Kapitel 1.
22 Die in der Initiation befindliche *vodúnsì* wird *hunjɔ* genannt. *Hun* ist ein Synonym für *vodún*, und *jɔ* bedeutet, auf die Welt kommend.

dem Erzählbarem und dem Geheimnis deutlicher bewußt: Die Zubereitung der heilkräftigen Sude (zum Waschen oder Trinken), die magische Anwendung der Heilkräuter und die Hervorrufung von Trance, das sind die Geheimnisse, in die Außenstehende nicht eingeweiht sind, über die man eigentlich nicht reden kann. Die anderen Strukturmerkmale der Initiation, die allgemein bekannt sind, wie z.B. der rituelle Tod, die Wiedererweckung oder die Gehorsamspflicht sind zwar geheimnisvoll, unterliegen aber nicht generell dem Schweigetabu, es sei denn, man hat als *vodúnsì* eigene Erfahrungen damit gemacht.

Mit dem »Transport des Leichnams in das Kloster«, wie der rituelle Tod umschrieben wird, beginnt die Zeit der Seklusion, Ausbildung und Fremdbestimmung. Diese Zeit ist sequenziert und Rituale markieren die verschiedenen Stadien der Initiation (vgl. Anhang 4; Verger 1957). Die vollwertige, reguläre Initiation ist auf zwei bis drei Jahre angelegt. Man erkennt regulär initiierte *vodúnsì* an den durchstochenen Ohren und an den Schmucknarben. *Kpàáta yɛsù*[24] dagegen ist die »umgangene« Initiation, die je nach Dringlichkeit drei bis sieben Tage, aber auch bis zu neun Monaten dauern kann. Sie wird nur äußerst selten durchgeführt und ist nur im Kriegsfall oder bei schwerer Krankheit gerechtfertigt. Die in den 80er Jahren wegen des Regierungsverbotes verkürzt durchgeführten Initiationen von drei Monaten bis 1,5 Jahren, waren somit in Ayou immer ein Problem. So vertrösteten sich die Priester mit innersystemischen Ausflüchten. »Wir befinden uns in Kriegszeiten«, kommentierten sie die aus ihrer Sicht regelwidrige Beschneidung der Initiationsdauer.

Die Initiation dient dem Erlernen der Ritualtechniken – Kultsprache, Opferungen, Tänze, Trance, Gesänge und Gebete – und vor allem der allumfassenden Persönlichkeitsänderung der *vodúnsì* (vgl. Parrinder 1961:88). Denn eine *vodúnsì* sollte ein beispielhaftes Leben führen: »Es geht nicht, daß sie bei Streitereien mitmacht oder Schimpfworte benutzt,« so die Priester. Die Funktion der Initiation liegt im Erlernen einer sozialen Rolle innerhalb des Religionssystems und im Erlernen einer Lebensart, die das zukünftige alltagsweltliche Verhalten der *vodúnsì* bestimmen wird (vgl. Verger 1954a:184). Dieses Erlernen einer neuen Rolle wird emisch als »Veränderung des Charakters« (*húzu jijɔ*) bezeichnet. Diese neue Rolle wird nach der Initiation durch ein Korsett von Geboten, Verboten und Tabus verstärkt, die der

24 *kpàáta yɛsù* = unter dem Zaun hindurchgeschlüpft.

vodúnsì am Ende der Initiationszeit mitgeteilt werden. Sie stützen durch das ständige Eingreifen in den Alltag die Habitualisierung der neu erworbenen Persönlichkeit und der neuen sozialen Rolle. Die Einhaltung der neuen Rolle wird jedoch nicht nur der Selbstkontrolle überlassen. Abweichendes Verhalten, die bewußte oder unbewußte Übertretung der gesetzten Tabus wird nicht nur direkt in der sozialen Handlung selbst registriert und sanktioniert, sondern kann auch dem Priester hintertragen werden. Sie hat öffentliche Sanktionen und Wiedergutmachungen zur Folge, die mit Unkosten und Schande verbunden sind. Die Folgen sind Angst und Unsicherheit der *vodúnsi*, besonders der Kinder und jungen Erwachsenen unter ihnen.

Die Umerziehung der *hunjɔ* ist ein explizites Ziel der Initiation und wird mit den Mitteln der sozialen Isolation, Angst und Repression – wie absolutem Gehorsam, körperlicher Gewalt und Drohungen – durchgesetzt. Obwohl sich die *vodúnsì* während ihres gesamten Aufenthaltes im Kloster mit speziellen Kräutersuden, *bòó mà* und *vodún mà*, waschen, die sie vor Unglück und Mißgeschick bewahren sollen, sind sie doch nicht vor den Härten des Aufenthaltes und der Ausbildung geschützt. »*Gankpamɛ kpa wɛ*« (das Leben im Kloster ist ein Gefängnis), beschreiben selbst Priester die Initiationszeit. Sie ist für alle *hunjɔ* schwer zu ertragen. Besonders hart trifft es die Kinder aber auch die Mütter, die ihre oft noch kleinen Kinder nicht mitnehmen dürfen[25] und sie in der Obhut von Verwandten lassen müssen. Es kommt zu Essensverweigerung und tagelangem Weinen der zurückgelassenen Kinder. Jedoch wird die Seklusion nicht total aufrechterhalten, und die strenge oder lockere Anwendung variiert je nach *vodún*-Gruppe und lokaler Konvention. Während in Tori-Gare die *vodún Sao, Avlekete* und *Heviosò* ihren *vodúnsì* Spaziergänge bis ins vier Kilometer entfernte Tori Bosito erlauben und auch Besuch von Freunden und Verwandten zulassen, in Satré sogar der Besuch der Eltern zu Hause erlaubt ist, gelten in Ayou strengere Regeln. Hier finden, und das gilt für alle *vodún*, nur versteckte Spaziergänge im Busch unter strenger Bewachung statt. Begegnungen mit Eltern und Freunden werden zwar erlaubt, doch nur innerhalb des Klosters und sind somit streng reglementiert, da unter Aufsicht.[26] Auch für die »Draußengebliebenen« ist die

25 In der Regel wird es vermieden, Mütter mit Kindern unter 5 Jahren für die Initiation zu rekrutieren. Danach allerdings werden die Kinder für groß genug befunden, ohne ihre Mutter zurechtzukommen.

26 Agbanou konstatiert für den *vodún Dan*, daß die Nephyten in den ersten Monaten niemanden von außerhalb seen dürfen. Andere *vodún* wiederum seien liberaler (o.J.:24).

Initiationszeit spannungsgeladen. Denn die *vodúnsì* essen und schlafen zwar nach Geschlechtern getrennt, sind aber ansonsten immer zusammen, und »man muß höllisch aufpassen«. Freundschaften und Verlobungen können zerbrechen, denn die Seklusion fördert die Binnenkommunikation; durch die gemeinsame Erfahrung, vor allem das Teilen eines Geheimnisses, werden neue Bindungen und Loyalitäten geknüpft.

Während der gesamten Initiationszeit müssen die *hunjɔ* die Regeln des Klosters absolut befolgen. Mit der Internierung werden den *hunjɔ* die Haare abrasiert, die dann bis zur abschließenden Zeremonie nicht mehr geschnitten werden dürfen. Die Alltagskleider werden durch ein ausschließlich zu tragendes weißes Baumwolltuch ersetzt. Dorfgerüchten zufolge dürfen sich die *hunjɔ* während der Initiationszeit weder waschen noch ihre Kleider reinigen, was von den Priestern nicht bestätigt wurde. Die alltagsweltlichen, in der Verwandtschaftsstruktur verankerten, Loyalitäten werden außer Kraft gesetzt und somit auch die innerfamiliäre Solidarität, die Individuen vor Willkürakten und Übergriffen schützt. Der Priester muß während der Initiationszeit mehr respektiert werden als der eigene Vater. »Im Kloster findet eine andere Erziehung als draußen statt. Wenn man diese Erziehung bekommt, ist man anders als andere«, rechtfertigen Strenggläubige diese Methoden. Ungehorsam wird je nach Schwere mit Prügeln bis hin zur Ohnmacht sanktioniert und/oder mit dem Tod bedroht. Eine ungehorsame *vodúnsì* wird öffentlich beschämt und als *vodúnsì gblèé gblèé* bezeichnet (als total verrottet) – ein schwerwiegendes Stigma. Außerhalb des Klosters finden Todesdrohung und/oder die Anwendung körperlicher Strafen als erzieherisches Mittel keine Entsprechung. Körperliche Gewalt, z.B. das Schlagen von Kindern ist selten anzutreffen und wird als deviantes Verhalten verurteilt; Prügeleien zwischen Eheleuten sind ein Scheidungsgrund.

Die Kinder, um solche handelt es sich überwiegend, durchleben lange Phasen der Angst. Denn zusätzlich zu ihrer Entwurzelung von zu Hause kommt als fester Bestandteil der Initiation der rituelle Tod, von dem angenommen wird, er wäre ein realer. Die Wiedererweckungszeremonie findet ein bis drei Wochen nach dem Eintritt ins Kloster statt, je nachdem wie schnell die Eltern die dafür notwendigen Opfergaben beschaffen können. Ein tödlicher »Betriebsunfall« wird von allen Beteiligten in Erwägung gezogen. Ein Todesfall während der Initiation wird als Folge der Übertretung der

Gebote der *vodún* erklärt.[27] Zumindest für Haiti wurde die Möglichkeit nachgewiesen, daß pharmakologische Mittel verabreicht werden, deren toxische Wirkung nicht kontrolliert werden kann und zum Tod führt.[28] Todesfälle kommen während der Initiation insgesamt sehr selten vor, werden aber als Bedrohung ständig thematisiert.

Der von der *vodúnsì* abverlangte absolute Gehorsam, behält, wie unten zu zeigen sein wird, auch über die Initiationszeit hinaus seine Gültigkeit. Im Regelfall widersetzt sich die *vodúnsì* den Regeln und Geboten im Kloster nicht, denn »es ist normal zu gehorchen, wenn man als Strafe den Tod vor sich hat«.

Die neue Persönlichkeit wird auch als Verhaltensänderung von der Umwelt konstatiert (vgl. Agbanou o.J.:26). Zurückhaltung bei Streit und Zänkereien, Entfremdung von Freunden, Verlobten, Ehemännern sowie Einbuße von Spontaneität (»Spaß machen«) kennzeichnen das Verhalten der neu Initiierten. »Sie sind nie wieder wie früher«, bedauern die nicht-initiierten Freunde. Auch ich erlebte bei meiner Feldforschung die jungen *vodúnsì,* die noch stärker unter dem Eindruck der Initiation standen, als besonders zurückhaltend. Sie waren ängstlich und schweigsam.

Folgt man der Literatur, entsteht der Eindruck, daß es sich bei der Initiation und ihrem Ort, dem *hunkpámɛ*, um einen strukturlosen Ort handelt, denn außer Mystifikationen sei über die Initiation wenig bekannt. So schreibt Herskovits, daß die Familien der *vodúnsì* während der gesamten Zeit der Initiation, darüber im Ungewissen gelassen würden, ob ihr Kind oder Ehefrau/ Ehemann noch am Leben sei (1967:179f). Für Verger findet das Training im Zustand der Benommenheit und Abgestumpftheit statt, so daß an die Zeit im Kloster keine Erinnerung bestehe, weil das Lernen unbewußt erfolge (1957: 73). Im Folgenden werden wir uns mit der internen sozialen Organisation des Klosters, seiner Arbeitsteilung und hierarchischen Ordnung sowie der

---

27 Vgl. Herskovits II (1967:114, 184), der schildert, wie die Überlebenschancen der Neophyten nicht nur von deren eigener Einstellung, sondern auch von dem Verhalten und der Einstellung der ganzen Familie abhängig gemacht werden.

28 Der Ethnobotaniker Davis (1986) ist der Frage nach toxisch wirkenden Mitteln im haitianischen Voodoo nachgegangen und fand heraus, daß die Priester aus Tetrodotoxin (Kugelfischgift), dem Drüsensekret der Kröte und Datura (Stechpalme) Mixturen herstellen, die beim Opfer je nach Dosierung zum Tod oder zu todesähnlichen Zuständen führen. Die Wirkung dieser Gifte kann nicht, wie gerne geglaubt wird, durch ein Gegengift gemildert oder aufgehoben werden. Für Bénin kenne ich keine entsprechende Untersuchung.

Vernetzung von »Innen« und »Außen« beschäftigen. Dazu gehört die Frage, ob die Priester das für die *vodúnsì* notwendige Wissen vermitteln, wie Herskovits (1967) und Verger (1957) an anderer Stelle darstellen.

Rollen und Hierarchien im Kloster

Mit Hilfe der *hunsixóxó*[29], die die *hunjɔ* während der gesamten Ausbildungszeit begleiten, lernen diese die jeweilige Sprache ihres *vodún*[30], ebenso die rituellen Tänze und Gesänge und ihre instrumentelle Begleitung mit Gongs und Rasseln. Sie werden ebenfalls darin unterwiesen, wie neue *vodúnsì* rekrutiert werden und sie lernen darüber hinaus das Sammeln und Zubereiten von Heilmitteln. Die rituell begleitete »Wegnahme der Muttersprache«, nach der Erweckungszeremonie (*hunfifɔ*), leitet das Erlernen der Kultsprache ein, die mit zunehmender Sprachkompetenz, so die offizielle Version, die Muttersprache in der alltäglichen Kommunikation ersetzen soll. Nach den bruchstückhaften Informationen zu diesem Thema kann davon ausgegangen werden, daß die Kultsprache jedoch nicht diese herausragende Rolle spielt und daß die Muttersprache die Alltagskommunikation dominiert (vgl. Parrinder 1961:89).

Der Tanzunterricht findet in neun- bis dreizehntägigen Intervallen statt. Hierzu versammeln sich die Trommler (*huntɔ*), ausschließlich Männer, deren Aufgabe erblich ist, im Kloster, wo sie die Tanzrhythmen nicht trommeln, sondern mit dem Mund nachahmen (*ye nɔ sɔ, nuu sɔ xohun nyi*).

Neben dem Erlernen des rituellen Inventars, dürfen die *vodúnsì* keiner alltagsrelevanten Arbeit nachgehen. Kochen, Aufräumen, Holzsuche, Einkäufe und Wäschewaschen sind Tätigkeiten, die ausschließlich von den alten *vodúnsì* und den *hundeva* (nicht-initiierten Helfern) ausgeführt werden. Lediglich in einem Kloster in Tori-Gare durften die *vodúnsì* bei der Holzsuche mithelfen. Um die »Langeweile« zu überwinden, werden sie in ver-

29 *xó* = alt, die Verdoppelung *xóxó* bedeutet sehr alt, *hunsixóxó* ist eine alte, erfahrene *hunsi* oder *vodúnsì*.

30 Für *Sakpata* ist es *Anago-gbè* (altertümliches Yoruba, *gbè* = Sprache), für den *vodún Mawu-Lisa* ist es *Anago-gbè* welches von den Nago aus der Nähe von Abomey gesprochen wird. Für *Dan* ist es *Maxi-gbè* , das um Savalou gesprochen wird. Für *Heviosò* ist es *Xweɖa-gbè* (Ouidah). *Tɔxiɔ* und *Loko* sprechen *Ayizɔ-gbè* (vgl. Herskovits II 1967:188). Die Kultsprache gibt gleichzeitig einen Hinweis auf die Ursprungsorte des jeweiligen *vodún*.

Abbildung 7: Die Gestik der Unterwerfung spielt auf eine Symbolwelt an, die mit der Sklaverei assoziiert wird. (*Foto*: Georg Elwert, Toffo, 1979)

schiedenen Handwerkstechniken unterwiesen, die jedoch kein Spezialwissen des Klosters sind.[31] Es werden Binsenmatten (*zan lun lun*), Binsensäcke (*kɛnvi*) und Raffiakörbe (*axlan*) geflochten. Die Eltern, die das Grundmaterial zur Verfügung stellen, verkaufen auch die fertigen Waren und legen das Geld zur Finanzierung der Initiation beiseite (vgl. Agbanou o.J.:27).

Der Priester ist zwar die wichtigste Person, um das Kloster und die *vodún* am Leben zu erhalten, aber er hat sich nicht in die Ausbildungsinhalte, die von den *hunsixóxó* vermittelt werden, einzumischen. Er ist nicht der Lehrer. Seine Rolle während der Initiationszeit beschränkt sich auf die Kontrolle und Koordination der verschiedenen Akteure und ihrer Aktivitäten sowie auf die Bestimmung des Zeitpunktes der Zeremonien. Als »Besitzer des *vodún*« hat er, vor allen anderen, die Verantwortung für die *vodúnsì* zu tragen. Da er im Kloster weder lebt noch schläft, muß er dem Kloster regelmäßige Besuche abstatten. Dreimal täglich und zweimal in der Nacht kontrolliert er den regel-

31 Mondjannagni vertritt die These, daß Klöster durch die Vermittlung dieses handwerklichen Wissens Stätten der Bewahrung traditioneller handwerklicher Techniken seien (1977:255).

haften Ablauf, denn bei Krankheit, Schwangerschaft oder Tod einer *vodúnsì* wird er zur Verantwortung gezogen und bei einer Pflichtverletzung auch sanktioniert. »Er muß für die *hunjɔ* wie ein Vater sorgen.« Bei Erkrankung einer *hunjɔ* wird erwartet, daß er sie nicht nur mit den Mitteln der traditionellen Pflanzenheilkunde pflegt, sondern auch mit den Mitteln der modernen Medizin. Vor allem sollte er die *hunjɔ* vor sexuellen Übergriffen schützen, denn es gilt ein totales Sexualverbot innerhalb des Klosters. Die Initiation stellt also auch an den Priester hohe Anforderungen, denn bei gravierenden Verstößen seiner Sorgfaltspflicht drohen ihm schwere Strafen, wie Tod oder der Verlust seiner Position.

Die *hunsixóxó* werden jeweils vom Priester ausgewählt und zeichnen sich nicht nur durch besondere Kenntnisse der Ritualpraktiken aus, sondern sie müssen auch »Geschmack« an der Sache haben, d.h. sich durch besondere Hingabe und Gewissenhaftigkeit sowie großes Wissen auszeichnen. Es handelt sich hier um eine Designation auf Zeit, da die *hunsixóxó* bei schlechter Leistung ersetzt werden kann, während der Priester dagegen auf Lebenszeit gewählt ist. Ist er unwillig, dann leidet zwar sein Ruf und er wird zum Gespött der Leute, aber er kann doch nicht abgewählt werden. Die *hunsixóxó* kann die Wahl nicht verweigern. Da es sich hierbei meist um Frauen jenseits der biologischen Reproduktionsfähigkeit handelt, ist die regelmäßige, nicht ständige, Abwesenheit vom eigenen Haushalt nicht sehr belastend, und die Arbeit leicht auf andere Familienmitglieder umzuverteilen. »Wir sind freier«, kommentieren Frauen ihre Entlastung von Haus- und Feldarbeit und Kinderaufzucht im Alter. Männern wird die Ausbildung der *hunjɔ* nicht zugemutet, da der Ausfall bei der Feldarbeit weniger gut durch andere Arbeitskräfte ausgeglichen werden kann. Die *hunsixóxó* bilden keine homogene Gruppe. Unter ihnen befinden sich die *hungàán*[32]. Diese sind nicht nur die Informiertesten unter den *hunsixóxó*. Sie sind häufig auch älter und informierter als der Priester. Sie übernehmen den Vorsitz bei allen Zeremonien und wissen besser als der Priester, wie diese durchgeführt werden. Sie bringen auch den *hunjɔ* die Schmucknarben bei. Die *hungàán* sind die alten »Routiniers« des *vodúnsisɛ̀n*[33]. Bis 1975 nahmen sie noch eine weitere, weitaus prekärere Aufgabe wahr: Sie waren die vom König von Allada eingesetzten »Spione« und mußten ihm nicht nur über die Geschehnisse im

32 *gàán* = Chef, Obmann, Vorgesetzter.
33 *sisɛ̀n* = Kult, Religion.

Kloster, sondern allgemein über alles, was mit Religion zusammenhängt, berichten.

Einer der *hunsixóxó* fällt die Rolle der *hunkɔnɔtɔ*, der Ernährerin des Klosters, zu. Sie kocht das Essen für die internierten *hunjɔ*.

Im Laufe des Aufenthaltes bilden sich zwischen den *hunjɔ* und den *hunsixóxó* Freundschaften und Vertrauensverhältnisse. Die Vertraute, *hunsɔ* genannt, wird von der *hunjɔ* nach Sympathie selbst ausgewählt und genießt ihr absolutes Vertrauen. »Sie ist wie eine Mutter« und wird als einzige Person von der jeweiligen *vodúnsì* nicht gefürchtet. »Sie weiß Dinge über uns, die andere nie erfahren. Sie weiß wirklich, wie es den *vodúnsì* geht«.

Die *hunsixóxó* wechseln sich beim Übernachten im Kloster ab. An den Tagen, an denen sie das Kloster besuchen, ist sexuelle Abstinenz erforderlich.

Die Verteilung von Wissen variiert anders als erwartet, nicht unbedingt mit der jeweiligen Position, sondern mit dem Alter. Obwohl theoretisch ein jeweils getrenntes Wissen für Priester und *vodúnsì* vorgesehen ist, kann dieses Modell nicht starr angewendet werden. Mit zunehmendem Alter, Hingabe, Intelligenz und Interesse kann das Wissen zunehmen, wobei das Wissen zwischen Priester und *hunsixóxó*, je nach Vertrauen und Sympathie, ausgetauscht werden kann.

Die Initiation der *vodúnsì* ist also nicht, wie allgemein angenommen wird, mit der Vermittlung von *den* Geheimnissen und *dem* Wissen gekoppelt (vgl. Verger 1954a:171). Die Akkumulation von Wissen durch die einzelnen Positionsinhaber läßt jedoch umgekehrt keine Rückschlüsse auf ihre gesellschaftliche Macht zu. Diejenigen *vodúnsì*, die sich durch besonderes kultisches Wissen auszeichnen, dies umfaßt auch geheimes Wissen über Pflanzen, Gifte und magische Handlungen, bleiben trotzdem dem Priester untergeordnet und bleiben in allen Handlungen von ihm abhängig.

Die externen Beziehungen werden durch die *hundeva*[34] garantiert. Sie sind als »Diener« und »Boten« (*wɛnsagùn*) die Gehilfen der *hunsixóxó*. Sie sammeln Holz, holen Wasser, erledigen Einkäufe auf dem Markt, bringen den Mais zur Mühle und stellen vor allem die Verbindung der *hunjɔ* mit ihren Eltern sicher. Sie arrangieren Treffen und übermitteln Nachrichten. Die *hun-*

---

34 Erwähnt wird die helfende Rolle der *hundeva* und der *hunsunu* (=*hunsixóxó*) von Agbanou o.J.: 18, 24 und Parrinder 1961:91, während Herskovits lediglich allgemein von einer alten Frau spricht (II 1967:185).

deva sind nicht initiiert, stammen aber aus gläubigen Familien. Je nach Region werden sie schon als Kinder innerhalb ihrer *hɛnnu* vom *Fá* ausgesucht, wie in Tori-Gare und Umgebung, oder melden sich für diese Arbeit, wie in Ayou, und werden dann von den *hunsixóxó* akzeptiert oder abgelehnt. Sie durchlaufen die Zeremonie *hun nunu*[35] und werden unter Androhung der Todesstrafe zur absoluten Geheimhaltung verpflichtet. Als Nicht-Initiierte haben sie keinen Zutritt zum Klostergelände und müssen ihre Nachrichten oder ihr Mitgebrachtes am Eingang abgeben. Die auszuführenden Sanktionen, besonders die Prügelstrafe, können, außer von den *hunsixóxó* und den Priestern ebenfalls von den *hundeva*, im lokalen Französisch bezeichnenderweise mit »Polizei des Klosters« übersetzt, ausgeführt werden. Wegen ihrer Doppelrolle werden die *hundeva* sehr gefürchtet.

Obwohl die Gruppe der *hunjɔ* nicht durch Rollen differenziert ist, auch Alter und alltagsweltlicher Status zählen nicht im Kloster, haben wir es nicht unbedingt mit einer solidarischen Gemeinschaft zu tun. Obwohl alle *vodúnsì* ein gemeinsames Schicksal teilen, herrscht untereinander nur wenig Vertrauen. In einem System, das auf absolutem Gehorsam basiert, gibt es immer Spitzel und Spione, die Verfehlungen und Regelbrüche denunzieren: »Man muß aufpassen, wem man etwas anvertraut«, fassen verschiedene *vodúnsì* die Atmosphäre des Mißtrauens zusammen. Fehlendes Vertrauen arbeitet einem Gemeinschaftsgefühl entgegen. Das »Personal« hingegen ist untereinander kooperativ, zugleich nach Rollen differenziert und durch hohe Arbeitsteilung sowie hierarchische Gliederung gekennzeichnet.

Der regelhafte Ablauf des Klosteralltages wird durch spezielle Gesetze und Regeln und mit Kontrolle und Sanktionen gewährleistet.

Am Ende der Initiationszeit finden, über mehrere Wochen verteilt, Re-Integrationsrituale statt, die noch einmal die neue Identität und Rolle der *vodúnsì* betonen, wie die Zeremonie der Wiedereinführung ins väterliche Haus (*mimàá*) und die Wiedereinsetzung der Muttersprache (*gbè yi zɔn kɔ nu*). Zudem finden auch Zeremonien statt, die die *vodúnsì* für das »erlittene Unrecht« (so die allgemeine Interpretation) entschädigen sollen, wie bei der *ahwan gba,* der kriegerischen Invasion der *vodúnsì*, wo sie in ritualisiertem Rahmen ihre Aggressionen gegen den Priester, die *hunsixóxó* und die Eltern

35 *hun nunu* = *hun* oder *vodún* trinken, ist allgemein als *pacte de sang* bekannt (Hazoumé 1937).

ausleben und bei der es mitunter zu Tätlichkeiten und Gewaltausbrüchen kommt (vgl. Anhang 4).

Der *hunkpámɛ* erweist sich als komplexe Institution mit hoher Arbeitsteilung und rigider Hierarchie. Den romantisierenden Einschätzungen zur Institution des Klosters, wie bei Herskovits (1967 II:121), der den *vodúnsì* Neugierde und eine gewisse Langeweile als Motivation zur Initiation unterstellt, oder Agbanou (o.J.: 27) der die Gemeinschaft der *vodúnsì* als schwesterliche und solidarische beschreibt, muß widersprochen werden.

3. Das Paradoxon der Institutionalisierung

Die Institutionalisierung[36] religiöser Gemeinschaften ist eine Grundvoraussetzung für ihr Überleben. Ihr Hauptproblem besteht im Ausbalancieren ihrer gegensätzlichen Funktionen, dem eigenen Fortbestehen, der Aufrechterhaltung der gesellschaftlichen Ordnung und der Bedürfnisbefriedigung der Individuen.

Die spezifische Form der Institutionalisierung der *vodún*-Kulte führt zu Spannungen zwischen der religiösen Institution und den Gläubigen. Das fundamentale Paradoxon dieser Institution ist der Gegensatz zwischen individuellen Wünschen und Visionen und den institutionellen Erfordernissen. Am deutlichsten zeigt sich dies an der Initiation.

Die Rekrutierung der *vodúnsì* entspringt den Bedürfnissen der Institution und übergeht notwendigerweise individuelle Bedürfnisse. Zwang, Gewalt und der Einsatz von Angst sind dabei herausragende Merkmale. Die Dauer der Initiation, ihre Kosten, die Fremdbestimmheit, die Ungewißheit und die Angst erscheinen aus individueller Sicht nicht notwendig, um religiöses Erleben zu organisieren. Dieses Paradoxon wirkt sich destabilisierend aus, generiert Kritik und Konversion zu anderen Religionen, die diese Zwangsmechanismen nicht aufweisen. Im Folgenden wird zusammenfassend dargestellt, daß Institutionen, deren Hauptfunktion es ist, menschliches Zusammenleben zu strukturieren auch ins Negative umschlagen können. Die Initiation wird mit Goffman (1972) als Grenzfall institutioneller Prinzipien, als

36 Vielfältige Anregungen zu diesem Abschnitt erhielt ich durch O'Dea 1964, Weber 1976, Parsons 1951.

»totale Institution« gesehen, die die von ihr erfaßten Individuen übermächtigt und individuelle Entfaltung verhindert.

Die Initiation als totale Institution

Die von Goffman für Gefängnisse, psychiatrische Kliniken, Gefangenenlager und christliche Klöster beschriebenen zentralen institutionellen Merkmale, die Umerziehung, Resozialisierung und Schaffung einer neuen Identität zum Ziel haben, treffen auch auf die Initiation in die *vodún* zu: Die *vodúnsì* sind für lange Zeit von der übrigen Gesellschaft abgeschnitten und sind gezwungen ein reglementiertes und abgeschlossenes Leben zu führen. Der soziale Kontakt mit der Außenwelt findet selten statt und wird streng kontrolliert. Ebenso finden alle zentralen Tätigkeiten an einem Ort statt; Zeit und Bedürfnisse sind verplant und fremdbestimmt. Die »Insassen« sind durch den Abbruch der sozialen Kontakte demoralisiert und ihre lebensalteradäquate Lebensform wird unterbrochen. Der im Kloster stattfindende »Verlernprozeß« wird durch angsterzeugende Aufnahmeprozeduren und interne Regeln verstärkt. Die mit Charakteränderung umschriebene neue Identität der *vodúnsì* basiert auf der Zerstörung der alten sozialen Identität.

Die totale Fremdbestimmung des Äußeren (Haare, Bekleidung), die totale Kontrolle der Kontakte, der absolute Gehorsam, der Verlust des Namens, der Teil der Identitätsausrüstung ist, ebenso wie mangelndes Vertrauen in die Umgebung und die Einschränkung der Handlungsfreiheit, bedeuten eine erhebliche Verstümmelung des Selbstbewußtseins des betroffenen Individuums.

Die Institution des *hunkpámɛ* ist ein Beispiel dafür, wie Institutionen, auch wenn sie gesellschaftlich legitimiert sind, Interessen eines wesentlichen Teils der Menschen zuwiderlaufen können. Die Zerstörung der sozialen Identität und die Verhinderung von geplanten Lebensläufen und Entwicklungen lassen zu, daß wir vom *hunkpámɛ* als totaler Institution sprechen können.

4. Kapitel

Vodún-Kulte als Instanz sozialer Kontrolle

Die Bedeutung der *vodún*-Kulte liegt nicht nur in ihrer religiösen Funktion sondern auch in ihrer Funktion der sozialen Kontrolle auf lokaler Ebene. Diese soll unter zwei Aspekten verdeutlicht werden: Es wird die Erweiterung der lokalen Götterwelt, die Übernahme ortsfremder Kulte, im Zusammenhang mit der sozialen Kontrolle interpretiert; des weiteren werden die verschiedenen Ebenen und die Praxis der sozialen Kontrolle dargestellt.

1. Prekäre soziale Kontrolle und die Diffusion neuer Kulte

Die auf Abomey konzentrierte Geschichtsschreibung gibt keinen Aufschluß darüber, wie die neuen Kulte im Königreich verbreitet werden. Heute stellt man nur fest, daß die im 18. Jahrhundert in Abomey eingeführten Kulte in weiten Teilen Bénins verehrt werden. Die Frage, warum sie dem lokalen Götterspektrum hinzugefügt wurden, wird nicht gestellt, denn ihre Verbreitung wird als unproblematisch angesehen.

Die fremden Kulte, wie z.B *Sakpata*, sind mit ihrer Einführung in Abomey nicht automatisch im ganzen Land verbreitet worden. Ihr jeweiliges lokales Auftauchen reflektiert kriegerische Eroberungen, politische Strategien oder Wanderungsbewegungen, aber auch politische und ökonomische Transformationen und ihre sozialen Folgen. Die Diffusion von Kulten findet verschiedene Erklärungen. So ist nach Peel (1968a) eine »loose structure« das zentrale Merkmal des *Orisha*, der, dem *vodún* entsprechenden, Religion der Yoruba Nigerias: Die unverbindliche Struktur des Götterwelt ermögliche eine problemlose Inkorporation anderer Kulte, schaffe ein Klima der Beliebigkeit und sei somit auch grundsätzlich neuen religiösen Ideen, wie Islam und Christentum, gegenüber offen.[1] Ähnliche Argumente finden sich bei Verger (1965): Er benennt Undogmatik und Anpassungsfähigkeit der *vodún*-Kulte als deren zentrales Merkmal, die sogar ein Überleben in fremden Territorien, wie im afrokaribischen Raum, ermöglichen.[2] Falcon, ein katholischer Missionar, sieht dagegen in der »ständigen Erfindung« neuer Götter lediglich den Beleg eines profunden Aberglaubens (1970:71). In neueren Forschungen werden Merkmale wie Popularität oder Macht einzelner *vodún* benannt (Barnes 1989; Barber 1981), die diese attraktiv machen und zu ihrer Übernahme außerhalb ihres angestammten Gebietes führen. Eine Erklärung ganz anderer Art vertritt der nigerianische Religionswissenschaftler Idowu (1962), der im Zusammenhang mit der kaum haltbaren These des Urmonotheismus (vgl. Yai 1993) postuliert, daß die Übernahme ortsfremder Götter grundsätzlich auf Priestermanipulation beruhe, da ein Priesteramt die Bereicherung ermögliche. Dieser an sich ernstzunehmende Vorwurf erklärt jedoch nicht die Übernahme eines externen *vodún*, der im allgemeinen Konsens ins Dorf geholt wurde.

Diese Erklärungsversuche beleuchten jeweils unterschiedliche Aspekte. Sie stellen jedoch keinen Zusammenhang her, zwischen sozioökonomischer Transformation, neuen Bedürfnissen und neuen Problemen und somit sozialen Ursachen für das jeweilige Auftauchen neuer Kulte vor Ort. Paradigmatisch soll im Folgenden am Beispiel Ayous geklärt werden, warum es notwendig erschien, neue Kulte ins Dorf zu holen. Die *vodún Sakpata* und *Zangbetɔ* sind nicht durch Zufall ins Dorf gekommen. Die Verbreitung des *vodún Sakpata* in Bénin, der ursprünglich mit den Nago von Badagri nach Maxi (Savalou) gekommen war (Verger 1957:240) und von König *Agaja* im 18. Jahrhundert in Abomey eingeführt wurde, ist nicht gleichmäßig erfolgt. So wurde *Sakpata* erst zweihundert Jahre nach seiner Einführung in Abomey im 80 km davon entfernten Ayou übernommen. Der Wunsch der Landbevölkerung, einen neuen *vodún* ins Dorf zu holen, ist an sozioökonomische Faktoren gekoppelt. Die koloniale Eroberung durch die Franzosen (1894) brachte viele Umwälzungen mit sich, deren offensichtlichste der Anschluß an

1 Vgl. hierzu die Kontroverse Horton 1971, 1975 und Fisher 1973.

2 Diese Flexibilität und Anpassungsfähigkeit wird von verschiedenen Autoren als das zentrale Merkmal für die Überlebensfähigkeit der *vodún*-Kulte bezeichnet (Barnes 1989; Sulikowski 1993a).

den internationalen Markt und die »Befriedung« des Landes waren.[3] Auch wenn man die Einführung der Warenökonomie nicht mit dem Beginn der Kolonialzeit gleichsetzen kann, so setzte doch eine andere Qualität der Transformation ein. Führte die vorkoloniale Produktion von Mais, Palmöl und Erdnüssen, nicht zur individuellen Bereicherung, denn akkumulationsähnliche Prozesse lagen außerhalb der Warenökonomie und waren eher mit Heiratsstrategien verbunden (Elwert 1984, 1985), so schaffte die koloniale »Befriedung« die sozialen Voraussetzungen für die Durchsetzung der Warenökonomie. Als Folge dieser Befriedung wurde die Macht der Alten unterminiert und entwertet, da die Lineage keine Verteidigungsgemeinschaft gegen die Sklavenjagden mehr darstellte. Ebenso ermöglichte sie individuelle Akkumulation durch die ab 1910 stattfindende Arbeitsmigration nach Togo, wo Lohnarbeit einen Markt für Migranten schuf. Daher konnte man sich durch Flucht der Sanktionsgewalt der Alten entziehen. Die große Veränderung für Ayou begann 1905 mit dem staatlich forcierten Kaffeeanbau auf dem Plateau von Allada und dynamisierte die bis dahin subsistenz-, tausch-, und tributorientierte bäuerliche Ökonomie (Ahohounkpanzon 1986). Dafür ausschlaggebend war nicht nur die Monetarisierung der bäuerlichen Ökonomie, die z.T. durch die Einführung der Geldbesteuerung erzwungen wurde, sondern auch durch die koloniale Einführung des Eigentums an Land. Mit der verstärkten Geldzirkulation, Münzen anstelle von Ketten aus Kaurischnecken, wurden komplizierte Verpflichtungssysteme, wie z.B. der Brauttausch durch die Geldform des Brautpreissystems vereinfacht. Mit der sozioökonomischen Transformation kamen Probleme ins Dorf, die sicherlich nicht gänzlich neu, jetzt aber schärfer akzentuiert auftraten und Handlungsbedarf schufen: Ehebruch (»Frauendiebstahl« oder »Prostitution« genannt) und Eigentumsdelikte.

Sakpata, bekannt als mächtiger *vodún,* der Diebstahlsdelikte ahndet und der, verglichen mit den lokalen *vodún* wilde Trancen hat, die gefürchtet werden, gelangt in den 30er Jahren durch »Kauf« nach Ayou, wo er mit einem Schrein, einem Initiationskloster und einem Priester etabliert wird. In den gleichen Zeitraum fällt auch die Einführung des *vodún Zangbetɔ*. Dieser kam

3 So fanden die Sklavenjagden, obwohl seit Anfang des 19. Jahrhunderts international geächtet, erst mit der militärischen Eroberung Dahomeys durch Frankreich ein Ende.

Abbildung 8: Der *Zangbetɔ* ist ein Männergeheimbund der zahlreiche Elemente des *vodún* übernommen hat. Seine Mitglieder müssen anonym bleiben. (*Foto*: Georg Elwert, Allada, 1973)

aus der Region um Porto Novo und ist im strikten Sinne kein *vodún* sondern eine Nachtwächtervereinigung, die, als Geheimgesellschaft organisiert, Diebe und Ehebrecher bestraft.

Der Neuetablierung von Kulten gehen gesellschaftliche Krisen voraus, die mit den herkömmlichen *vodún* nicht mehr bewältigt werden können. Das Sozialgefüge der dörflichen Gesellschaft, z.B. durch Diebstahl und Ehebruch bedroht, wird dabei nicht nur mit tranzendentalen Mitteln stabilisiert sondern vor allem durch die sozialen Institutionen, die ein Kult ausbildet.

In der Literatur wird die institutionelle Basis dieser Religion übergangen. Die den Göttern zugeschriebenen Eigenschaften werden an der sozialen Praxis vorbei *at face value* genommen. Am Beispiel des *vodún Heviosò* soll illustriert werden, wie die Zuschreibung göttlicher Eigenschaften von der regulierenden Kraft der religiösen Institutionen abstrahiert. Gilli formuliert zusammengefaßt: *Heviosò*, der *vodún* des Himmels, auch *vodún* des Donners genannt, ist zuständig für die Ahndung von Eigentumsdelikten. Seine Waffe ist der Blitz. Der *vodún Heviosò* straft immer gezielt durch Blitzschlag, es gibt keinen Zufall. Wenn man den Kriminellen nicht findet, wird die Suche nach dem Delinquenten *Heviosò* überantwortet (Gilli 1976:221f). Auch Herskovits (1967 II:139f) und Mondjannagni (1977:125) bezeichnen die Bestrafung devianten Verhaltens als wichtige Aufgabe der *vodún* selbst. Unerwähnt bleiben die den Priestern zur Verfügung stehenden Mittel, einen Dieb ausfindig zu machen und zu sanktionieren. Denn die Priester vertrauen nicht nur auf die metaphysische Sanktionsgewalt der *vodún*, sondern bestrafen den Delinquenten sehr weltlich. Man droht dem vermuteten Täter mit der Verabreichung eine magischen Trankes (*hun nunu*, los, trink!) als »Gottesurteil«. Das Geständnis, das mit dieser Drohung erreicht wird, bildet die Voraussetzung für eine Bestrafung. Bereits das zu erwartende Gottesurteil führt häufig zur Ablegung eines Geständnisses. Denn schon das Hinzitieren zum Gehöft des Priesters ist angsteinflößend: »Da kann schon viel passieren«, wird die Angst vor Vergiftung umschrieben. Die Bestrafung erfolgt je nach Schwere des Falles. Neben der Rückerstattung des gestohlenen Gutes, reicht sie von Prügeln, über eine Geldstrafe, deren Höhe vom Priester festgesetzt und an diesen gezahlt wird, bis zur sozialen Isolation wie dem Ausschluß aus den gegenseitigen Arbeitsgruppen. Wird ein Mensch durch Blitzschlag getötet, so war er *per definitionem* ein unerkannter Dieb, der von *Heviosò* bestraft wurde. Der Leichnam eines durch den Blitz getöteten Menschen darf bei Strafe nicht von seinen Verwandten beerdigt werden, sondern wird auf einem Podest für alle sichtbar, mitsamt seinen persönlichen Besitztümern ausgestellt. Die zufällige Tötung durch Blitzschlag dient zwar der Affirmation bestehender Regeln, ihr Sanktionscharakter wird im Einzelfall jedoch auch angezweifelt. So ist es üblich, daß die Familie den

Leichnam »stiehlt«, um ihn heimlich zu beerdigen (vgl. Herskovits II 1967: passim).

Die Bedingungen für die Aufnahme neuer Kulte ins lokale Götterspektrum sind eng definiert. Voraussetzung für die Inkorporation ins dörfliche *vodún*-Spektrum ist die strukturelle Gleichheit mit den etablierten Kulten: Initiation, Mythologie und soziale Kontrolle sind die erforderlichen Elemente. Nicht alle Kulte, die auf Dorfebene zu finden sind, zählen zum »inneren Kreis« der alteingesessenen. Wir finden nämlich auch verschiedene Antihexereikulte die diese Basiselemente nicht aufweisen und die sich ohne die Autorisierung durch Altenrat und Priester im Dorf niedergelassen haben. Wir müssen deshalb zwei Formen der Etablierung unterscheiden. Die autorisierte »echte« Inkorporation von ortsfremden Kulten zeigt sich somit nicht als eine besondere Anpassungsleistung, wie dies von Barnes (1989) und Sulikowski (1993a) hervorgehoben wird, sondern als die Kontinuität des Gleichen.[4]

Wir haben es auch nicht, wie von verschiedenen Autoren (Peel 1968b; Sulikowski 1993a; Tall 1995a; Barnes 1989) angenommen, mit einer strukturellen Beliebigkeit des Pantheons zu tun, sondern mit Selektion. Aus dieser Perspektive stellt sich auch die Frage nach der Anpassungsfähigkeit und Flexibilität der Kulte anders: nur das strukturell Gleiche wird integriert, nicht etwa Sekten und Kulte die sich die Suche nach einem Sündenbocks zum Ziel gemacht haben. Diese Integrationspraxis betont eher das beharrende als das flexible Moment. Die berechtigte Frage, warum es unter diesen Bedingungen überhaupt notwendig ist, neue *vodún*-Kulte aufzunehmen, erklärt sich nur im Zusammenhang mit neuen sozialen Problemen und ihrer Eingrenzung: Denn die Etablierung von neuen, mächtigeren und expressiveren *vodún* erneuert die Legitimation der sozialen Kontrolle und verstärkt sie transzendental.

2. Die Praxis der sozialen Kontrolle

Allgemeine Normen für Verwandtschaft, Ehe und Eigentum werden, auch wenn sie einen von der Religion unabhängigen Ordnungsfaktor darstellen, von zivilen und religiösen Instanzen sanktioniert. Die Sanktionierung der säkularen Normen und Werte kann dabei nur im Konsens mit den religiösen

---

4 Zu den strukturellen Unterschieden von etablierten *vodún* und Antihexereikulten vgl. Kapitel 2.

Instanzen durchgeführt werden; die religiösen Regelverletzungen werden von den Priestern allein sanktioniert. Somit bilden die Priester (i.d.R. nur der Hauptpriester des Ortes), neben den Alten und den staatlichen Instanzen, nicht eine der Instanzen der sozialen Kontrolle, sondern *die* übergreifende Instanz.

Die Rechtssituation bei den *Ayizɔ*, und dies wird für segmentäre Gesellschaften insgesamt geltend gemacht (Sigrist 1967; Spittler 1980; Wesel 1985), ist durch Sanktionsarmut gekennzeichnet. Neben dem »Kriminalrecht« mit seinen physischen Sanktionen wirkt vor allem die Selbstregulation verhaltenssteuernd. Es lassen sich heute drei Instanzen unterscheiden, deren Zuständigkeiten sich ergänzen aber auch überlagern: Erstens der Altenrat (*mɛxólɛ*), der aus den ältesten Männern und Frauen der einzelnen Lineages besteht und der auf drei Ebenen fungiert: auf der familialen (*hɛnnu*) Ebene sowie der Ebene des Dorfviertels. Er reguliert Konflikte innerhalb und zwischen Familien, wie Ehestreitigkeiten, Brautpreisdispute oder Erbschaftsprobleme. Eine Auswahl der Alten aus ganz Ayou konstituiert als »Beirat«, zusammen mit dem Priester, die dritte Ebene. Dieses Gremium entscheidet z.B. über die Neuetablierung eines *vodún* oder, solange es den König von Allada gab, zusammen mit diesem, über die Absetzung eines Priesters. Die zweite Sanktionsinstanz sind die Priester, die für die Einhaltung religiöser und ziviler Normen und Werte, insbesondere wenn es Initiierte betrifft, zuständig sind. Als drittes haben wir die staatlichen Instanzen, auf lokaler Ebene nur vertreten durch die Bürgermeister und die *délégués* (gewählte Vertreter in den einzelnen Dorfvierteln). Die Rechtsräume sind nicht in allen Fällen strikt definiert. Während die religiösen Räume klar abgegrenzt sind, können dagegen die als zivil verstandenen Regelungsfälle zu religiösen Fällen gemacht werden. Denn die Regelung familiärer oder gesamtgesellschaftlicher Normverletzungen kann bei Unzufriedenheit des Verurteilten vor den Priester gebracht werden, der, als übergeordnete Instanz für soziale Kohäsion zuständig, den Fall erneut beurteilt.

Die staatlichen Instanzen, auf Dorfebene nur schwach verankert, stehen vor dem Problem, aus dem religiösen Bereich sowie von den Altenräten Rechte herausbrechen zu müssen. Eine Diskussion um Definitionen, was »affaire de la politique« und was »affaire du *vodún*« sei, findet heute verstärkt statt. So hat sich bei Diebstahl eine Lösung gefunden: Die staatlichen Instanzen sanktionieren zwar den Dieb, die Suche nach dem Dieb

Abbildung 9: Ein streitendes Geschwisterpaar wird von den Altenrat zitiert. Die Strafe besteht in einer (symbolischen) Züchtigung, vor allem aber in der öffentlichen Schande. (*Foto*: Georg Elwert, Ayou, 1976)

wird den *vodún* und ihren Priestern zugestanden. Das bei Nichtgeständigkeit übliche »Gottesurteil« wurde jedoch von den Behörden verboten und findet angeblich nicht mehr statt.

Auffallend ist das Auseinanderklaffen der jeweiligen Sanktionsmittel. Während der Altenrat Sanktionen wie Schande, symbolische körperliche Strafen, Ausschluß aus den reziproken Arbeitsgruppen und soziale Isolation ausspricht (Elwert 1983:223ff), können die *vodún*-Kulte auf eine Sanktionspalette zurückgreifen, die drakonisch genannt werden kann: Geld- und Prügelstrafen, rituelle Reinigung und als transzendentale Sanktionsmittel Krankheit, Verrücktheit, Vergiftung und Tod. Während Krankheit eindeutig als eine von den *vodún* geschickte Strafe anerkannt ist, werden Verrücktheit, Vergiftung und Tod auch dem Wirken der Priester zugeschrieben.

Die im Folgenden dargestellten religiösen Tabus und ihre Sanktionierung bei Verstößen gelten nicht nur für die Initiierten, sondern schließen die gesamte dörfliche Gesellschaft mit ein.

Die Interaktion der *vodúnsì* mit den Nicht-Initiierten, durch ein Korsett von Verboten verklammert, betont die Besonderheit ihres gesellschaftlichen Status. Außerdem dienen Tabus als Merkposten für die Verantwortung die sie in ihrer sozialen Rolle tragen. Die Verbote beziehen die Nicht-Initiierten (*ahè*) mit ein, denn »es gibt Dinge, die mit *vodún* nicht vereinbar sind« (*vodún ɔ, unɖe lɛ tin bòó vɛɛ ɛ*) und die von allen respektiert werden müssen. Es ist verboten die *vodúnsì* am Kopf, dem symbolischen Sitz der *vodún*, anzufassen oder zu schlagen. Ein wütender Ehemann, der seiner initiierten Frau im Streit auf den Kopf schlägt, riskiert, daß sie sofort in Trance fällt. Bei einem Streit darf sie nicht als Hund (*avun*) beschimpft werden und auch nicht durch »*a ɖu mii*« (du hast Scheiße gegessen), eine beliebte starke Phrase bei Auseinandersetzungen, beleidigt werden.[5] Die *vodúnsì* darf nicht mit einem Besen geschlagen werden, man darf sie nicht erschrecken, und es ist vor allem streng verboten, sie mit ihrem profanen Namen (*nyikɔ xóxóɔ* oder *ahè mɛnyi*), den sie vor der Initiation trug, anzusprechen.

Das Verbot, eine *vodúnsì* auf den Kopf zu schlagen oder sie bei ihrem alten Namen zu nennen, wird in der Regel eingehalten. Selten kommt es hier zu Übertretungen, denn die Trance kann der *vodúnsì*, da unkontrolliert, gefährlich werden. Man möchte nicht verantwortlich sein für eine solche Trance, die mit einer hohen Strafe und öffentlicher Bloßstellung verbunden ist.

Das Heranführen der *vodúnsì* an die sich selbst kontrollierenden Verhaltensweisen beginnt schon mit dem Zeitpunkt der Nominierung. Die Verbote (*sù*), verbindlich ab dem Ende der Initiation, an dem sie bei einer der Abschlußzeremonien vom Priester ausgesprochen werden, umfassen Nahrungstabus und Verhaltensregeln, die für die verschiedenen *vodún* leicht modifiziert sind. So verbietet der *vodún Ava* den Verzehr von Aas, Sperber und Wildkatze. *Sakpata* verbietet das Essen von Perlhuhn und Antilope. Auch verschiedene Gemüse und Pilze können mit einem Verbot belegt sein. Die Verhaltensregeln umfassen einen insgesamt vorbildlichen Lebenswandel der *vodúnsì*; sie sollen nicht fluchen, niemals den Namen der *vodún* unnötig zitieren, sollen sich nicht an Streitigkeiten beteiligen oder sie provozieren und müssen am Tag ihres *vodún*, der alle vier oder sieben Tage, je nach lokaler Konvention stattfindet und mit dem lokalen Markttag zusammenfällt, das

---

5 Weitere verbotene Beschimpfungen finden sich bei Hazoumé (1956:31) z.B.: »Bist du verrückt? Bist du besessen?« u.a.

sexuelle Enthaltsamkeitsgebot einhalten. Des weiteren gilt für diesen Markttag ein allgemeines Arbeitsverbot.[6]

Das alles überlagernde Gehorsamsgebot der *vodúnsì* hat nicht nur während der Initiationszeit, sondern ein ganzes Leben lang seine Gültigkeit. »Wenn man die Gesetze nicht befolgt, zerschneidet man die Lebensschnur« (*e ɖe gbɛ kan tɔn kpo*), gilt als Merkposten im ganzen Leben einer *vodúnsì* und bedeutet, daß Verbotsübertretungen nicht nur teure Wiedergutmachungs-Zeremonien (*awusla*) zur Folge haben, sondern auch die Androhung des Ausschlusses aus der Adeptengemeinschaft, schwere Krankheiten, Verrücktheit und als schwerste Strafe den Tod.

Bereits bei den designierten *vodúnsì*, meistens sind es noch Kinder, werden Verbotsübertretungen (*sùɖuɖu*) reglementiert. Der Reinigungs- und Wiedergutmachungs-Zeremonie beim Priester, gehen Strafen durch die Eltern voraus. Körperliche Züchtigung, Essensentzug und Verweigerung von Festkleidern sind gängige Sanktionen, bevor das Kind zur rituellen Reinigung vor den Priester gebracht wird. Die Kosten der Zeremonie waren 1978 mit 25 bis 100 FCFA[7] (0,20 - 0,85 DM) gering. Im Vergleich dazu muß eine initiierte *vodúnsì*, je nach Schwere des Vergehens bis zu drei Ziegen bringen. Die Strafen und Gaben sind in etwa standardisiert und richten sich nach der Schwere des Regelverstoßes. Teuer sind Strafen bei Vergehen gegen das Sexualtabu und bei Vergehen von *ahè* gegen die Repräsentanten der *vodún*. Für die Wiedergutmachungszeremonien sind bis zu drei Ziegen, häufig auch noch eine zusätzliche Geldstrafe von 3000 bis 5000 FCFA (1978= 25.- bis 42.-DM) notwendig. Ein zentraler Bestandteil der Bestrafung liegt in der Schande mittels »Veröffentlichung«. Ein extremes Beispiel öffentlicher Bloßstellung stellt ein kollektives Ritual dar, das auf das bewußte Beleidigen wie das Schlagen des Kopfes einer *vodúnsì* folgen muß. Da dieses Vergehen sich nicht gegen die *vodúnsì* richtet, sondern gegen ihren *vodún*, muß es öffentlich sanktioniert werden. Dazu versammeln sich die *vodúnsì* eines gleichen Jahrganges, mit Blättern und Gras bekleidet, und ziehen drei Tage durch die

---

6 Vgl. Kapitel 6, wo Möglichkeiten der Umgehung aufgezeigt werden.

7 Franc Communauté Financière Africaine. Seit 1948 ist der Kurs mit 50:1 gegenüber dem französischen Franc festgelegt (Ziemer 1982:103). Seit der Entwertung des FCFA am 11.1.1994 liegt der Kurs bei 100:1. Der offizielle Wechselkurs von 100 FCFA in DM betrug bis 1973 1.- DM, 1977 – 0,85 DM, 1985 – 0,65 DM, 1989 – 0,50 DM.

Abbildung 10: Die Beleidigung einer *vodúnsì* wird in allen Dörfern der Umgebung publik gemacht. (*Foto*: Karola Elwert-Kretschmer, Tori-Gare, 1991)

Dörfer und über die Wochenmärkte und verbreiten, von wem dem *vodún* Unrecht angetan wurde. Dieses öffentliche Ritual, das in der vorkolonialen Zeit bis zu zehn Tagen dauern konnte und von Hazoumé (1956) mißverständlich als Revolte bezeichnet wird, heißt in Ayou und Tori-Gare *amàxixó* (Blattwerk schlagen, Handlung der (religiösen) Ankündigung).[8]

Eine zentrale Rolle bei der Interpretation von individuellem Unglück und Krankheit, bei Initiierten und Nicht-Initiierten gleichermaßen, nimmt der *bokɔnɔ*, der Interpret des *Fá*-Orakels ein, der durch Divination die Ursachen ermittelt. Er erklärt Unglück, z.B. Krankheit, mit Regelverstößen gegen die *vodún*, mit Mißachtung der Ahnen oder damit, daß ein *vodún* »auf sich aufmerksam macht« und eine Initiation verlangt. Wir haben es dabei mit einem trial-and-error-Verfahren zu tun. Heilt eine Krankheit nach vollzogenen Ritualen nicht, sucht man nach weiteren Erklärungen, nicht nur in der nahen, sondern auch in der fernen Vergangenheit. Denn einem Vergehen folgt nicht immer unmittelbar die transzendentale Sanktion, sie kann irgendwann erfolgen und stellt somit einen großen Unsicherheitsfaktor dar. Das fördert das schlechte Gewissen, wirft jede ausbleibende Bewältigung auf das Individuum zurück und verstärkt dessen Schuldgefühle.

Große Unsicherheit herrscht deshalb darüber, ob alle Gesetze und Regeln beachtet und eingehalten werden. Jede Krise, sei es Krankheit, Tod, Mißernte etc. mobilisiert das schlechte Gewissen, denn auch bei nicht beabsichtigten Vergehen folgt eine Strafe der *vodún*. Krankheit, als Vorwarnung interpretiert, erfordert eine Reinigungszeremonie. Diese Zeremonie ist janusköpfig, denn gleichzeitig nimmt und verstärkt sie die Angst vor weiteren Regelverstößen und Strafen. Zentraler Bestandteil der Zeremonie ist neben der körperlichen Reinigung mit speziellen Kräutern das Eingeständnis der Übertretung und eine Empfehlung des Priesters in Zukunft die Regeln einzuhalten, da eine nochmalige Rücknahme nicht erfolgen werde.[9]

Strenge Sanktionen bis hin zur Todesstrafe drohen den Priestern bei Tabuverletzungen, v.a. bei Verletzung des Geheimnisses und bei Verletzung des Sexualtabus gegenüber den Initianden. Bei Schwängerung einer *vodúnsì*

---

8 Eine detaillierte Beschreibung von *amàxixó* findet sich bei Hazoumé (1956) und wird dort *ma* genannt. Leider erschweren unscharfe Begriffsverwendungen, wie die Übertragung der Bezeichnung Priester auf die *vodúnsì* oder die Bezeichnung Minister für Funktionsträger innerhalb der Kulthierarchie, das Verständnis.

9 Beschreibung dieser Zeremonie im Anhang 3.

während ihrer Ausbildungszeit im Kloster droht dem Priester die Schließung des Klosters, der Verlust der Priesterposition und Prügelstrafe unabhängig davon, ob er der Schwängerer war oder ob unter seiner Aufsicht ein anderer Mann die Möglichkeit hatte, sich einer *vodúnsì* zu nähern. Dem geschwängerten Mädchen droht schwere körperliche Züchtigung und die sofortige Entlassung aus dem Kloster, was bedeutet, daß sie »nicht den Namen des *vodún* tragen« darf. Sie wird also »exkommuniziert« (*vodúnsì e ɖoteɔ*) und somit wieder *ahè*. Ihre Strafe besteht vor allem in der sozialen Bloßstellung.

Die soziale Praxis weicht jedoch von den gesetzten Regeln ab. Verschiedene Beispiele sollen illustrieren, wie flexibel und z.T. auch interessegeleitet Regelverstöße geahndet und Konflikte gelöst werden.[10]

Eine Möglichkeit, einer Bestrafung zu entgehen, besteht im Vertuschen von Konflikten: In Ayou entbrannte an einer neuinstallierten Wasserpumpe zwischen der Kassiererin, einer alten *vodúnsì*, und einem Mann, dessen Vater ein großer *vodúnnɔ* gewesen war, der aber selbst wegen seiner Geldgier und Geschwätzigkeit im Dorf nicht sehr geachtet wurde, ein Streit um den Wasserpreis. Der Mann schrie im Streit bewußt, so wird ihm unterstellt, ihren profanen Namen. Die schwer beleidigte Frau denunzierte ihn jedoch nicht, gerade weil sie seine Bestrafung fürchtete (und sie fiel auch nicht in Trance), denn die Bestrafung hätte nicht nur das Individuum getroffen: die in solchen Konflikten geforderte Loyalität der Familie und Lineage hätte den sozialen Frieden im Dorfviertel gefährdet. Indem die beleidigte *vodúnsì* auf eine Informationsweitergabe verzichtet, begrenzt sich der Konflikt auf zwei Individuen. Sie vermied damit auch nicht zuletzt das öffentliche Eingeständnis der Beschädigung der eigenen Reputation.

Wurde im o.g. Beispiel eine Tabuverletzung vertuscht, um den sozialen Frieden nicht zu gefährden, folgen jetzt Beispiele, die eine Lösung aufgrund einer spezifischen Macht- und Interessenkonstellation finden. Obwohl es den Priestern und ihren Helfern verboten ist, mit den ihnen anvertrauten und von ihnen abhängigen Adepten sexuelle Beziehungen anzuknüpfen oder durch Dritte zuzulassen, belegen einige Beispiele doch die Mißachtung dieses Verbotes. Ein Trommler (*huntɔ*), schwängerte etwa 1940 während der Initiationszeit eine Initiandin. Um seiner Strafe zu entgehen – er fürchtete den Tod –

10 Vgl. hierzu Middleton (1960), der von einer klassisch-funktionalistischen Sichtweise abweicht und Rituale und Divination als soziales Handeln, als Aushandlungsprozesse, analysiert.

floh er ins Nachbarland Togo und verbrachte mehrere Jahre als Gelegenheitsarbeiter in der Migration. Seine Rückkehr betreibend, bestach der Trommler den zuständigen Priester mit hohen Summen. Der *vodún* »vergaß« ihn zu bestrafen, wurde beschönigend erklärt, und er konnte wieder in sein Dorf zurückkehren. Die allgemein akzeptierte Erklärung war, daß er als Trommler ein »wichtiger Mann für den *vodún*« sei.[11] So schützte seine Funktion innerhalb der Institution *vodún* sein Leben. Sie war schützenswerter als die Sanktionierung der Verbotsübertretung, denn »seine Abwesenheit zerstört etwas im *vodún*«. Das schwangere Mädchen starb dagegen. In Gerüchten wurde vermutet, daß dieses Mädchen entweder bei einem mißlungenen Abtreibungsversuch gestorben oder sogar vergiftet worden war, um die Sache zu vertuschen. Aus Mangel an anderen Sanktionsmöglichkeiten verfeindeten sich die involvierten Verwandtschaftslinien, was ein Heiratstabu implizierte. Konfliktvermeidung bedeutet in Ayou vor allem Sprechverbot, und so wußten in der nachfolgenden Generation die Kinder beider Lineages nichts von diesem Vorfall. Die Nichte der getöteten *vodúnsì* und der Sohn des Trommlers begannen sogar ein Liebesverhältnis miteinander, das bis zur Schwangerschaft der jungen Frau unentdeckt blieb. Bei dem sich anschließenden Skandal wurde der junge Mann von der Familie des Mädchens mit dem Tod bedroht und ging, um alle zu »beruhigen«, zu *Avanɔ*, der diesen Konflikt schlichten sollte. Die beiden jungen Leute wurden dazu verurteilt, eine teure Wiedergutmachungszeremonie durchzuführen[12] und mußten sich trennen. Die zu zahlende Strafe wurde Gegenstand von langjährigen Verhandlungen. Heute ist die Tochter aus dieser Beziehung selbst schon verheiratet. Bemerkenswerterweise wurde die Strafe bis heute nicht bezahlt. Der Sohn des Trommlers, damals Student und heute Lehrer, interpretiert dies als Machtfrage. Als *akɔwé* (Sammelbegriff für Schreibkundige, Intellektuelle und Beamte) unterliegt er nicht den gleichen Gesetzen wie ein Bauer, den man mit Prügeln und Drohungen zur Zahlung hätte zwingen können. Bei dem Lehrer, einem Staatsbeamten, versagen die dörflichen Zwangsmittel, obwohl der Schein der Sanktionierung erhalten bleibt.

Ein letztes Beispiel, aus den späten 80er Jahren, belegt noch einmal eindringlich wie Regeln und Tabus manipuliert werden. Der als einziger nicht

---

11 Vgl. Rougets (1990:122) Beschreibung des hohen sozialen Status der Trommler, die auch deshalb nicht einfach zu ersetzen seien, weil ihre Rolle erblich ist.

12 Vgl. Kap. 6 zur Beschreibung der für diese Zeremonie notwendigen Gaben sowie die Umstände der Aushandlung.

zum Christentum konvertierte Sohn eines vormals mächtigen und respektierten Priesters von *Heviosò (Sonɔ)*, wurde nach dessen Tod gezwungen, als Nachfolger seines Vaters der neue *Sonɔ* zu werden. Als Säufer und Frauenheld bekannt, der auch die Tabus seines Berufsstandes nicht respektierte, so z.B. Hosen trug, beging der auch im allgemeinen dörflichen Leben sozial unangepaßte *Sonɔ* das schwerste Vergehen, daß ein Priesters begehen kann: er schwängerte eine ihm zur Initiation anvertraute *vodúnsì*. Der Rat der Priester beschloß daraufhin die Auflösung seines Klosters und die Verlegung seines *vodún Heviosò* in ein anderes Dorfviertel; der *Sonɔ* wurde verprügelt. Die Auflösung und Verlegung des einzigen *Heviosò* des Dorfviertel behagte jedoch den Bewohnern nicht, denn dies wäre eine Schande für das ganze Dorf gewesen. Dies veranlaßte den Priesterrat, das Urteil rückgängig zu machen. Da kein anderer Priester für *Heviosò* zur Verfügung stand, wurde der *Sonɔ*, nicht nur gegen seinen eigenen Willen, sondern zum Unmut aller, wieder als Priester eingesetzt. Das Mädchen wurde in Schande aus dem Kult ausgestoßen.

Die Rechtsprechung der Priester ist umstritten. Ihre Stärke, die vor allem in der Suche nach Dieben, bei der Geständniserpressung, liegt und darin, starrsinnigen Ehefrauen Angst zu machen, was im Bedarfsfall von fast allen beansprucht wird, macht sie auch anfällig für Parteilichkeit. Gläubige *vodún*-Anhänger machen dafür den Umstand der fehlenden Kontrolle durch den (nunmehr abgesetzten) König von Allada verantwortlich. Dem widerspricht allerdings das oben angeführte Beispiel aus den 40er Jahren, das zeigt, wie die Interessen der Institution auch damals gegen gesetzte Normen vertreten wurden.

Von verschiedenen Autoren wird darauf hingewiesen, daß nicht Gerechtigkeit, sondern Harmonie das Ziel dörflicher Rechtsprechung in oralen Kulturen sei (Spittler 1980; Elwert 1983). Daß keine *abstrakten* Normen oder ihre Generalisierung – Gerechtigkeit – das Verfahren beherrschen, belegen diese Beispiele. Jedoch scheint mir, indem zu Gunsten der Mächtigen im Dorf Partei ergriffen wird, in diesem Kontext Harmonie nicht das Ziel der Rechtsprechung zu sein; vielmehr entstehen hier neue Konflikte. Als mächtig bei der Einflußnahme auf Normsanktionierung erweisen sich die *akɔwé*, die im Dorf eine Klasse für sich bilden, und die Priester. Die Priester oder andere Funktionsträger werden zwar bestraft, verlieren aber um der Erhaltung der Institution willen weder wie angedroht ihr Leben noch ihren sozialen

Status.[13] Keine Gnade finden die unteren Chargen, die entweder mit ihrem Leben bezahlen oder ein Leben lang mit dem Makel der Schande leben müssen und mit der Angst, daß der *vodún* ihnen seinen Schutz entzieht. D.h. es geht nur sehr begrenzt um Harmonie und nicht um Gerechtigkeit, sondern um den Erhalt der Institution und um Machtfragen, die je am Einzelfall ausgewogen werden.

Die Institution *vodún*, zu deren Funktionen es gehört, moralische Werte zu stärken und soziale Brüche zu kitten, wird als politische Instanz diesen Aufgaben nur teilweise gerecht. Ihre Legitimität wird daher nicht nur im religiösen Bereich, sondern auch in ihrer politischen Dimension zur Disposition gestellt.

---

13 Allerdings gilt der erwähnte *Sonɔ* im Dorf nun als lächerliche Figur.

5. Kapitel

Vodún-Kulte und Frauen

1. Frauen und Besessenheitskulte

Auf den ersten Blick scheint *vodún* mit seiner Überzahl weiblicher *vodúnsì*, ein Frauenkult zu sein. Weibliche Überrepräsentation ist nicht auf die *vodún*-Kulte beschränkt, vielmehr zeichnen sich Besessenheitskulte generell durch eine Überzahl weiblicher Teilnehmer aus (Lewis 1986)[1]. Lewis erklärt die Spezifität weiblicher Überrepräsentation in Besessenheitskulten mit der marginalen Rolle, die Frauen im sozioökonomischen Transformationsprozeß zugewiesen wird. Die These, daß soziale und ökonomische Ungesicherheit, Frustrationen, Angst und Zurücksetzung von Frauen durch Besessenheit kompensiert werden, hat sich vielfach bestätigt (Colson 1969, van Binsbergen 1981, Beattie/ Middleton 1969, u.a.). Dieser klassisch-funktionalistische Ansatz wird von Spring (1978) kritisiert. Springs Anliegen ist es, Besessenheit nicht nur als Ohnmachtsstrategie zu interpretieren, sondern die positiven Effekte einer von Frauen dominierten und organisierten Kultgruppe zu sehen: ihren kommunikativen Stellenwert, ihre Bildung einer weiblichen Öffentlichkeit und die Möglichkeit einer Statusverbesserung und Professionalisierung als Priesterin (1978:188).

Im Anschluß an Spring entstanden zahlreiche Studien, die die autonome Rolle von Frauen in Besessenheitskulten (Luig 1992), bei quasi-religiösen Übergangsriten (Grohs 1990) oder in christlichen Religionen (Sault 1985) betonen. Sie sind einer Debatte innerhalb der feministischen Literatur geschuldet, die nach Macht- und Einflußsphären von Frauen sucht, nachdem die verallgemeinernde These von der globalen Unterdrückung der Frau (Ortner/ Whitehead 1981; Rosaldo 1974) als zu grobes Raster in Frage

1 Die überwiegende Beteiligung von Frauen, auch außerhalb Bénins, wurde schon früher von Baumann und Westermann 1957 beschrieben.

gestellt worden war (Schlegel 1977). Sie übernehmen die These von der Marginalität von Frauen und der Kompensationsfunktion von Besessenheitskulten. Diese Herangehensweise weist jedoch eine funktionalistische Schwäche auf, indem die subjektive Seite und insbesondere die Ambivalenzen gegenüber der einzunehmenden Rolle ausgespart bleiben. Es überrascht und verärgert, daß in der durchgesehenen Literatur, die Frauen nicht mit ihren unterschiedlichen Sichtweisen zu Wort kommen, ihre subjektiven Sichtweisen möglicherweise gar nicht erfragt wurden. Welche unterschiedlichen Bedeutungen die Mitgliedschaft in Besessenheitskulten für die Frauen selbst haben könnte, wird homogenisiert.

Im Folgenden wird punktuell die Lebenssituation von Frauen dargestellt, mit der Betonung auf den Aushandlungs- und Ausgestaltungsmöglichkeiten, die Frauen in einem sie tendenziell benachteiligenden patrilinearen Verwandtschaftssystem haben. Die These von der allgemeinen Marginalität der Frauen wird dabei in Frage gestellt. Anschließend wird die Rolle von Frauen in den *vodún*-Kulten vor dem Hintergrund der Kompensationsthese beleuchtet.

2. Weibliche Lebenswelten

Die Marginalisierung von Frauen wird in der Bénin-Literatur als Resultat zweier Prozesse diskutiert: als Determinierung durch das patrilineare Verwandtschaftssystem sowie als Folge des sozioökonomischen Transformationsprozesses. Die allgemeine Dominanz des Mannes begründet auf der Zugehörigkeit der Kinder zur Patrilinie, der Regel der Virilokalität bei der Heirat und der Benachteiligung der Frau beim Zugang zu Land sind beherrschende Themen. Die Konsequenzen daraus werden für die Frauen negativ interpretiert (Frey-Nakonz 1984; Pfeiffer 1988; Albert 1991). Die Teilnahme von Frauen am modernen Wirtschaftsgeschehen wird ebenso überwiegend aus der Perspektive des Verwandtschaftssystems beurteilt. Während Elwert (1983) und Löffler (1983:44) die Chancen aufzeigen, die der ökonomische Transformationsprozeß Frauen bietet und die Teilnahme von Frauen im ländlichen Kleinhandel sowie die Effekte daraus für Frauen positiv beurteilen (Verfügung über ein eigenes Einkommen und eine damit einhergehende größere Unabhängigkeit vom Mann), interpretieren andere Studien die Aktivitäten von Frauen im Kleinhandel eher negativ. Sie werden als

Verdrängungsprozeß und als Notlösung dargestellt, da Frauen daran gehindert sind, Eigentum an Land zu erwerben und somit nicht als unmittelbare Produzentinnen tätig werden können (Frey-Nakonz 1983:239; Pfeiffer 1988:104f). Diese Betonung der allumfassenden Marginalisierung von Frauen durch das patrilineare Verwandtschaftssystem soll im Folgenden relativiert werden.

Die Zugehörigkeit zu einer patrilinearen Verwandtschaftsgruppe, wie hier bei den *Ayizɔ*, determiniert nicht alle Facetten des Verhältnisses zwischen den Geschlechtern. Nimmt man lediglich, wie in der Bénin-Literatur vertreten, die patrilineare Verwandtschaftsstruktur als Matrix für die alltägliche Praxis, stellt sich die Beziehung zwischen den Geschlechtern als täglicher Kampf um Ressourcen und Freiräume für die Frau dar und ergibt so ein Gesamtbild der sozialen, ökonomischen und psychischen weiblichen Unterdrückung und Benachteiligung.[2] Betont wird hierbei der negative Einfluß struktureller Gegebenheiten. Auf der Strecke bleiben Subjektives, Widersprüchliches und Konflikte, deren Lösung eben nicht aus dem bestehenden Verwandtschaftsverhältnis heraus erklärbar ist, sondern jeweils differenzierten Aushandlungsprozessen unterzogen wird.

Liegt in der gegenwärtigen Literatur[3], die sich mit patrilinearen Gesellschaften auseinandersetzt, die Betonung eher auf gegenläufigen Interessen zwischen den Geschlechtern, und wird implizit der Eindruck der Konkurrenz und ökonomischen Berechnung zwischen Eheleuten vermittelt, so soll hier der Versuch unternommen werden, die patrilineare Ideologie und die soziale Praxis einander gegenüberzustellen. Frauen sind nicht nur manipulierte Opfer. Vielmehr soll sowohl der Raum dargestellt werden in dem Frauen ihr Leben selbst gestalten, aber auch nicht negiert werden, wie strukturelle Bedingungen gegen Frauen wirken. Im Folgenden sollen deshalb Widersprüche und Konflikte des Alltags beschrieben werden, die schlaglichtartig

---

2 Meillassoux (1978), der diese Diskussion initiierte, zeigt die strukturelle Ausbeutung der Frauen in patrilinearen Gesellschaften auf. Sie sind vom Erbe an Land ausgeschlossen, und verfügen auch nicht über die Kontrolle über ihre Arbeit und Nachkommenschaft.

3 Eine Ausnahme bildet Maja Nadigs (1986:125ff) überzeugende Darstellung des mexikanischen Machismo und der Gestaltungs- und Aushandlungskraft der Frauen, die der Ideologie des Machismo entgegen wirkt.

die Rigidität einer nur verwandtschafts-strukturalistisch orientierten Analyse problematisieren.[4]

»Der Mann ist glücklicher als die Frau. Was er macht geht sie nichts an. Er kann zwei Frauen haben, sie aber nur einen Mann«, formulierte ein junger Bauer in Ayou. Dieses aus einer patrilinearen Ideologie generierte Klischee, in dem Frauen kaum Platz haben, sollte nicht mit dem alltäglichen Zusammenleben verwechselt werden. Das negative Bild, das von der Stellung der Frau bei den *Fɔn* und *Ayizɔ* gezeichnet wird (Pfeiffer 1988; Frey-Nakonz 1984; Albert 1991), ist das Resümee einer Betrachtung des Sozialen durch das Raster der Verwandtschaftsstruktur und daraus folgernd der Konzentration auf das Genealogisch-Ökonomische: Das marginale Erbrecht der Frauen (Vererbung in der mütterlichen Linie betrifft nur Hausrat), die Zugehörigkeit der Kinder zur Patrilinie, die gesellschaftlich beeinträchtigte Stellung der kinderlosen Frau, die eingeheiratete Frau als Fremde, die Abhängigkeit der Frau vom Mann sind immer wiederkehrende Topoi. Diese Perspektive verstellt aber den Blick auf das alltägliche Zusammenleben, in dem Männer und Frauen sich ihre Lebenswelten, ihre Freiheiten und Handlungsspielräume jenseits dieser Ideologie konstruieren, aushandeln und leben.

Ideologie versus Praxis

Als 1977, als Spätfolge des 1972 stattgefundenen Militärputsches, in die neu formulierte Verfassung der Volksrepublik Bénin der Passus der Gleichheit der Geschlechter aufgenommen wurde, rief dies unter der männlichen Bevölkerung, die sich vor den Anschlagtafeln versammelte, Ärger und Lachstürme hervor. Die Formulierung der Verfassung stellte eine Selbstverständlichkeit zur Disposition: die Ideologie von der Überlegenheit des Mannes. Sie existiert zwar in den Köpfen der Menschen, wird zur Demonstration der Überlegenheit gegenüber Dritten auch verbalisiert, hat mit der sozialen Praxis aber nur in bestimmten Grenzen zu tun. So stellt sich uns das männliche Gelächter doppeldeutig als Männlichkeitsritual dar, daß sich in seiner Form

---

4 Ausnahmen bilden hierbei Ségbénou (1982), der die komplementären Beziehungen der Ehepartner im Süden Bénins betont, Elwert (1984) und Leonhard (1994), die das Aushandlungspotential patrilinearer Strukturen offenlegen. Die Suche nach komplementären Strukturen war bisher auf matrilineare und bilaterale Gesellschaften begrenzt (Lenz/Luig 1990), obwohl es schon frühe Hinweise gibt, daß es auch in patrilinearen Bauerngesellschaften solche Beziehungen gibt (Whyte 1978).

selbst widerlegt. Öffentlich kann nur die Ideologie beschworen werden – die Praxis sieht anders aus und macht das Gelächter mit dem Pfeifen im dunklen Wald vergleichbar.

Ein Leben ohne Ehepartner mag sich in Bénin niemand vorstellen und wünschen. Die Heirat, heute zunehmend häufiger nicht mehr von den Eltern arrangiert, sondern aus »Liebe« geschlossen, ist jedoch nicht frei von ökonomischen Erwägungen. In der kleinbäuerlichen Ökonomie ist das Überleben ohne Heirat kaum möglich. Man braucht den Ehepartner und die Kinder, um die vielfältigen Arbeiten zu bewältigen und um einigermaßen ein Auskommen zu haben.[5] Was in der marxistischen Literatur den Geschmack von Sklavenarbeit annimmt (Meillasssoux 1974), nämlich, daß die Frau dazu da ist, für die Patrilinie des Mannes Kinder zu gebären, um somit die Patrilinie des Mannes zu perpetuieren, ist in der sozialen Praxis des Alltags ganz vordergründig die Altersversorgung beider Eltern: Kinder sichern das Überleben im wenig produktiven, späten Alter.

Das tägliche Zusammenleben ist nicht so sehr von Gegensätzlichkeiten bestimmt denn von Routine. Zu dieser Routine gehört ein ideologischer Fundus der u.a. auch den »Mann als Chef der *xwé* (Haushalt)« ausweist. Er führt das Wort, wenn Probleme entstehen und zu lösen sind. Diese Führungsposition ermächtigt ihn auch, seiner Frau Weisungen zu erteilen, die sie befolgen sollte, wenn ihr am Frieden der Familie gelegen ist. So kann er z.B. verlangen, daß sie keine Reisen unternimmt, keinen Handel treibt, keine Verwandten besucht, und daß sie zur Lösung eines Problems das *Fá*-Orakel konsultiert, was der Frau unvorhersehbare Einschränkungen und Kosten bescheren kann. Der Mann scheint sich seiner Stärke jedoch nicht sicher zu sein, und so werden die vielfachen Unsicherheiten und Ängste der Männer durch häufige Konsultationen des *Fá*-Orakels immer wieder aufs Neue besänftigt. Ihre Sorge um Unverletzbarkeit *(gló)*, die Stärkung und Beibehaltung der Überlegenheit, Wohlstand und die Frage »wie mache ich mich bei den Frauen begehrt«, lassen Männer weitaus häufiger das Orakel aufsuchen als Frauen, die hauptsächlich private (geheime) Wünsche ans *Fá* herantragen: wie kann ich die zweite Frau meines Mannes ausstechen, wie erreiche ich, daß mein Mann mich liebt, wie, daß meine Kinder die Lieblinge meines Mannes sind. Die Analyse (deren systematische Durchführung noch aussteht)

---

5 Zur Rekrutierung von Arbeitskräften außerhalb des Haushaltes werden reziproke Arbeitsgruppen gebildet, siehe Elwert 1984; Frey-Nakonz 1991; Maul 1990.

der Ängste und Besorgnisse von Frauen und Männern offenbart, wo Probleme in dieser Gesellschaft liegen, und stellt gleichsam die Vorstellung von der Vormachtstellung des Mannes in Frage.

Auch im Klatsch und Tratsch ebenso wie bei Antworten auf direkte Nachfragen, die oft nur das Normative bestätigen, wird männliche Angst auf weibliche Bereiche projiziert. Frauen werden in der männlich-öffentlichen Meinung als schwatzhaft dargestellt (»man soll Frauen nicht so viel anvertrauen, sie reden zuviel«), und man bemüht zur argumentativen Unterstützung sogar einen Mythos, der dies untermauern soll.[6] Andere betonen wiederum, daß die Männer auch die Freunde ihrer Frauen sind und sowohl mit ihr als auch mit den Kindern eine lebhafte Kommunikation unterhalten. Diese Aussagen sind jedoch nicht widersprüchlich, sondern zeigen die Vielfalt nebeneinander bestehender Varianten auf, die innerhalb einer dominanten Gesellschaftsstruktur bestehen.

In das männliche Mißtrauen werden auch die Freundinnen der Frau miteinbezogen, denn es wird vermutet, daß Frauen sich gegenseitig beeinflussen, besonders in ökonomischen Belangen. So wird die Vermutung ausgesprochen, daß die Freundin, sollte sie selbst mit einem »reicheren« Mann verheiratet sein, die eigene Frau unzufrieden und gierig macht, so daß sie ihren Mann bedrängt, annörgelt und ständig herabsetzend vergleicht oder ihn sogar verläßt. Idealerweise sollte deshalb die Freundin aus der gleichen sozialen Klasse stammen. Sollte dies nicht der Fall sein, wird der Mann diese Freundschaft hintertreiben. Das Ökonomische nimmt einen breiten Raum in den Männerphantasien ein. So sollen die Ehefrauen nicht nur den eigenen Ehemann nicht mit anderen vergleichen, sie sollen auch selbst nicht reich werden, da sie ja dann den Mann verlassen oder ihn gar zu Recht dominieren könnten. Wir haben es hier mit realen Ängsten der Männer zu tun, die auf weibliche Bereiche projiziert werden. In früher geführten Interviews zur Dorfökonomie bestätigen die gleichen Interviewpartner, daß es innerhalb des Dorfes unter den Bauern keine eklatanten sozialen und ökonomischen Unterschiede gibt: »Wir sind alle gleich arm«, läßt sich der Tenor dieser

6 Der Schaden, den weibliche Schwatzhaftigkeit für Männerinteressen anrichten kann, wird mit folgendem Mythos affirmiert: Ein Jäger hat ein Tier gefunden, daß sich in eine Frau verwandelt hat. Schon verheiratet, nimmt er sie trotzdem mit nach Hause. Vertrauensselig erzählt er seiner Frau, wie er die zweite Frau gefunden hat. Die Ehefrau war jedoch eifersüchtig und erzählte eines Tages der »Zweiten«, daß sie ein Tier sei. Daraufhin verwandelte sich die Frau wieder in das Tier zurück und verschwindet wieder im Busch.

Interviews zusammenfassen. Daß die Mühsal und Ungesichertheit bäuerlicher Produktion Ängste generiert, ist eine soziologische Banalität. Die Möglichkeiten diese Ängste zu bewältigen, sind gering[7], und so schlagen sie sich unter anderem in Gerüchten und Tratschgeschichten nieder. In der Tat ist der Vorwurf, der Mann würde seine Familie ungenügend ernähren, ein vernichtendes Urteil – und für Frauen einer der gewichtigsten Gründe, eine Scheidung zu betreiben. Es wundert somit nicht, daß das Ökonomische angstbesetzt ist, und daß diese Angst in männliches Imponiergehabe umschlägt. Dies rechtfertigt jedoch nicht, auf eine starke, unerschütterliche, von Patrilinearitätsprinzipien getragene Vormachtstellung des Mannes zu schließen.

Unterhält man sich mit Männern, erhält man den Eindruck, daß sie einen tiefgreifenden Einfluß auf die weibliche Lebensgestaltung haben. Sie sehen sich selbst im Zentrum weiblicher Lebenswelten, sogar die Streitkultur deuten sie, wider alle Psychodynamik, zu ihren Gunsten um. »Die Frauen streiten sich untereinander soviel, damit sie sich nicht mit ihren Männern streiten müssen. Denn die Frauen sind ständig sauer, weil die Männer den Chef machen, und sie als Frauen gehorchen müssen.« Wie subjektiv solche Aussagen sind, belegen weitere Interviews mit Männern die einen anderen Tenor haben: »Die Frauen liegen mit den Männern immer im Krieg. Sie langweilen sich, und stören die Männer auf.« Dieses bestreiten die Frauen, und es widerspricht auch meinen langjährigen Beobachtungen. Denn in der Tat streiten sich die Eheleute, deren Arbeits- und Aufgabenteilung klar voneinander abgegrenzt sind, selten miteinander: Eifersucht, Ungleichbehandlung von Frauen und deren Kindern in polygynen Haushalten, ungenügende Versorgung mit Nahrungsmitteln und Ehebruch sind die wichtigsten, aber seltenen Konfliktpunkte. Dagegen fordert das nachbarschaftliche/verwandtschaftliche Zusammenleben die Streitbarkeit der Frauen viel häufiger heraus. Man streitet sich unter Frauen wegen übler Nachrede, wegen Streit unter Kindern, über verliehene Haushaltsgegenstände und Kredite, angeblichen Diebstahl und die Nichteinhaltung von Verträgen.

Jenseits des ideologischen Geplänkels und männlicher Wichtigtuerei fällt auf, daß Männer, auf die soziale Praxis des Alltags bezugnehmend, Frauenarbeit als härter bezeichnen. Sie bezeichnen sie als mindestens gleichwertig mit ihrer eigenen, und vergessen nicht zu erwähnen, daß Frauenarbeit, unab-

---

7 Frey-Nakonz (1984:162) schildert wie die Dorfbewohner versuchen, ihre Ängste in der Durchführung von Schadenszaubern und Gegenzaubern zu bewältigen.

hängig von den Jahreszeiten, gleichbleibend über das ganze Jahr verteilt ist und sich in der Regel bis in den Abend hinein verlängert. Dagegen habe Männerarbeit zwar saisonale Spitzen, verschaffe ihnen aber auch Zeit, in der sie ihren Vergnügen nachgehen können: der Jagd und dem gemütlichen Schwätzchen mit Freunden und Nachbarn im Schatten.

Betonen manche Männer, daß Frauen bei Reisevorhaben oder beim Einstieg in den Handel ihre Erlaubnis einholen müßten, stellt sich bei näherer Betrachtung heraus, daß sowohl Männer als auch Frauen ihren Ehepartner vor Reisen, denen immer triftige Gründe zugrunde liegen, benachrichtigen und konsultieren. Auch würde kein Mann seiner Frau den Handel verbieten, im Gegenteil, Männer sind stolz auf erfolgreiche Frauen (vgl. Frey-Nakonz 1984:190).

Körperliche Gewalt gegen Frauen ist nicht üblich. Kommt es dennoch vor, daß ein Mann seine Frau im Streit schlägt, wird er bestraft, auch wenn die Frau den Streit angefangen haben sollte. Zwanzig Liter Palmweinschnaps, Bohnen und Öl, Hühner und 2000 bis 5000 FCFA müssen der Frau als Entschädigung gezahlt werden und stellen eine empfindliche Strafe dar. Zudem wird der Schwiegervater der Frau zur Schlichtung konsultiert, was eine Veröffentlichung männlicher Fehlleistung bedeutet und mit Ehrverlust einhergeht.

Diese positive Haltung kann sich jedoch in Grenzsituationen ändern. Wird eine Frau des Ehebruchs verdächtigt – manche Männer wollen nicht einmal, daß ihre Frau mit einem anderen Mann lacht – wird der Mann seinen Verdacht in Restriktionen umsetzen. Er »schleppt« sie vor einen Priester, wo sie zum Geständnis gezwungen werden kann, indem ihr ein magischer Trank verabreicht wird, der allgemein sehr gefürchtet wird. Ob dieses »Gottesurteil« heute noch angewendet wird, war, da es staatlich verboten wurde, nicht zu erfahren. Insgesamt sind Frauen in der Frage des Ehebruchs stärker kontrolliert, achtet die öffentliche Meinung mehr auf das Verhalten von Frauen als auf das von Männern. Bis in die 1960er Jahre fand sogar im Vorfeld von Ehebrüchen einmal jährlich vor dem Priester eine Befragung (*xà nùú*, erzählen Sache) aller verheirateten Frauen statt, ob sie die eheliche Treue gehalten hätten. Gegen Männer sind diese Sanktionen nicht gerichtet. Frauen fürchten die Kritik der Männer, aber die gleichen Informanten bestätigen auch, daß diese auch Angst vor übler Nachrede durch Frauen haben. Diese sei die stärkste Waffe der Frauen.

Die manifeste männliche Angst vor weiblicher Untreue findet ihre ideologische Verlängerung und somit Sanktionierung. Kindermädchen, Schneiderinnen, sogar Politikerinnen, wie die Gesundheitsministerin der ersten Regierung Soglo, werden als »Prostituierte« diskriminiert, wobei diese Bezeichnung nicht eine gewerbsmäßige Prostitution meint, sondern lediglich eine gewisse Ungebundenheit dieser Frauen zum Ausdruck bringt. Diese Angst vor weiblicher »Prostitution« hatte in Ayou zur Einführung des *vodún Sakpata* geführt, der als Angstmacher weibliche Wünsche nach Autonomie, vor allem aber Ehebruch bremsen sollte.

Was reden Frauen über Männer? Sie lachen über die Männersprüche, betonen ihre Autonomie und die abgegrenzten Aufgabenbereiche, die ja nicht nur Pflichten festlegen, sondern auch Rechte. Männer wissen selten Bescheid über die Finanzlage ihrer Frauen. Diese Informationsbarriere ist ein unbestrittenes Frauenrecht und dient den Frauen als Schutz vor männlichen Forderungen. Frauen haben ihre eigene Öffentlichkeit, aus der sich Männer fernhalten. Insgesamt sind die Männer mit konkreten Diffamierungen vorsichtig. Denn die weibliche Gehorsamspflicht wird vom Ideal der »Gerechtigkeit« austariert, ein Anspruch dem Männer unterworfen sind, und dessen Mißachtung der Frau Mittel der Gegenwehr an die Hand gibt, die den Mann empfindlich treffen. So kann sein guter Ruf von der Frau zur Disposition gestellt werden. In eklatanten Fällen kann sie die Scheidung betreiben.

Männer und Frauen verstehen sich als komplementäre Partner. Während Männer für die Produktion der Grundnahrungsmittel zuständig sind, liegt die wichtigste Aufgabe der Frauen im reproduktiven Bereich: das Gebären und Aufziehen der Kinder, das tägliche Kochen für die Familie und das zeitweilige Kochen für die Arbeitsgruppe des Mannes. Die Frauen beschränken sich jedoch nicht auf reproduktive Tätigkeiten, sie sind zu unterschiedlichen Anteilen in der landwirtschaftlichen Produktion tätig und/oder im Handel. Sie arbeiten als Ernte- und Jäthilfe auf den Feldern des Mannes und eben auch auf dem eigenen Feld, das sie bei der Heirat manchmal vom Vater, aber meistens vom Ehemann, zur Verfügung gestellt bekommen. Selten sind Frauen in der Lage, sich ein eigenes Feld zu kaufen. Sie transformieren Grundnahrungsmittel für den Kleinhandel oder gehen, mit unterschiedlichem Kapitalumfang, einer Tätigkeit als Händlerin nach. Über das Geldeinkommen verfügen die jeweiligen Ehepartner, die getrennte Haushaltseinkommen haben, nach Abzug ihrer familialen Verpflichtungen, selbst.[8] Das eigene Geldeinkommen der Ehefrau wird jedoch, wie oben angedeutet, ambivalent beurteilt. Die mittlerweile stark vom Geldeinkommen abhängige Reproduktion der Haushalte wird zwar durch das Einkommen der Frau auf eine solidere Basis gestellt, jedoch befürchten die Männer eine zu große Unabhängigkeit der Frauen, wenn nicht gar ihre Vormachtstellung. Das scheint mir unbegründet, denn Frauen haben im Schnitt ein deutlich geringeres Einkommen als Männer, besitzen auch nicht soviele langlebige Konsumgüter wie Fahrräder, Radios oder Armbanduhren.

Abbildung 11: Táyínɔ zu werden ist das Höchste, was eine Frau erreichen kann. Es ist eine der beiden Führungspositionen in der Verwandtschaftslinie. (*Foto*: Georg Elwert, Ayou, 1978)

8 Eine gründliche Erhebung weiblicher und männlicher Aufgabenbereiche findet sich bei Maul 1990:171.

Die als komplementäres Verhältnis angelegte Ehe, folgt man der Literatur, funktioniert im ökonomischen Bereich nicht mehr entsprechend den normativen Vorgaben. Konstatiert wird eine Verschiebung der Aufgaben zwischen Mann und Frau für den gemeinsamen Haushalt zu Ungunsten der Frau, indem sie immer mehr Zuständigkeiten des Mannes übernehmen oder sich daran beteiligen muß: Schulgeld, Schuluniformen, Bekleidung der Frau und der Kinder, Medikamente für die Kinder, Zeremonialkosten bei Geburten oder der Beerdigung der Schwiegereltern. Diese Mitfinanzierung durch Frauen wurde bisher als Bruch von Frauenrechten negativ kommentiert (Löffler 1983; Frey-Nakonz 1984:190). Diese Interpretation ist jedoch ahistorisch, denn sie übersieht, daß das Konsumniveau sich geändert hat, und daß erweiterte Bedürfnisse[9] offensichtlich zu einer Neuorganisation von Pflichtbereichen geführt haben. Die Literatur behandelt somit die gegenseitigen Rechte und Pflichten der Ehepartner nur als statische Verlängerung patrilinearer Ideologie und nicht als Aushandlungsprozeß. Im Folgenden werden deshalb am Beispiel der Bekleidungskosten, und dies kann auf Schul- und medizinische Kosten übertragen werden, die veränderten Konsumgewohnheiten dargestellt, die eine Neuorientierung der Aufgaben und Rechte auf der normativen Ebene erforderlich machten.

Die Norm fordert, daß der Frau einmal jährlich, zu Neujahr oder nach der Ernte, je nach lokaler Konvention, eine komplette Bekleidungsausstattung vom Mann geschenkt wird. Dies umfaßt heute eine Bluse und zwei übereinander zu tragende Wickelröcke, die idealerweise aus hochwertigem Holland-Wax-Tuch sein sollten; das kostete 1991 bis zu 100 DM. Der Bedarf an hochwertigem Holland-Wax-Tuch, das aus den Niederlanden und neuerdings in ähnlicher Qualität aus der Elfenbeinküste importiert wird, ist relativ neu. Der Übergang von aus Raffia gewebten oder aus Rindenstoff gefertigten Kleidungsstücken zu importierter Ware dauerte bis in die späten 60er Jahre hinein. Die Bezahlung dieser Stoffe durch den Mann ist also relativ rezent. Die Raffiatücher wurden von Spezialisten eines Nachbardorfes gewebt und gegen Naturalien getauscht, ebenso die Rindenstoffe, die von örtlichen Spezialisten gefertigt wurden. Neben diesen einfach zu erwerbenden Tüchern gab es

9 Vgl. hierzu Bouche (1874:570ff), der in der zweiten Hälfte des 19. Jahrhunderts bäuerliche und städtische Besitztümer inventarisiert hat. Die Bauern besaßen danach nur ein paar Matten und ein bißchen Geld. Dies dokumentiert nicht nur ein niedriges Bedürfnisniveau, sondern vor allem die Tatsache, daß die Landbevölkerung bis zum Ende des Königreiches Dahomey mit Sklavenjägern rechnen mußte.

weiße Baumwolltücher, die lokal mit Schnürbatikornamenten verziert mit Indigo gefärbt wurden.[10]

Der Konsum importierter industriell gefertigter Tücher setzte sich langsam durch. Mitte der 70er Jahre war in Ayou immer noch eine Vielfalt von Stoffen zu finden. Alte Männer trugen zur Feldarbeit noch Raffiatücher. Sie wurden ebenfalls noch zu manchen zeremoniellen Anlässen getragen: Der Reiseantritt eines Schülers machte die Befragung des *Fá*-Orakels über seine Zukunft notwendig, der Schüler trug bei dieser Zeremonie einen Wickelrock aus Raffia. Von alten und jungen Frauen wurden zu dreckiger Arbeit die selbstgefertigten Baumwolltücher mit Schnürbatik getragen. In der Öffentlichkeit jedoch, bei Festen und Markttagen, dominierten schon die prestigeträchtigen Holland-Wax-Drucke das Bild. Die Standardkleidung der Frauen besteht heute aus einer 1,5 m langen, zu einem Rock geschlungen Stoffbahn und einer Bluse als Oberteil. Deren einer Träger hängt fast immer über die Schulter, denn wenig sind die dörflichen Näherinnen mit dem Zusammenhang von Anatomie und Schnitt vertraut. Verheiratete Frauen tragen in der Öffentlichkeit, z.B. beim Gang auf den Markt oder zu Festen und Zeremonien, eine zweite Stoffbahn über ihrem Wickelrock, die früher, um die Brust geschlungen, die Bluse bildete. Eine kleinere Stoffbahn, um die kunstvoll geflochtenen Haare geschlungen, bildet den Abschluß der perfekten weiblichen Bekleidung. Bei der Arbeit behalten *Ayizɔ*-Frauen alte Gepflogenheiten bei und gehen, von der Hüfte aufwärts, um die sie ein altes Wickeltuch schlingen, nackt. Die Männer tragen heute zur Arbeit einen baumwollenen Wickelrock und ein Hemd aus dem gleichen Stoff. Zu Festen tragen sie einen »Anzug«, Hemd und Hose mit Batikdruck, eine Erinnerung an die Bekleidung der Kolonialbeamten. Ab den 70er Jahren kam dann ein schwunghafter Handel mit *second-hand* Kleidern auf, überschwemmte die Dörfer und hinterließ seine Spuren hauptsächlich bei Männern. Die Hose hat sich stark durchgesetzt, wobei bei der Arbeit nach wie vor das luftige Wickeltuch bevorzugt wird. Als Innovation setzt sich bei Frauen das Tragen eines Büstenhalters durch. Entweder als Oberbekleidung oder unter der Bluse ist er – mit Schaumstoff abgefüttert – das Prestigeklei-

10 Das vielfältige Nebeneinander sieht man auf einem Stahlstich (nach Foto) des ausgehenden 19. Jahrhunderts (D'Albéca 1895:64). Von Amazonen und *vodúnsì* werden handgesponnene und in Bandtechnik gewebte Tücher neben einfachen weißen Baumwollstoffen, einfachem Batikdruck und Rindentüchern getragen. Dieses Bild, bei König Toffa in Porto Novo entstanden, läßt zwar keine direkten Schlüsse auf die Verbreitung importierter Baumwollstoffe im Hinterland zu, vermittelt jedoch die Vielfalt und das Nebeneinander verschiedenartiger Stoffe.

dungsstück schlechthin. Kinder laufen meist mit zerrissenen Unterhosen oder T-Shirts herum, oder aber nackt.

Die geschlechtliche Aufgaben- und Pflichtenverteilung wird im Groben schon lange bestanden haben. Neu sind jedoch die Übernahme der Kosten für importierte Stoffe, Schul- und Krankheitskosten. Es handelt sich hier einerseits um neue Bedürfnisse wie um eine neue Zahlungsform, nämlich die monetäre. Diese männlichen Verpflichtungen sind in einer Art Verlängerung vormonetärer Zeiten am Mann hängen geblieben und bereiteten ihm, solange er genug Geld verdiente, keine Probleme. Er investierte bereitwillig in prestigeträchtige Innovationen. Die Zeit der relativen Prosperität dauerte jedoch in Ayou nicht lange. Brachten es die Bauern von Ayou in den 30er Jahren mit dem Anbau von Kaffee und Ölpalme zu relativem Reichtum, so brachen später der II. Weltkrieg und die Erdölkrise 1973 in die bäuerliche Ökonomie ein und verursachten Armut und Entmonetarisierung. Der Rückgang monetären Einkommens zwang Mann und Frau, nachdem die neuen Bedürfnisse schon in den Traditionsfundus übernommen waren, bisher normativ abgesicherte Bereiche neu auszuhandeln.[11] Dabei handelt es sich aber nicht unbedingt um die Verschlechterung der Position der Frau, denn es gilt das Überleben der ganzen Familie zu sichern.

Nicht immer jedoch sind normative Vorgaben aushandelbar und modifizierbar. Eine Frau, die nach dem Tod ihres Mannes seinen letzten Willen erfüllte und seinen besten Freund geheiratet hatte, anstatt, wie bis in die späten 50er Jahre hinein üblich, seinen Bruder, wurde von diesem schwer bestraft. Der mißachtete Bruder nahm Rache an der Frau und gab ihr Lieblingskind in die Fremde zur Adoption. Obwohl viele Verwandte großes Mitgefühl mit der Frau und dem Kind hatten, gab es doch keine Handhabe, gegen die Handlungen des Schwagers vorzugehen.

Patrilineare Prinzipien leiten auch die Entscheidung der Eltern, Töchtern weitaus seltener eine schulische Bildung zu gewähren als Söhnen. 1981 waren in Bénin 88% der Jungen aber nur 42% der Mädchen eingeschult worden (Statistisches Bundesamt 1986:26). Der Schulbesuch wird vielfach als »Fehlinvestition« betrachtet, da die Mädchen bei der Heirat den elterlichen Haushalt verlassen.

---

11 In der zitierten Literatur bleibt ungeklärt, ob die Frau davor ihr Geld tatsächlich für sich alleine konsumiert hat, denn aus dem Normativen, daß die Frau alleine über ihr Einkommen verfügt, läßt sich nicht unbedingt schließen, daß sie das Geld nur für persönliche Belange ausgegeben habe.

Die Frau als Fremde

Oft wird die Frau, weil nicht zur Patrilinie des Mannes gehörend, als Fremde (*jòónɔ̀*) bezeichnet. Sie bleibt, auch nach der Heirat in ihre väterliche Linie eingebunden, genießt dort ihre Rechte und verfolgt von dieser Position aus ihre eigenen Strategien der Rückversicherung. In bäuerlichen Gesellschaften erfordert die Sicherung der Zukunft umsichtige Maßnahmen. Hatten früher die Alten allein über das Heiratsalter und die Verteilung von Land und Produkten bestimmt und sicherten so das Überleben (vgl. Elwert 1984; Meillassoux 1978), muß heute, da diese Mechanismen immer weniger greifen, auf individuelle Strategien zurückgegriffen werden. Dies gilt ganz besonders für Frauen.

Es gibt eine Präferenz für eine breite Streuung der Strategien. Die relativ sicherste Vorsorge ist es, selbst viele Kinder zu haben. Männer ohne eigene Kinder bleiben in jedem Fall im patrilinearen Gehöft, das sie mit ihren Brüdern und deren Familien gemeinsam bewohnen, und können von diesen mitversorgt werden; wobei die Garantie für eine gute Behandlung, wie regelmäßiges Essen und Pflege seiner Person bei Gebrechlichkeit, heute eher gewährleistet ist, wenn der Onkel einen gewissen Reichtum zu bieten hat. Es gibt keine staatliche Klageinstanz für die moralische Verpflichtung, einen Bruder/ Onkel/ Schwager als zusätzlichen Esser, ohne einen Vorteil davon zu haben, mitzuversorgen.[12] Gängige weibliche Strategien der Alterssicherung sind Landkauf und der Bau eines Hauses im väterlichen Gehöft. In dieses Haus ziehen Frauen häufig schon mit Erreichung der Menopause, verlassen also ihren Mann. Im väterlichen Gehöft nahm die zurückgekehrte Frau früher eine wichtige politische Rolle als *táyínɔ̀* (ältere Tante) ein. Trotz des Bedeutungsverlustes der Rolle der *táyínɔ̀* ziehen Frauen von ihren Männern weg. Dies gilt auch im Falle von Kinderlosigkeit und Scheidung. Deshalb müssen Frauen die Beziehungen zu ihren patrilinearen Nichten und Neffen pflegen, denn diese sind ihre potentiellen Ansprechpartner im Alter. So nimmt sie eine wichtige Rolle als Heiratsvermittlerin ein, schießt auch einmal etwas zur Bekleidung oder zum Schulbesuch zu. »Man muß die Neffen lieben«, wird diese weitsichtige Strategie umschrieben. Aber auch wenn Frauen ihre

12 Wie wenig selbstverständlich ein konfliktfreies Überleben im Alter ist, und welche z.T. gesellschaftlich legitimierten Methoden es gibt, die Alten loszuwerden, zeigt Elwert (1992) im interkulturellen Vergleich.

Strategien auf die väterliche Patrilinie konzentrieren, erfüllen sich ihre Hoffnungen häufig nicht.

Eine rigide weibliche Strategie, die sie vor »Ausbeutung« durch den Mann und seine Verwandten schützt, ist die in den vergangenen Jahren immer häufiger beobachtete Scheidung.[13]

Die Strategien variieren individuell je nach lebensgeschichtlichem Schicksal wie Kinderzahl, Kinderlosigkeit oder Scheidung. So stellt die Konzentration auf die Pflege der Beziehungen im Gehöft des Ehemannes eine andere Möglichkeit dar, die Solidarität und Unterstützung im Alter (hoffentlich) zu sichern. Frauen bringen vielfach aus freien Stücken Geld auf, um ihre Kinder mit Kleidung, Medikamenten und Schulbüchern zu versorgen, obwohl diese ja »nur« Kinder der Patrilinie des Mannes sind. Sie schaffen sich damit die Option, im Alter sowohl in ihre Ursprungs-*hɛnnu,* zu den Kindern ihrer Brüder und Neffen, zurückkehren zu können, als auch bei den eigenen Kindern bleiben zu können.

Was als einseitige Beschneidung weiblichen Einkommens dargestellt wird (Löffler 1983; Frey-Nakonz 1984) kann anders interpretiert einer Doppelstrategie entstammen. Auch wenn Frauen Übergriffe auf ihr Einkommen beklagen, muß man fragen, welche Konsequenzen sich auf der normativen Ebene daraus ergeben, versteht man diese als flexible, anpassungsfähige Institution. Bis heute gilt, wer Verpflichtungen übernimmt, erhält auch Rechte. Im Falle der Übernahme der Schulgelder, Bekleidung oder Krankheitskosten durch die Frau, erwirbt sie sich auch Rechte auf ihre Kinder, unabhängig von patrilinearen Vorgaben. So gilt z.B. für ledige Mütter, daß der Vater des Kindes dieses nur dann im Alter von sieben oder acht Jahren der Mutter wegnehmen darf, wenn er auch lückenlos für den Unterhalt dieses Kindes aufgekommen ist. Dort, wo Frauen ihre Kinder eigenständig unterhalten, haben sie auch ein unbestrittenes Recht darauf erworben, ihre Kinder zu behalten. So gibt es Frauen, die sich das Recht auf den eigenen Unterhalt ihres Kindes sogar mit Hilfe der Sous-Préfecture, erstreiten und legalisieren lassen, um das Kind nicht an den Vater abgeben zu müssen.

---

13 Eine Erhebung über Haushaltsformen in Hinvi, 8 km nördlich von Ayou, läßt zwar keinen Rückschluß auf die Scheidungsrate zu, zeigt aber wieweit die Haushalte von der »Normalform« der vollständigen Familie entfernt sind. So weisen 17% der Haushalte einen männlichen Haushaltsvorstand ohne Frau auf, 17% der Haushalte haben einen weiblichen Haushaltsvorstand und in 17% der Haushalte leben Mütter mit oder bei ihren Söhnen. Lediglich 49% der Haushalte sind »vollständig« (Leonhardt 1994:140).

Der Topos der Frau als »Fremden« läßt den Eindruck entstehen, als seien Frauen im patrilinearen *Setting* unwillkommen. Zwar ist die Frau, von der Warte patrilinearer Strukturen aus, »fremd«, weil nicht verwandt, doch lebt sie kein Leben als Fremde – geduldet, randständig oder isoliert. Zieht die Frau mit der Heirat ins Gehöft ihres Mannes, ist sie willkommen und wird von den Schwägerinnen und Nachbarinnen mit offenen Armen empfangen. »Die Frauen akzeptieren eine Fremde sofort«, es hängt allerdings im weiteren von ihren persönlichen Eigenschaften und Eigenarten ab, ob sie sich die Sympathien erhält und Freundinnen gewinnt. Anstand, d.h. Respekt der sittlichen Normen, ist dafür Voraussetzung. Üble Nachrede und Streitsucht beeinträchtigt die informellen nachbarschaftlichen und freundschaftlichen Kontakte, die im Alltag eine weitaus größere Wichtigkeit haben, als in der Literatur vermittelt wird. Alltägliche Fragen der Kindererziehung, Leihgaben, Hilfereichungen werden unkompliziert innerhalb der Nachbarschaft sowie der Verwandtschaft des Mannes geregelt.

Parallel dazu finden wir auch bei Frauen, die bisher nur für Männer beschriebenen Freundschaften *(xóntɔ̀n)* (Elwert 1984; Frey-Nakonz 1991). Folgt man Herskovits, der Frauenfreundschaften immerhin erwähnt (1967 I:239f), haben diese Männerfreundschaften einen institutionellen Charakter und halten ein Leben lang. Männer betrachten diese Busenfreundinnen ihrer Frauen mit Mißtrauen, denn »einem *xóntɔ̀n* vertraut man alles an«; wer weiß, was über seine Person mit Dritten geredet wird. Sie würden gerne Einfluß auf diese Freundschaften nehmen, sind in der Praxis aber von dieser Frauenkultur ausgeschlossen. Das Mißtrauen gegenüber Frauenfreundschaften, in unserer eigenen Kultur nicht unbekannt, schlägt sich in despektierlichen Äußerungen über diese nieder: Diese Freundinnen gäben nur schlechte Ratschläge, die Zeit würde vertan und überhaupt seien Frauen zu schwatzhaft und streitsüchtig. Das schlimmste Verdikt scheint zu sein: »Frauenfreundschaften halten nicht lange.« Dieses wurde von den Frauen nicht bestätigt, vielmehr weisen sie darauf hin, daß Freundschaften grundsätzlich zerbrechen können. So gestehen auch Männer zu, daß intensive Männerfreundschaften, die häufig bis in die Kindheit zurückreichen, zerbrechen können, denn »die Freundschaft ist eine Sache der Liebe« und somit vergänglich. Zahlreiche Lieder dokumentieren zerbrochene Freundschaften und affirmieren die Zuverlässigkeit von Verwandtschaftsbeziehungen. Frauen können der Ferne ihrer eigenen Verwandtschaft nicht immer etwas Positives abgewinnen. Zwar sehen sie in dem, durch die Distanz erschwerten, Zugriff ihrer Verwandten auf ihre eigenen Ressourcen durchaus etwas Positives. Andererseits mangelt es ihnen an Allianzpartnern, die in Konflikten mit dem Ehemann oder der Schwiegerfamilie vor Ort sind und ihre Partei ergreifen.

Keine Erwähnung fand bisher die persönliche Beziehung zwischen den Ehepartnern, die in der bisherigen Literatur, ohnehin auf Konflikte konzentriert und nicht auf die Routinen des Alltags, als ökonomische Zweckgemeinschaft dargestellt wird, die eher kontroverse Lebenspläne verfolgt, denn gemeinsame. »Meine Frau ist meine Freundin« oder »ich habe meinem Mann aus Liebe einen Hut geflochten, damit er bei der Feldarbeit beschattet ist«, sind jedoch sichtbare Zeichen gegenseitiger Zuneigung. Die Krempe des zitierten Hutes hat einen ungewöhnlichen Radius von mehr als einem Meter, und jedem im Dorf ist die Entstehungsgeschichte bekannt. Mit der Ehe findet die Sexualität nicht notwendigerweise nur noch als Fortpflanzungsfunktion statt. Mann und Frau können sich sexuell anziehend finden, und es gibt standardisierte Signale, mit denen die Frau den Mann auffordert, die Nacht mit ihr zu verbringen: das Kochen seiner Lieblingsmahlzeit, das kostenlose Abgeben von Essenswaren auf dem Markt. Dies wird durch Tratsch sanktioniert: »*ye gblèé dii* (sie sind total verrottet)«, wird diese öffentliche Aufforderung zum Beischlaf kommentiert. Diskreter ist da schon das Herumscharwenzeln und Fegen in der Hütte des Mannes. Unverheiratete stellen ihrem Liebsten Briefe zu, auf denen ein Besen abgebildet ist, der symbolisiert: »Ich möchte vor Deiner Hütte fegen.« Untreue ist rare Realität. Außereheliche Beziehungen sind Männern wie Frauen gleichermaßen verboten, wobei Frauen stärker kontrolliert werden. Wird ein Paar in flagranti erwischt, so kann der Liebhaber vom Ehemann schwer verletzt werden, wenn dieser »stark und nervös« ist. Wird der Mann von einer dritten Person erwischt und verraten, muß er vor dem Familienrat erscheinen (*hɛnnu gbasa*) und wird bestraft. Er wird gezüchtigt, »bis das Blut fließt«. Die ehebrecherische Ehefrau kann entweder ohne Federlesens zu ihren Eltern zurückgeschickt werden oder sie muß sich einer Bußzeremonie unterwerfen. *Afɔkiklɔ*, die Zeremonie des Füßewaschens, reinigt die Schuld der Ehefrau. Sie darf anschließend wieder die Matte mit dem Mann teilen, und er darf sie auch nicht weiter bestrafen oder beschimpfen. Viele Normbrüche werden jedoch informell, das heißt unter den Eheleuten, geregelt, ohne daß die Eltern und der Altenrat eingeschaltet werden. So verprügelte eine Frau ihren Mann, den sie zusammen mit einer anderen Frau im Zimmer gesehen hatte, was schon ein Zeichen für Ehebruch gilt. Im Dorf rätselt man auch über die Abstammung eines Kindes einer verheirateten Frau und stellt seine Ähnlichkeit zum Nachbarn fest. Die beiden Ehepaare behandeln dieses Problem (nach außen) als nicht existent.

Die kinderlose Frau

Kinderlosigkeit ist für Frauen wie Männer gleichermaßen tragisch. Die Hoffnung auf ein lebenswertes Alter wird zwar nicht nur von den eigenen Kindern erfüllt, aber Kinder zu haben ist das Lebensziel schlechthin. Bekommt eine Frau keine Kinder, wird die »Schuldfrage« nicht automatisch auf die Frau abgewälzt. In der öffentlichen Meinung wird Sterilität durch verschiedene Theorien erklärt. Hat einer der Partner schon mit einem anderen Kinder gehabt, ist für alle evident, wer keine Kinder bekommen kann. Durch Zeremonien und einer Behandlung mit Kräutern und Suden wird bei Frauen versucht, die Gebärfähigkeit herzustellen. In hartnäckigen Fällen wird mittels des *Fá*-Orakels eine Initiation verordnet, da Kinderlosigkeit als ein Zeichen der *vodún* interpretiert wird. Ebenso kann eine Verbotsübertretung festgestellt werden, die mittels einer Zeremonie für einen *vodún* und Zahlung einer Strafe kompensiert wird. Ist nicht klar, wer von beiden unfruchtbar ist, lenkt sich der Verdacht oft gegen den Mann. Es wird seine Impotenz vermutet, Unfruchtbarkeit kennt man nicht als Erklärung, und so kann die Frau eindeutige Angebote von anderen Männern erhalten, die ihre Dienste anbieten. »Man muß vorsichtig vorgehen und darf sich nicht erwischen lassen. Das Kind wird dem Mann dann untergeschoben, er erfährt nichts«, berichtet eine kinderlose Frau, die sich gerne an diese Episode in ihrem Leben erinnert. Darüber hinaus haben kinderlose Frauen einen schwierigen Stand, da das Prestige und die Sicherheit von Frauen sich u.a. über die Kinderzahl definiert. Obwohl Kinderlosigkeit ein Scheidungsgrund sein kann, kommt es doch selten dazu. Auch wenn die Sanktion der Scheidung oft zitiert wird, wird sie selten in die Praxis umgesetzt. Vielfach sind die Ehepartner solidarisch und »halten eng zusammen«. Manchmal sucht die Ehefrau ihrem Mann eine zweite Frau, und man versucht harmonisch zusammenzuleben, obwohl in polygynen Haushalten häufig Streit unter den Frauen herrscht. Ihre Vermittlungsposition kann ihr dabei eine starke Stellung verschaffen.

Hat eine Frau zwar Kinder geboren, verliert diese aber wieder, sieht sie sich Verdächtigungen ausgeliefert; dies gilt auch für Großmütter. Ihre Traurigkeit und Depression über den Verlust, emisch auch als »Verrücktheit«, also als Krankheit, interpretiert, wird von vielen durchaus ursächlich auf den Kinderverlust bezogen. Anderen wiederum dient depressives Verhalten, das sie als merkwürdig und abweisend interpretieren, als Argumentationsstütze in ihrem Vorwurf, »sie habe ihre Kinder gegessen«, einer Umschreibung für Hexerei.

Zur Frage der Marginalität

Frauen sind nicht, wie es die Literatur nahelegt, schon deshalb insgesamt marginal, weil sie einem patrilinearen Verwandtschaftssystem angehören. Ebensowenig sagt ihr Beitrag zur Produktion, lange Zeit ein vorherrschendes Argument (Watson-Franke 1985), etwas über ihren Status in der Gesellschaft aus. Vielmehr wird das soziale, ökonomische und politische Handeln der Akteure durch verschiedene sich kreuzende und sich überlappende Merkmale determiniert. Dazu gehören Strukturmerkmale wie Patrilinearität und -lokalität, die Frauen auf der strukturellen Ebene benachteiligen, individuelle Strategien und – als Chance besonders der älteren Frauen – Seniorität, die Macht in Verwandtschaft und Politik begründet. Prestige und Achtung kann man auch strukturunabhängig über persönliche Leistungen erwerben. Es ist nicht anzunehmen, daß es sich dabei um eine Neueinführung handelt und auch nicht, daß es sich um eine Aushöhlung patrilinearer Prinzipien handelt. Die patrilineare Ideologie bietet den sozialen Rahmen in dem beiden Geschlechtern ein Platz zugewiesen wird. Dieser schafft Begrenzungen, bietet aber auch Freiräume, Unabhängigkeiten und Aushandlungsmöglichkeiten. Zusätzlich erzwingt die sozioökonomische Transformation eine Neuorientierung beider Geschlechter, deren Modus zwischen den Geschlechtern und Generationen ausgehandelt wird und die Vorteile sowie Nachteile für beide Geschlechter implizieren kann.

Ebensowenig läßt sich eine allgemeine Marginalisierung der Frauen durch den sozioökonomischen Transformationsprozeß, den ich hier nicht ausführlich behandelt habe, feststellen. Vielmehr sind viele Frauen in der Lage auch außerhalb der Gebrauchswertproduktion, im (Klein-) Handel ein eigenes monetäres Einkommen zu erwirtschaften – eine Chance die erst mit der Verallgemeinerung der Märkte entstand.

Die Feststellung der allgemeinen Marginalität von Frauen ist deshalb nicht haltbar.

Die These von der Marginalisierung von Frauen soll jedoch im folgenden Abschnitt, allerdings mit einer anderen Betonung, noch einmal aufgegriffen werden. Es soll geklärt werden, welche Rolle die Frau in den *vodún*-Kulten spielt. Bieten diese den Frauen eine Möglichkeit, eine selbstbestimmte Frauenkultur zu bilden und weiblich bestimmte Kommunikationsstrukturen zu schaffen, sowie Machtpositionen aufzubauen, oder werden Frauen durch die Funktion, die sie innerhalb des Kultes einnehmen, erst marginalisiert?

3. Die Situation der Frau in den *vodún*-Kulten

Besessenheitskulte, so faßt Lewis (1986) die einzelnen empirischen Ergebnisse zusammen, rekrutieren ihre Mitglieder mit Vorrang unter marginalen, »peripheren« sozialen Gruppen: den Frauen. Dies trifft für die Mitglieder des *vodún*-Kultes auch zu. Bei manchen Kulten, z.B. dem Bituma-Kult (van Binsbergen 1981) oder bei der Tonga-Besessenheit (Luig 1992), rekrutieren sich die Adepten spontan durch Trance. Die *vodúnsì* melden sich, von wenigen Ausnahmen abgesehen, jedoch nicht freiwillig. Eingebunden in angstmachende Rituale werden sie, in der Mehrzahl Frauen, z.T. sogar entführt. Anders als bei haitianischen, südafrikanischen und äthiopischen Besessenheitskulten (vgl. hierzu die Beispiele in Lewis 1986) nutzen Frauen jedoch den Besessenheitskult nicht, um eine autonome Frauenkultur zu bilden. Vielmehr werden sie im Kult und durch den Kult marginalisiert.

Erzwungene Traditionalität

Folgt man den Versionen der Priester und der *vodúnsì*, ist das *vodúnsì*-Sein eine gesellschaftlich wichtige Aufgabe. Denn den *vodúnsì* fällt es zu, die Präsenz der *vodún* zu erhalten und, so wird immer wieder betont, sie »setzen unsere Tradition fort«. Diese Tradition wird jedoch selten freiwillig perpetuiert. Die weibliche Überzahl resultiert aus verschiedenen Faktoren: Die bevorzugte Tradierung der *vodún* in der weiblichen Linie von der Mutter zur Tochter muß in Verbindung mit der biologischen Reproduktion gesehen werden. Ein aus Patrilinearitätsprinzipien generiertes Handlungsmuster bevorzugt ebenfalls Frauen. Es ist sicherer, in den Sohn zu investieren und ihn in die Schule zu schicken, anstatt in die Tochter. Verstärkt wird die Konzentration auf Frauen zudem aus ökonomischen Erwägungen, indem die Initiationskosten für Söhne von den Eltern, für Töchter aber in der Regel von den zukünftigen Ehemänner bezahlt werden. Die Zahl der Initiationen ist jedoch rückläufig und selbst innerhalb der Kulte ist die Tradierung der *vodún* umstritten. Selbst mächtige und erfolgreiche *vodúnnɔ* und *hungàán* drängen ihre Kinder in die christlichen Religionen, mit dem einzigen Argument, der *vodún* sei zu terroristisch.[14] Auch alte weibliche *vodúnsì*, die nach außen ihre Funktion ungebrochen wahrnehmen, weinen bei Gesprächen über dieses Thema und beklagen ihre verlorene Kindheit.[15] So gibt es nicht nur aus dem Umfeld, sondern auch aus dem Kult selbst heraus bittere Worte und Ablehnung. So sehr die *vodún* als Ordnungsfaktor weitgehend akzeptiert werden, der Zwang dieser Institution wird abgelehnt. Die *vodúnsì* werden in der Öffentlichkeit mit gemischten Gefühlen empfangen. So sehr »man sie verehrt«, wenn sie bei den Zeremonien prachtvoll gekleidet tanzen, so unbeliebt sind sie als potentielle Ehepartner. Schon die Initiationszeit einer Verlobten wird bänglich durchlebt, da es schon häufiger vorgekommen ist, daß die *vodúnsì* nach der Initiation die Verlobung gelöst hat. Das Geld, das der Verlobte für die Initiation gezahlt hatte, wird nie vollständig zurückerstattet. Junge Männer versuchen aus mehreren Gründen, keine angehende *vodúnsì* zu heiraten: Ihre Geldausgaben können, da sie die Brautgabe und die Initiation bezahlen müssen, weitaus höher sein als bei der Heirat mit einer nicht-initiierten Frau. Ebenso störend wird empfunden, daß für die *vodúnsì* die Gehorsamspflicht gegenüber dem Priester wichtiger ist als die gegenüber dem Ehemann. Finden z.B. Zeremonien, wie *xwètanu,* statt, gilt keine Entschuldigung. Die *vodúnsì* muß daran teilnehmen und fällt tagelang als Arbeitskraft aus. Ebenso wird eine *vodúnsì* ihrem *vodúnnɔ* gehorchen müssen, wenn sie dafür bestimmt wird, bei der Initiation der neuen *vodúnsì* teilzunehmen. Diese Verfügbarkeit von Frauen für kultuelle Belange wird nicht immer negativ interpretiert. Law (1991:114) sieht darin eine Umkehrung häuslicher Autoritätsverhältnisse zugunsten der Frauen und somit eine Stärkung ihrer ansonsten untergeordneten Rolle.

Das Prestige, das mit religiösen Funktionen verbunden sein kann, konkurriert heute jedoch mit neuen Normen und läßt Skepsis über den positiven

14 Beobachtung von Flavien Gbéto in Zagnanado, persönliche Mitteilung.

15 Persönliche Mitteilung von Petra Feil. Ähnlich, jedoch weniger dramatisch, erfuhr ich dies auch.

Effekt weiblicher Teilnahme an den *vodún*-Kulten aufkommen. Verschiedene Gerüchte kursieren über die *vodúnsì*, die u.a. wegen ihrer Schmucknarben heute gehänselt werden. So wird erzählt, daß der Ehemann einer in den *vodún Ava* initiierten Frau nicht lange zu leben habe. Dieser *vodún* wird zwar in Ayou besonders gefürchtet, jedoch gilt allgemein, daß der Ehemann ein Konkurrent des transzendentalen »Ehemanns«, des jeweiligen *vodún*, ist. Generell besteht auch die Ansicht, daß man für einen Streit mit einer *vodúnsì* bestraft wird.

Allianzen gegen Frauen: Priester und Ehemänner

Stehen Frauen in der Gesamtgesellschaft verschiedene Handlungsmöglichkeiten und Strategien offen, so verringert die Rolle der *vodúnsì* diese Freiräume.

Bevor eine weibliche *vodúnsì* nach der Initiation zu ihrem Ehemann zurückkehrt oder bevor sie heiratet, wird sie einem Ritual unterworfen: Bevor die Frau sexuelle Beziehungen zu ihrem Ehemann aufnehmen kann, muß sie die Zeremonie *xɔgbigba* (Zerschlagung der Pforte) durchlaufen. Sie muß ihrem *vodúnnɔ* dabei »beichten«, mit wem sie während oder nach der Initiation »herumgeschlafen« hat. Männliche *vodúnsì* werden diesem Ritual nicht unterworfen.

Während die Priester bei Umfragen gerne ihre philantropische Seite hervorheben und, wenn auch vage, ihre Solidarpflichten gegenüber den *vodúnsì* betonen, bleiben die *vodúnsì* auf die Frage, welche Pflichten der Priester ihnen gegenüber hat, merkwürdig verständnislos. Eine *vodúnsì* formulierte es dann scharf und unmißverständlich: »Ein Priester hilft nie, er nimmt immer.« Ebenso wurde meine Frage (obwohl variationsreich umformuliert), was eine *vodúnsì* an Positivem durch ihre Position gewinne, nicht verstanden, denn »die *vodúnsì* ist nur die Dienerin der *vodún*«. Das heißt auch, daß sie weder einen besonderen Schutz des *vodún* genießt, denn jeder kann bei Bedarf und Finanzkraft eine Schutzzeremonie abhalten lassen, noch besonderes Prestige, »denn es hängt von deiner Person ab, ob du geachtet wirst«. Das bedeutet, daß das Verhalten im Alltag der Maßstab für die Zuschreibung von Achtung ist und nicht die Rolle als *vodúnsì*.

Werden der Ungerechtigkeit und Willkür der Ehemänner und der Schwiegerfamilie durch verschiedene Regelungsmechanismen Grenzen gesetzt, so

Abbildung 12: Die Freude am ersten Regentropfen. An der hier beobachteten Regenzeremonie nahmen, außer dem Opferer, nur Frauen teil. (*Foto*: Georg Elwert, Ayou, 1976)

können diese für eine *vodúnsì* durch die priesterliche Rechtssprechung außer Kraft gesetzt werden. Einige Beispiele sollen zeigen, wie die Priester, die für die Initiierten eine übergeordnete Machtinstanz darstellen, gegen die *vodúnsì* handeln können, und daß dies auch nicht mit der Verteidigung der Interessen der Institution begründbar ist.

Die Interessen der *vodúnsì* sind innerhalb des Kultes zwar normativ abgesichert, die soziale Praxis belegt jedoch das Gegenteil. Schon während der Initiationszeit soll die *vodúnsì* vor Übergriffen geschützt sein, in die sie qua der Abhängigkeit ihrer Situation geraten könnte. Gemeint ist besonders ihre sexuelle Unverletzbarkeit, bedroht durch Priester, Helfer oder auch durch die kleine Minderheit der männlichen *vodúnsì*. Die oben genannten Beispiele zeigen jedoch, daß die Abhängigkeit ausgenutzt und es schon zur Schwängerung einzelner *vodúnsì* gekommen ist, obwohl dies mit hohen Strafen bedroht wird. Eine Bestrafung erfolgt jedoch nicht im Sinne der Normen, sondern es wird zugunsten der Institution ein Kompromiß gefunden. Die *vodúnsì* dagegen wird der Schande ausgesetzt, in einem Fall ist sie sogar unter nicht geklärten Umständen gestorben. Priester und andere Funktionsträger werden zwar körperlich bestraft, behalten jedoch ihre Funktion und ihre Machtstellung. Für die *vodúnsì* ist der Priester eine Gerichtsinstanz, die die auf verwandtschaftlicher Basis konstituierten Richtergremien außer Kraft setzt. Sind der Rat der Alten und die Eltern der Frau zwei Institutionen, die im Idealfall die Rechte ihrer eigenen Partei vertreten und einen Kompromiß finden müssen, der Harmonie wieder herstellen und Genugtuung verschaffen soll, so kann vom Ehemann einer *vodúnsì*, unter Umgehung der üblichen Regelungmechanismen, besonders bei Ehekonflikten, der Richterspruch des Priesters bevorzugt werden. Funktionalisiert wird hier das absolute Gehorsamsgebot, dem eine *vodúnsì* ihrem Priester gegenüber unterliegt. Auch wenn der Priester als objektive Instanz gilt, die den Willen der *vodún* übersetzt, so zeigt sich doch wie korrumpierbar dieser göttliche Wille sein kann. Früher wurde die gute Behandlung einer Frau durch die Patrilinien beider Ehepartner garantiert, die im Systems des Frauentausch, nur in eklatanten Verstoßfällen die Scheidung zuließen, da diese fast unlösbare Konflikte zur Folge hatte. Durch die Monetarisierung der Brautgabe und somit ihre potentielle Zurückzahlbarkeit wurden Scheidungen jedoch häufiger. Werden diese Konflikte regelhaft von den Alten, Eltern und Schwiegereltern gelöst, so kann bei einer *vodúnsì* der Priester als übergeordnete Instanz, diese außer Kraft setzen und selbst eine Entscheidung herbeiführen. So verlangten in zwei Fällen initiierte Frauen die Scheidung. In beiden Fällen beeinflußten die Bestechungsgelder der Ehemänner, die die Scheidung verhindern wollten, die Entscheidungen des Priesters. In einem Fall wurde tatsächlich die Scheidung verhindert, und die Frau beugte sich dem Urteil des Priesters. Im anderen Fall bestand die Frau auf der Scheidung. Sie floh mit ihrem Geliebten aus dem Dorf. Da sie sich dem Richterspruch des *vodúnnɔ* nicht unterwarf, wurde sie aus ihrem *vodún* ausgeschlossen. Sie wagte es erst nach fünfzehn Jahren wieder, besuchsweise ins Dorf zurückzukommen.

Solidargemeinschaft, Frauenkultur oder Prestige?

Die Vermutung liegt nahe, daß die *vodúnsì,* trotz der häufig unfreiwilligen Mitgliedschaft, eine besondere Solidargemeinschaft pflegen und daß diese einen Teil der weiblichen Identität ausmacht. Zwar hat man den Eindruck, daß die *vodúnsì* eines Jahrganges sich als Leidensgenossinnen empfinden, doch führt dies nicht zu exklusiven Kommunikationsstrukturen. Auch die gegenseitige Hilfe wird nicht um eine *vodúnsì*-Kultur erweitert, sie geht nicht über das Maß nachbarschaftlicher Hilfe hinaus.

Die Treffen der *vodúnsì* sind hoch ritualisiert und vor allem nicht selbstbestimmt. Sie dienen ausschließlich der Durchführung von Ritualen. Einmal jährlich findet auch ein obligatorisches, vom *vodúnnɔ* einberufenes, Treffen (*hunhɛ*) der *vodúnsì* statt, wo man sich »über den *vodún* ausspricht«. Diese Treffen dienen der Kontrolle der *vodúnsì*, wobei diese Kritik am eigenen Verhalten und die Aufdeckung von eventuellen Regelverstößen fürchten.

Den *vodúnsì* kann nur unter individuellen Bedingungen aus ihrer religiösen Rolle Prestige erwachsen. Die Höhepunkte im Leben einer *vodúnsì* sind die Rituale, bei denen sie geschmückt vor den Zuschauern tanzt, besondere Achtung und Reputation ist aber wiederum primär mit Persönlichkeitsmerkmalen und moralischem Verhalten, Hilfsbereitschaft wie Dezenz im Alltag verknüpft. Weitaus geläufiger sind heute im alltäglichen Diskurs Mißtrauen und Angst vor Priestern und *vodúnsì*. So wird Reputation innerhalb des religiösen Systems von den Außenstehenden häufig mit Skepsis aufgenommen. Besondere Vertrautheit mit der Macht macht auch die Vertrauten suspekt. Erweist sich nämlich jemand als »Spion«, der dem Priester Tratsch, despektierliche, zweiflerische oder respektlose Äußerungen sowie Tabuverstöße hinterträgt, so ist die Person schnell gefürchtet und isoliert. Gespräche verstummen, wenn diese Person sich nähert. Das gegenteilige Verhalten wird dagegen sehr geschätzt, entspricht es doch einer bäuerlichen Tugend: Verschwiegenheit, die die Toleranz von unangepaßtem Verhalten impliziert.

Eine führende Rolle als *vodúnnɔ* ist für Frauen grundsätzlich nicht vorgesehen. Auch der Aufstieg von Frauen ist begrenzt, denn die Hierarchie ist starr und undurchlässig. Jeder nimmt seinen definierten Platz ein. Eine *vodúnsì* kann nicht zur Priesterin aufsteigen. Für die *vodúnsì* endet der Statusaufstieg bei der *hunsixóxó*. In diesem Teilbereich ist sie eine Autorität, denn ein Priester hat einer alten *hunsixóxó* nicht hereinzureden. Aus dem rituellen Spezialwissen (Geheimsprache, Gesänge, Tänze), über das die *vodúnsì* verfügen und das sie in der Ausbildung weitergeben, erwächst den Frauen jedoch keine Macht.

Dem gegenüber stehen verschiedene Einschätzungen in der Literatur, die ein positives Bild der Rolle der Frauen innerhalb der *vodún*-Kulte fördern.

Abbildung 13: Abschlußzeremonie des *vodún Sakpata*. In diesem Jahrgang wurden nur Frauen initiiert. (*Foto*: Karola Elwert-Kretschmer, Ayou, 1977)

Drewal (1989:333) unterstellt den zur Initiation ausgewählten Frauen eine besondere spirituelle Kraft, die sie zur Initiation prädestiniert. Des weiteren erwecken Interviews mit Priesterinnen den Eindruck, der *vodún*-Kult sei ein Frauenkult (Barber 1981; Barnes 1991) wobei nicht erwähnt wird, daß weibliche Priester die absolute Ausnahme darstellen. Die unscharfe Verwendung der Bezeichnungen für die *vodúnsì*, sie werden mit prètresse (Hazoumé 1956) oder priestess (Drewal 1989) falsch ins Französische respektive Englische übersetzt, weckt die Illusion, daß Frauen innerhalb der Kulte Machtpositionen zugewiesen wurden. Ein weiterer Autor kennt den Unterschied zwischen Priestern und *vodúnsì* offensichtlich nicht. Er spricht dem *vodún*-Kult sogar nicht näher explizierte »matriarchale« Aspekte zu und den Frauen darin eine überlegene Position gegenüber männlichen Funktionsträgern (Chesi 1980:106).[16]

16 Mit seinen ungenauen und falschen Informationen – so behauptet er, die *vodún* seien erst mit den aus der Karibik zurückkehrenden Sklaven an der Westküste Afrikas

Vergleicht man initiierte und nicht-initiierte Frauen, entsteht der Eindruck, daß initiierte Frauen weitaus weniger Möglichkeiten haben, Strategien zu entwickeln, die ihnen Freiräume schaffen. Ihr Leben, durch ein Korsett von Verboten eingeschränkt, erfordert eine hohe Selbstkontrolle und begrenzt ihre Aktivitäten. Meist bleibt ihr Horizont auf das Dorf gerichtet, doch auch innerhalb des Dorfes sitzen die *vodúnsì* »höchstens mit *Akassa* (fermentierter Maisbrei) auf dem Markt«, was sie als arme, kapitallose Händlerinnen auszeichnet[17] (Frey-Nakonz 1984). Obwohl die *vodúnsì* die tragenden Elemente der *vodún*-Kulte sind, erwächst ihnen nicht zwangsläufig aus ihrem Status auch Prestige. Eine kinderlose *vodúnsì* ist eben auch nur eine kinderlose Frau. Die säkularen Wertvorstellungen überlagern dabei die religiösen. Die *vodúnsì* bilden eine Zwangsgemeinschaft und nicht eine separate Frauenkultur, haben auch keine Möglichkeit, die Strukturen für sich zu manipulieren. Sie sind der Transmissionsriemen für den Fortbestand der *vodún*. Sie selbst sprechen immer vorsichtig von gegenseitigem Respekt, der sich am jeweiligen individuellen Verhalten orientiert und nicht am gleichen Status. Die Vorteile, die die *vodúnsì* genießen, beziehen sich auf innerreligiöse Funktionen: Sie führen Zeremonien durch, sie respektieren sich gegenseitig, sie haben das Recht, ein Kloster zu betreten; sie haben Zugang und Verfügung über Wissen und Werte, die in der Gesamtgesellschaft in Frage gestellt und zunehmend entwertet werden. Der Mangel an gesellschaftlicher Anerkennung stellt auch die Annahme, daß die Aktivitäten im Kult eine Kompensationsfunktion für die Frauen ausüben, in Frage.

Auch wenn Frauen aus Erwägungen der Reproduktionssicherheit eher geneigt sind als Männer, Funktionen innerhalb des Kultes zu übernehmen oder präziser, sie ihren Töchtern zuzumuten, so ist der *vodún*-Kult dennoch kein Frauenkult. Obwohl der *vodún*-Kult zu seiner Reproduktion die *vodúnsì* benötigt, nehmen diese doch innerhalb des Kultes eine untergeordnete soziale Rolle ein. In ihr haben sie weder Macht, Automie noch Prestige, sondern sind doppelt funktionalisiert und marginalisiert.

---

verbreitet worden (Chesi 1980:92, 106) – prägte er das *vodún*-Bild im deutschsprachigen Raum (Chesi 1979; 1989).

17 Die Brautgabe des Mannes beinhaltet u.a. eine Summe Geldes, die an die Frau ausgehändigt wird und die ihr als Startkapital im Handel dient. Initiierten Frauen wird dieses Geld häufig vorenthalten, da der Mann durch die Zahlung der Initiation den Brautpreis abgegolten hat.

6. Kapitel

Der Einfluß der *vodún*-Kulte auf die sozioökonomische Differenzierung[1]

1. Religion und Ökonomie

»Früher waren die Priester seriös, heute wollen sie nur Geld«, ist ein häufig zitierter Vergleich in Ayou und Umgebung. Die historischen Quellen widerlegen jedoch die subjektive Wahrnehmung der Dorfbewohner. Die religiösen Dienstleistungen sind nicht erst seit der Einführung der Monetarisierung des Wirtschaftsgeschehens in den Käuflichkeitskomplex eingebunden. Vielmehr hat sich die Venalität (Elwert 1987), das Eindringen von Geld in vormals sozial regulierte Bereiche, schon früh als fester Bestandteil der Interaktion zwischen Gläubigen, Priestern und Orakelinterpreten auf religiöse Bereiche ausgedehnt.

Die Einstellungen und Klagen über die religiösen Abgaben, wie wir sie aus der Reiseliteratur rekonstruieren können, weisen eine verblüffende Ähnlichkeit mit den heutigen Formulierungen und Beschwerden der lokalen Bevölkerung auf. Bauern und Händler mußten für die vor Kriegen, Reisen und Handel gebräuchlichen Zeremonien nicht nur Schafe, Ziegen, Schweine, Hunde, Wein oder Stoffe opfern. Den Naturalgaben mußten auch Gold (Pieter de Maares 1605, zitiert nach Verger 1957:37) und Kaurigeld[2] hinzugegeben werden (Bosman 1705:151). Ebenso mußten für Initiationen »Gaben im Überfluß gebracht werden, so daß auch der Priester davon leben konnte« (ibid.:398). Des weiteren mußten Strafen, die die Priester in ihrer Funktion als soziale Kontrollinstanz ausgesprochen hatten und die zu teuren Wiedergutmachungszeremonien führten, ebenfalls in Kauri entrichtet werden.

---

1 John Middleton danke ich für seine Anregungen bei der Formulierung der Fragestellung.

2 Zur Verbreitung der Kauri und anderer Zahlungsmittel in Westafrika, siehe Johnson 1970, Law 1991:45ff, Antoine 1986. Zur Verbreitung von Märkten im Dahomey des 17. und 18. Jahrhunderts Mondjannagni 1977 und Floquet 1993:119.

Die zu zahlende Summe wurde mittels eines manipulierbaren Divinationssystems festgelegt (ibid.:152f, 398). Auch die Könige wurden von den Abgabenpflichten nicht ausgenommen. Bereits vor der Eroberung seines Königreiches durch die *Fɔn*-Herrscher beschwerte sich König *Agbangla* von Ouidah über die hohen zeremoniellen Abgaben, die die Priester von *Dangbe* ihm abverlangten. Um Kosten zu sparen verzichtete er auf die Teilnahme an einer öffentlichen Prozession (Bosman 1705:369). Die Opfergaben, so stellen verschiedene Autoren fest, trugen zur Bereicherung der Priester bei (Bosman 1705:151; Pruneau de Pommegorge 1789:77; Le Hérissé 1911:145). »Fast alle Priester sind reich«, qualifiziert ein anonymer französischer Reisender die ökonomische Situation der Priester (Relation ca. 1714, zitiert nach Law 1991a:112), während die Gläubigen verarmten, wie Skertchly (1874:177) verallgemeinernd feststellt. Für das späte 19. Jahrhundert beschreiben Kwadzo (1930) und Spieth (1911:178ff) eindringlich die Ausbeutungspraktiken der Priesterschaft, die, so faßt Polanyi zusammen, die Haushalte dekapitalisierten und ruinierten (1968:80).

Die untrennbare Verbindung von Geld und Religion wird auch in die kultische Symbolik übernommen, indem die *vodúnsì* doppelreihige Ketten von Kaurischnecken kreuzweise über Brust und Rücken geschlungen tragen, wie bei Burton (1893:301), der sich stark auf Dalzel (1793) stützt, beschrieben wird. Die Kaurischnecken sind auch heute noch ein wichtiger Bestandteil der Ornamentik der Ritualkleidung der verschiedenen *vodún* (vgl. auch Fotos von Maupoil 1961; Verger 1954a; Chesi 1987).

Für die vorkoloniale Zeit läßt sich die Finanzierung der sozio-religiösen Kosten nur spekulativ erahnen, da wir nur ganz allgemein über die Existenz eines Kreislaufes von Verschuldung und Schuldknechtschaft, die im 17. Jahrhundert in die Sklaverei führte, informiert sind (Delbée 1671, Relation ca.1714, zitiert nach Law 1991a:68f).

Den Priestern, deren Machtfülle und Einfluß leitmotivartig von den Autoren der Reiseliteratur thematisiert wird (Bosman 1705; Snelgrave 1734; Norris 1789; Dalzel 1793)[3], bietet sich somit nicht erst mit der kolonialen

---

3 Vor dem Hintergrund der heutigen, überwiegend um Neutralität bemühten, Literatur über die *vodún*-Kulte, erscheinen die Negativurteile der Reisebeschreibungen tendenziös. Sie sind jedoch durch die Aktualität der Problematik glaubwürdig. Des weiteren spiegeln gerade die frühen Reisebeschreibungen zu großen Teilen nicht nur die unmittelbaren Erfahrungen der Händler, sondern auch die zeittypischen Erzählungen, Gerüchte und Urteile ihrer Informanten wider. Zur Glaubwürdigkeit des Händlers als historischem Autor vgl. Law 1989.

Integration Bénins in den Weltmarkt, mit der Monetarisierung und den damit verbundenen Transformationsprozessen die Möglichkeit, ihre Macht zu »mißbrauchen«, wie ihre heutigen Kritiker sagen. Sie bildeten bereits, folgt man Mercier, im Königreich Dahomey, ebenso wie die Beamten, eine Klasse für sich, ohne die Notwendigkeit der täglichen Arbeit (1954:210).

Abbildung 14: Kaurigeld, das mit dem Sklavenhandel nach Westafrika kam, ist ein wichtiger Bestandteil der Ornamente der *vodúnsì*, insbesondere der *vodún Sakpata*. (*Foto*: Georg Elwert, Ayou, 1974)

In neueren Untersuchungen wird der ökonomische Aspekt der *vodún*-Kulte nur selten erwähnt. Zwei Faktoren finden aus einer wachstumsorientierten Entwicklungsperspektive heraus negative Beachtung. Die von der Religion auferlegten Arbeitsverbote, wie sie bei Krankheiten oder dem 4-tägig wiederkehrenden Feiertag der *vodún*, der mit dem regionalen Marktag korrespondiert, auferlegt werden, sowie Initiationen, Beerdigungen[4] und die jähr-

4 Die u.U. länger als 4 Tage dauernden Arbeitsniederlegungen bei Todesfällen werden durch die umfangreichen Trauerrituale und Zeremonien erforderlich. Eine ausführliche

lich stattfindende mehrtägige Opferzeremonie für die *vodún* (*xwètanu*). Durch sie entstehe in der Landwirtschaft ein Ausfall an Arbeitstagen, der von Pfeiffer (1988:74f) und Mondjannagni (1977:128) auf 7%[5] geschätzt wird und der ein ökonomisches Wachstum behindere. Frey-Nakonz thematisiert mit der gleichen Intention den Geldabfluß der Haushalte in den magisch-religiösen Bereich als unproduktive »Investition« (1984:157).

Diese Beschreibungen stoßen uns auf den Mangel ökonomischer Analysen religiöser Transaktionen in den *vodún*-Kulten, aber auch generell auf das Thema Religion und Ökonomie, das, als Analyse von Konflikten und Widersprüchen in bäuerlichen Gesellschaften, merkwürdig unbeliebt ist.[6] Zwei Annahmen dominieren die Sicht auf die Ökonomie der afrikanischen Religionen. So wird angenommen, daß die hohen Kosten für religiöse Dienstleistungen einerseits in hohes Sozialprestige umgewandelt werden (Bastide 1972:88) und daß sie gleichsam einen Umverteilungseffekt haben (van Binsbergen 1981:255).

Beschreibung dieser Rituale findet sich in La voix de St. Gall ca. 1970. Eine detaillierte Darstellung der dabei entstehenden Kosten findet sich bei Maul 1990:155ff.

5 Diese Schätzung hat wenig Erklärungskraft, wie die vergleichende Untersuchung von Floquet (1993), in einem jeweils stadtnahen und stadtfernen Dorf in Südbénin, zeigt. Sie zeigt, daß der Arbeitsausfall regionale, ethnische und geschlechtliche Differenzen aufweist. So haben die *Ayizɔ* in Atotinga einen religiös bedingten Arbeitsausfall von 20,5% während die *Fɔn* in Houéto nur einen Arbeitsausfall von 0,15% aufweisen. Beim Vergleich des landwirtschaftlichen Effizienzkoeffizienten dieser beiden Gruppen jedoch liegt Atotinga mit 77% vor Houéto mit lediglich 59%, während in beiden Orten die landwirtschaftliche Tätigkeit von Frauen mit 79% gleich ist. Variierende Faktoren sind bei dieser Berechnung die Länge des Arbeitstages und vor allem außerlandwirtschaftliche Tätigkeiten. Eine Untersuchung in der 50 km von Ayou entfernten Lama-Senke zeigt auf, wie problematisch eine bloße Addition von Feiertagen sein kann. Denn jede Regel hat ihre sanktionsfreie Ausnahme. So sind Heranwachsende von diesem Arbeitsverbot ausgenommen. Ebenso wird an den Feiertagen der *vodún* von konvertierten Protestanten häufig demonstrativ gearbeitet (Séhouéto 1994). Frey-Nakonz (1984:86) weist darauf hin, daß die lokalen Ruhetage zeitlich versetzt sind und daß die Gruppen zur gegenseitigen Hilfe in der Landwirtschaft (*ajɔlu*) personell so zusammengestellt sind, daß unter Umgehung des Ruhetages jeweils woanders gearbeitet werden kann, also kein Arbeitsausfall stattfindet.

6 Ausnahmen bilden van Binsbergen (1981), der die Ausbeutung durch Heiler in Zambia thematisiert, die jenseits der häuslichen Produktionsweise neue Formen der Zirkulation von Geld und Gütern einführen; Thoden van Velzen (1977) zeigt für Surinam, daß religiöse Gaben keine Umverteilungsfunktion haben, sondern daß das religiöse System die Reichen vor den Armen schützt; eine Analyse des Geheimbundes Ahon in Kamerun zeigt, daß nur Reiche Mitglieder in diesem Bund werden können, der als einziges Ziel hat, seine reichen Mitglieder zu schützen (Balz 1984:234ff).

Ob diese Annahmen einer idealisierenden Ethnografie entstammen, sind u.a. Fragen dieses Kapitels, das sich mit der Religion als Wirtschaftsfaktor beschäftigt.

2. Einkommen der Priester

Die Erhebung des Einkommens der Priester ist schwierig. Die Einkommenshöhe wird zu einem großen Geheimnis gemacht, so daß ich von den Priestern keine konkreten Angaben erhalten habe. Obwohl ich also wenig befriedigende Daten vorlegen kann, läßt sich doch, durch die Wahrnehmung der Dorfbewohner, einiges zur ökonomischen Situation der Priester sagen.

Zwei Einkommensangaben von Wahrsagern und Priestern im Ouémé und in Atotinga, einem Nachbarort Ayous, illustrieren die mögliche Einkommenshöhe. Der Wahrsager im Ouémé schätzt sein Einkommen auf 9000 FCFA monatlich (Maul 1990:124). Der Priester und Heiler aus Atotinga beziffert sein Jahreseinkommen auf 137 000 FCFA als Bareinkommen und auf 12 000 FCFA in Naturalien, wie Ziegen, Hühner, Schweine, *Soɖabì*, Gin usw. Im Vergleich dazu liegt das durchschnittliche Jahreseinkommen eines reichen Bauern bei 77 000 FCFA, das eines armen bei 49 000 FCFA (Petra Feil 1988/89: pers. Mitteilung).

Nicht alle Priester sind reich. Das ökonomische Spektrum der Priester variiert erheblich; von jenen, die wie durchschnittliche Bauern leben, bis zu jenen, die die Reichen (*dokunɔ*) im Dorf sind. In Ayou führt *Avanɔ* als der Einflußreichste, Mächtigste und Reichste die Rangskala der Priester an.[7] Als Priester des *tɔxiɔ*, dem *vodún* des mythischen Ahnen der patrilinearen Deszendenzgruppe und somit »Schutzpatron« Ayous, hat er einen strukturellen Vorteil. Er hat weitreichende Kompetenzen in den Zuständigkeitsbereich der anderen Priester hinein. So können die verschiedenen Priester im Rahmen der sozialen Kontrolle nur die Konflikte ihrer eigenen *vodúnsì* regulieren, während *Avanɔ* für alle Adepten zuständig sein kann. Ebenso vergrößert die Ge-

7 *Dannɔ Mekpa, Avanɔ* sowie der *Sonɔ* der vorhergehenden Generation werden als die wichtigsten und mächtigsten Priester genannt. Ihre Position hat sie zu den reichsten Männern des Dorfes gemacht. Sie unterscheiden sich in Lebensführung und Habitus wesentlich von anderen Priestern. Sie halten tägliche Konsultationen ab, halten regelrecht Hof und verfügen über eine Entourage, die ihnen zuarbeitet. Z.B. beschäftigt *Avanɔ* einen *bokɔnɔ*, der ansonsten unabhängig arbeitet.

wohnheit der Gläubigen, bei Problemen und Konflikten einen »mächtigen« Priester zu konsultieren, sein Klientel. Insgesamt werden von den zwölf z.Zt. amtierenden Priestern in Ayou drei als mächtig und reich bezeichnet, deren Popularität auch über die Dorfgrenzen hinausreicht.[8]

Was sind die Quellen ihres Reichtums? Diese Priester haben ein zuverlässiges, wenn auch nicht unbedingt regelmäßiges Einkommen, indem sie für religiöse, magische und soziale Zeremonien und Dienstleistungen, wie die Regelung sozialer Konflikte, Schadens- bzw. Schutzzauber, die Herstellung von Amuletten, Antihexereimaßnahmen, Initiationen und vereinzelt auch Heilungen eine – z.T. erhebliche – Gebühr oder Strafe erheben, über die sie persönlich verfügen. Hier fungieren nicht nur Geldzahlungen sondern auch die Naturaliengaben als wichtige Einkommensquelle. Denn die geopferten Tiere sowie Nahrungsmittel und Getränke verbleiben beim Priester und werden von ihm und seiner Familie konsumiert oder verkauft, nachdem sie transzendental von den *vodún* »verzehrt« worden sind. Pro Konsultation wurden 1991 in Ayou i.d.R 100 bis 1000 FCFA (0,50 - 5.-DM) aber auch bis zu 30 000 FCFA (150.-DM) »Gebühr« bzw. Strafe erhoben, die bei Vergehen je nach Schwere mit Hilfe des *Fá*-Orakels festgesetzt wird.

Wieviel von den Einkünften aus Initiationen, die im Intervall von fünf bis sieben Jahren stattfinden, dem Priester zur privaten Verfügung bleibt, hängt im wesentlichen von der Anzahl der Adepten ab und kann nur in etwa überschlagen werden. Am, aus dem Jahr 1977 stammenden, Beispiel einer Initiation in den *vodún Heviosò* in Tori Bosito, sollen deshalb die Größenordnungen der Einnahmen und Ausgaben verdeutlicht werden. Die in diesem Beispiel von einem Priester genannten Mengen sind Idealmengen, die an die obere Grenze der Initiationskosten heranreichen und, wie unten gezeigt wird, im Einzelfall variiert werden. Geld und Naturalgaben, die insgesamt für die verschiedenen Zeremonien der Initiation pro Kopf aufgebracht werden müssen, setzen sich wie folgt zusammen: 1500 FCFA in bar, drei Ziegen, 29 Hühner, 22 kleine Maß Bohnen (= 22 kg), fünf große Maß Mais (=25 kg), elf Liter rotes Palmöl, elf Liter *Soḍabì* (Palmweinschnaps), sechs Flaschen

8 Die ungleiche Anhäufung von Einfluß, Ansehen und Reichtum unter den Priestern wird auch schon in einem undatierten Reisebericht des frühen 18. Jahrhunderts erwähnt (Relation du Royaume de Judas, ca. 1714:55).

Bier, 15 Flaschen importierten Gin, verschiedene Kalebassen, Töpfe und Stoff. Insgesamt belaufen sie sich auf 36 000 FCFA (= 216 DM).[9]

Wieviele Tiere bei den Zeremonien geopfert werden, illustriert ein Beispiel aus Ayou, wo 1977 in den *vodún Dan* neun Adepten initiiert wurden. Der Priester bekam bei den drei wichtigsten Zeremonien insgesamt 243 Hühner. Davon wurden bei der Zeremonie *hunfifon* pro Adept fünf Hühner getötet (= 45), bei der Zeremonie *hunsuɖiɖe* pro Kopf zwei weitere Hühner (= 18), bei der Zeremonie *dajijo* noch einmal vier Hühner (= 36). Insgesamt wurden für die Initianden 99 Hühner geopfert. Von den verbliebenen 144 wurden drei weitere für anwesende ortsfremde Adepten und fünf weitere für anwesende Priester geopfert. Bis 1974 erhielt König *Toyi* in Allada/Togoudo für jede initiierte *vodúnsì* ein Huhn, um damit ein eigenes Opfer durchführen zu können. Die verbliebenen 109 Hühner waren für spätere Dankesopfer vorgesehen, wie der Priester vage angab. Sie mögen aber auch seinem eigenen Konsum dienen, wie andere mutmaßten.[10]

Aus diesen Opfergaben werden die Durchführenden der Initiation »bezahlt«, wobei es sich um symbolische Gaben handelt. Die für die Ausbildung zuständigen *hunsixóxó* (4-8 Personen), erhalten je nach eingenommener Rolle einen festgelegten Anteil. Entgolten wird in Geflügel, Bohnen, aber: »es ist nicht viel«. Die 15 Orchestermitglieder bekommen insgesamt 325 FCFA pro Tag, und während des Trommelns *Soɖabì* zu trinken. Die ortsansässigen Priester, die bei der Zeremonie anwesend sind, erhalten je ein Huhn und 25 FCFA pro Adepten.

Die Ausgaben des Priesters belaufen sich für die Opferzeremonien auf 6000 von 12 000 eingenommenen FCFA in bar, zuzüglich einem Minimum von achtundzwanzig Litern *Soɖabì* von den insgesamt erhaltenen 160 Litern, sowie schätzungsweise 100 Mahlzeiten, denn die Zuschauer müssen zum Essen eingeladen werden.

Die Ausgaben der Priester bei Initiationszeremonien können nicht genau berechnet werden, da es zwar so etwas wie eine Standardbezahlung gibt, doch versuchen einige Priester, ihre Ausgaben so gering wie möglich zu halten, sodaß die Bezahlung für Trommler und andere Helfer stark variieren

9 Diese Gesamtziffern korrespondieren mit keiner Zahlensymbolik, die jedoch bei der Mengenbestimmung eine wichtige Rolle spielt. Vgl. hierzu die aufgeschlüsselten Angaben im Anhang 5.

10 Auch Herskovits (II 1967:176) berichtet von Priestern, die im Verdacht stehen, nicht alle Tiere geopfert zu haben.

kann, wie folgendes Beispiel zeigt: *Avanɔ*, als geiziger und geldgieriger Priester bekannt, gesteht seinen Trommlern die Standardbezahlung von 25 FCFA pro Kopf zwar zu, geizt aber mit den Mahlzeiten. Er läßt die Trommler einen sechs Kilometer weiten Weg in der Mittagshitze nach Hause laufen, um selbst das Mittagessen einzusparen, während andere Priester ihren Trommlern Essen bringen lassen. Den begehrten Palmweinschnaps schenke er auch sehr knapp aus. Ein couragierter Lehrer startete deshalb 1991 eine Kampagne gegen ihn, sodaß er sich genötigt sah, großzügiger mit dem Schnaps umzugehen, und den Trommlern bei den Zeremonien zusätzlich ein halbes Schaf zugestand.

Zum Einkommen des Priesters, das er qua Position bezieht, zählen auch regelmäßige Geld- und Naturaliengaben, wie *Soɖabì*[11], Geflügel und Geld[12], die die von ihm initiierten Adepten in ein- bis zweijährigem Rhythmus zu zahlen verpflichtet sind. Besonders diejenigen Adepten, die aus dem Dorf weggezogen sind, müssen durch diese Gabe ihre Verbundenheit mit ihrem Initiator zeigen. Ebenso sollten die Adepten bei den jährlichen Zeremonien für ihren *vodún* (*xwètanu*) bis zu 2000 FCFA (1991) an ihren Priester zahlen, zusätzlich zu den obligatorischen Getränken und Nahrungsmitteln.

Darüber hinaus können die Priester – und dies ist anscheinend bereits vorkolonial üblich gewesen – von den *vodúnsì* kostenlose Arbeit auf ihren Feldern verlangen. Die wichtigsten Bedingungen bäuerlichen Wirtschaftens liegen in der Verfügung über Land und Arbeitskräfte. Um saisonale Spitzen von Arbeitskraftbedarf in der Landwirtschaft bewältigen zu können, werden komplizierte Arrangements zur gegenseitigen Hilfe getroffen (Elwert 1980; Maul 1990:107f, 142f) und/oder Lohnarbeiter angestellt, wobei letzteres nur von »reichen« Bauern regelmäßig genutzt wird. Die Felder von reichen Priestern werden regelmäßig von Lohnarbeitern bearbeitet, und – wie oben erwähnt – von Adepten, die verpflichtet sind, ihrem Priester zu »helfen«, wenn er sie ruft. Diese (Zwangs-)Dienste werden heftig kritisiert. Kann oder will ein Adept nicht kommen, ist eine monetäre Kompensation von 150 bis 300 FCFA vorgesehen, was einem Tageslohn entspricht. Frauen müssen darüber hinaus noch Essen bringen, Männer *Soɖabì*. Meistens wählen die Adepten den Arbeitseinsatz. Auch hierbei hat *Avanɔ* als der Priester von *toxiɔ*

11 Die Herstellung von Palmweinschnaps ist erst nach dem Ersten Weltkrieg in Südbénin bekannt geworden. Davor wurde allen Opfergaben und Bezahlungen der leicht verderbliche Palmwein hinzugegeben, der sofort konsumiert werden mußte.

12 Diese Gaben werden bereits bei Pruneau de Pommegorge erwähnt (1789:77).

einen strukturellen Vorteil, denn er kann die Adepten aller *vodún* zur Feldarbeit zitieren, während die rangtieferen Priester, nur ihre selbst initiierten Adepten rekrutieren können[13]. Diese Arbeitseinsätze fallen je nach Priester unterschiedlich aus. Wie manche andere Themen im Zusammenhang mit *vodún* regte auch dieses nicht gerade zum Erzählen an. So scheint in Tori-Gare die Verfügung über die Arbeitskraft der Adepten auf die Zeit beschränkt zu sein, die diese im Kloster verbringen, während in Ayou eine lebenslange Verpflichtung besteht. Früher soll es allgemein üblich gewesen sein, daß die Adepten selbst entschieden, ob sie ihrem Priester einen »Gefallen« erweisen wollten oder nicht. Heute wird der Zwangscharakter betont, wobei auch hier eine Idealisierung der Vergangenheit unterstellt werden kann. Es finden sich aber heute auch Freiwillige, die, so wurde abwertend erzählt, »naiv« die Nähe des Priesters suchen, weil sie sich einen Mentor erhoffen, der sie und ihre Familie mit starkem *bòó* (Zauber) beschützt oder auch ehrgeizige Männer, die sich von der Nähe zur Macht ein besonderes Prestige erhoffen. Die Priester selbst äußern sich zu diesem Thema zurückhaltend: »Ja, ich habe schon *vodúnsì* auf den Feldern, aber nur, weil sie als Freunde gefragt wurden zu helfen.« Die euphemistische Verwendung des Begriffes »Hilfe« (*ɖ'álɔ*) verschleiert, daß ein wichtiges Merkmal fehlt, das der Gegenseitigkeit. Einen Freund (*xɔ́ntɔ̀n*) kann man tatsächlich um einen Gefallen bitten, hier handelt es sich jedoch nicht in jedem Fall um Freunde, sondern vor allem um Abhängige.

Das System der religiösen Abgaben scheint dagegen nicht mehr in jedem Fall gut zu funktionieren, wie die Finanzierung der *xwètanu* zeigt. Um die jährliche Zeremonie finanzieren zu können organisierten zwei Priester in Ayou eine Art *tontine* (Spar- und Kreditring[14]), eine im bäuerlichen Alltag übliche Form des Sparens, um die Aufbringung größerer Summen zu finanzieren. Das Treffen, bei dem die Summen hinterlegt werden, und bei dem alle Priester des Ortes anwesend sind, findet im Haus eines Priesters statt. Die Priester werden von so vielen Adepten und Gläubigen wie möglich begleitet.

---

13 Über die Häufigkeit von Arbeitseinsätzen ist wenig in Erfahrung zu bringen. Diese Art von »corvée« wird schon bei Herskovits (1967 II:177, 187, 189) und Kwadzo (1930:9) erwähnt.

14 Die *tontine* wird als erweiterte Form der *gbɛ̀ɛ́*, der Vereinigung zur gegenseitigen Hilfe, die im Bedarfsfall aktiviert wird, verstanden (Elwert 1983:214). Ihr Ursprung liegt nach Greuter (1979:277ff, zitiert nach Frey-Nakonz 1991:192) in der Finanzierungshilfe von Zeremonien, wie z.B. für Beerdigungen.

Jeder Priester hinterlegt eine Summe zwischen 2000 und 5000 FCFA, und seine Adepten tragen 100 bis 500 FCFA zu »seiner Verstärkung« bei. Die Adepten sind »nicht unbedingt zur Teilnahme verpflichtet«. Aber häufig steckt hinter diesen vagen Formulierungen ein subtiler unausgesprochener Zwang, denn die Angst, etwas falsch zu machen, wird von den Priestern verstärkt. So wird diese *tontine* auch nicht wie üblich *gbὲέ* genannt sondern *tomε*, was soviel bedeutet wie »Gabe an den *vodún*«. Das Gehorsamsgebot wird vage auf alles, was mit *vodún* zu tun hat, ausgedehnt. Diese *tontine* stattet den Priester mit bis zu 50 000 FCFA (1991 = 250 DM) aus. Einen Teil des Geldes nimmt der Priester zur Finanzierung der Zeremonie an sich und teilt den Überschuß unter seinen engen Freunden auf, wie kritisch angemerkt wird.

Die Einbindung der *vodún*-Kulte in den Geldnexus ist weitreichend, wenn auch nicht unbedingt neu. Geld ist ein unverzichtbarer Bestandteil der Opfergabe bei Initiationen. Auch Vergehen oder Konflikte, die vom Priester geschlichtet werden, müssen mit Geld kompensiert werden und ersetzen in Ayou seit zwei Jahrzehnten die in manchen Fällen ausgesprochene Strafe der Schande. Geld kompensiert aber auch Leistungen, wie Feldarbeit, für den Priester. Sogar bei Zeremonien ausgebliebene Trancen werden mit einer Geldstrafe belegt. Auch das Wissen eines Priesters muß bezahlt werden, falls er seine Position nicht geerbt hat. Forschern gegenüber kann Religion auch als Ware behandelt werden, indem die Teilnahme an Zeremonien nur gegen Bezahlung gestattet wird.

Aus emischer Sicht werden zwei Erscheinungen als neu bezeichnet: ausbeuterische Zahlungen für religiöse Dienste und der Mangel an »Gerechtigkeit«. Unterstellt wird den Priestern das mangelnde Interesse an kollektiven, den sozialen Frieden herstellenden, Maßnahmen. Stattdessen verfolgen sie in den Augen vieler desto stärker individuelle Interessen der persönlichen Bereicherung und vertreten die partikularen Interessen mancher ihrer Klienten.

Heute werden von den Priestern Werte und Verhaltensweisen erwartet, die sie anscheinend schon früher nur mangelhaft erfüllten: religiöse Integration ohne ausbeuterische und ruinöse Finanztransaktionen.

3. Der ungleiche Zugang zu religiösen Diensten

Der oralen Geschichte folgend, hat man in den 1920er Jahren, mit dem Kaffeeboom, begonnen, »verschwenderisch« in den sozio-religiösen Bereich zu »investieren«. Darunter fallen nicht nur die Initiationen, deren Finanzierung (angeblich) keine Probleme bereitete, sondern auch die Monetarisierung des »Brautpreises« (*asigbàn*) (Elwert 1985) sowie die Verteuerung der Begräbniskosten (Ahohounkpanzon 1986). Nach dem dramatischen Sinken der Kaffeepreise Mitte der 1950er Jahre (von 300 auf 50 FCFA, Ahohounkpanzon 1986:8, 18), der Erdölkrise und dem Preisverfall für Mais und Palmöl in den 70er Jahren, wurden die hohen Preise für sozio-religiöse Dienstleistungen jedoch zu einer zunehmenden Belastung für viele Dorfbewohner. »Die Initiation wird immer teurer«, wird zur konstanten Klage.

Die Initiation gehört zu den prägendsten Ereignissen in einer dörflichen Biographie. So erstaunt es nicht, daß auch noch nach manchmal 60 Jahren die Höhe der zu entrichtenden Opfergaben im Gedächtnis präsent ist. Für die Zuverlässigkeit der gemachten Angaben spricht nicht nur die hohe Übereinstimmung der Daten innerhalb Ayous, sondern auch die für die hier nicht dargestellten Initiationskosten in Tori-Gare, Azohé-Aliho und Tori Bosito. Die genannte Gesamtsumme enthält alle Mengen (Nahrungsmittel, Tiere, Kleidung, Getränke), die für die Initiationszeremonien erforderlich sind. Ebenfalls darin enthalten sind die Nahrungsmittel des täglichen Bedarfs. Diese Summe beinhaltet sowohl die auf dem Markt gekauften Artikel, denn der überwiegende Teil der Tiere, Stoffe, Getränke, Schmuck und Keramiktöpfe muß gekauft werden, als auch die Produkte aus der Subsistenzproduktion. Die starke Abweichung der Initiationskosten innerhalb eines Jahrganges konnte nicht auf die Initiation in unterschiedliche *vodún* oder auf eine unterschiedliche Initiationsdauer zurückgeführt werden.

In der folgenden Tabelle 2 wurden die höchsten und tiefsten Werte sowie die arithmetischen Mittel der Kosten pro Jahr eingetragen, die für die 55 Initiationen entstanden, zu denen ich zuverlässige Angaben erhalten konnte. Die Zahlen liegen im Allgemeinen unter jenen als Standard bezeichneten Werten, die mir die *vodúnnɔ* genannt hatten. Die Zahlungen im oberen Bereich korrespondieren jedoch in etwa mit diesen Idealmengen. Die Variation nach unten, so suggeriert die Literatur, ist zufällig, da die Menge der Opfergaben durch Divination festgelegt werden. Eine interessante Vermutung, die durch meine unten folgende Datenauswertung eher bestätigt wird, formulierte Frey-

Nakonz, die annimmt, daß das *Fá*-Orakel zugunsten einkommensschwacher Haushalte manipuliert wird (1984:37), also Preisnachlässe für Arme gewährt werden.

Tabelle 2: Entwicklung der Initiationskosten in Ayou von 1928 bis 1989, (n=55) (Stand 1991)

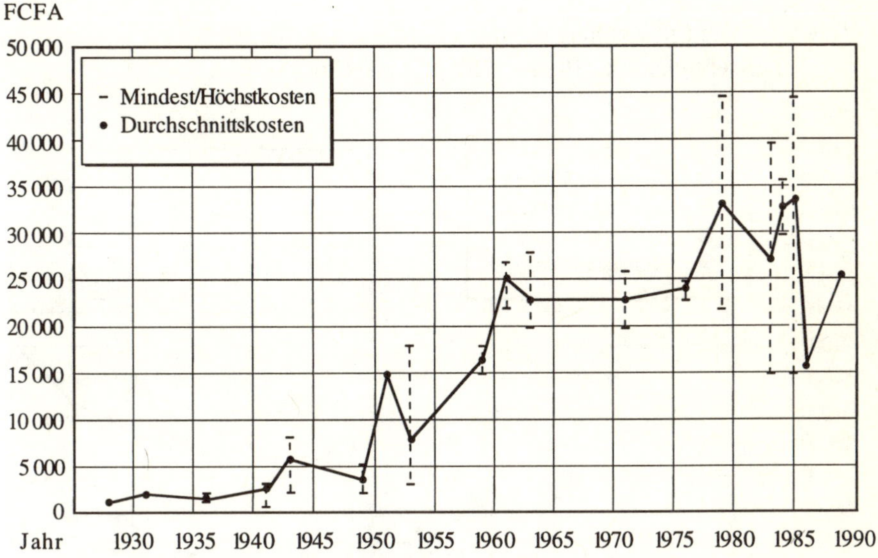

Wir müssen uns fragen, ob die Preisgestaltung durch die Priester jedem Marktgeschehen durch Traditionsfixierung entzogen ist, wie die Priester nahelegen. Dazu ist zu untersuchen, in welchem Verhältnis die Kosten für religiöse Dienstleistungen, hier am Beispiel der Initiation, verglichen mit Einkommen und Preisen gestiegen sind.

Aufgrund der schütteren Datenmenge (für bäuerliches Einkommen scheint niemand ein anhaltendes Interesse entwickelt zu haben) sind alle Aussagen mit größter Vorsicht zu bewerten. Dennoch kann man im Tabelle 3 einige Tendenzen erkennen. Hier ist die Entwicklung der Initiationskosten der Entwicklung des bäuerlichen Einkommens, der Entwicklung der Preise des wichtigsten Exportguts, des Kaffees, und dem Anstieg der Preise der wichtigsten Konsumgüter gegenübergestellt.

Offensichtlich orientieren sich die Initiationskosten nicht am Einkommen der ehemals reichsten Bauern – der Kaffeeproduzenten. Am ehesten entsprechen sie noch dem Anstieg des bäuerlichen Einkommens, wie ich es hier – nach unterschiedlichen Quellen – zusammengestellt habe. Wir können also die obige Vermutung über Preisnachlässe zur allgemeineren These von der Einkommensabhängigkeit der Kostenfestsetzung präzisieren.

Tabelle 3: Die Entwicklung der Initiationskosten im Verhältnis zur Wirtschaftsentwicklung 1928 - 1989 (n = 55) (Stand 1991)

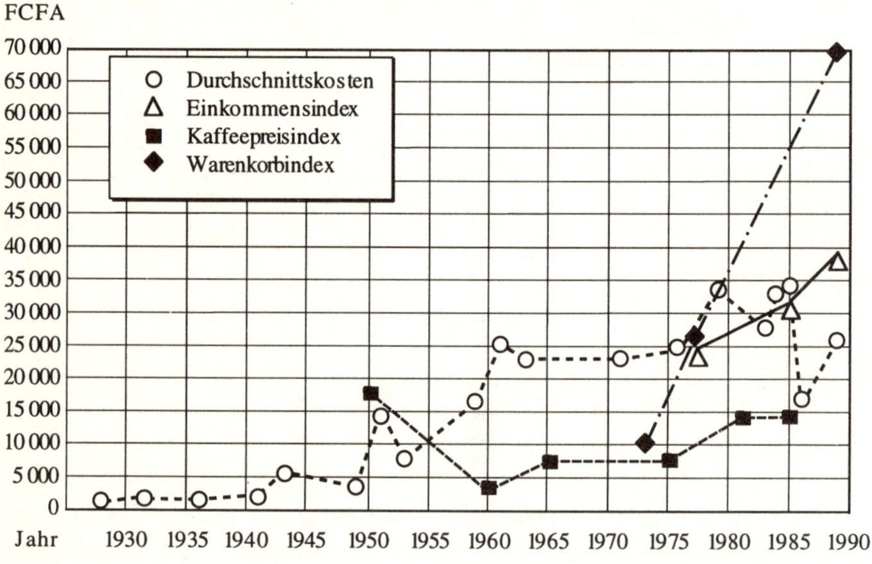

1977[15] betrug das durchschnittliche Einkommen eines Kleinbauern 39 525 FCFA (Elwert 1983:119), 1985 lag es bei 53 000 FCFA (Pfeiffer 1988:161) und 1988/89 lag es bei 63 000 FCFA. Dies entspricht einer inflationsbedingten Nominalsteigerung von 60% in elf Jahren bei realem Einkommensverlust. Wären die Initiationskosten nur durch Tradition festgelegte Größen, müßten diese mit der allgemeinen Teuerungsrate steigen. Das tun sie aber nicht, denn diese ist mit 165%, schon für den Zeitraum von 1973 bis 1977

15 Für die Initiationskosten liegen Daten ab 1928 vor, jedoch kann ein Vergleich mit dem bäuerlichen Einkommen erst ab den 70er Jahren vorgenommen werden, da für den frühen Zeitraum keine Einkommens- und Preisvergleiche möglich sind.

deutlich höher. Bezieht man die Jahre bis 1988 mit ein, allerdings mit einem anderen Warenkorb, haben wir eine Preissteigerungsrate von über 250%. Die Initiationskosten sind zwischen 1976 und 1989 von durchschnittlich 21 000 FCFA auf 30 000 FCFA, lediglich um rund 50% gestiegen. Wir haben es hier also nur diffus mit einer Traditionsfixierung der Opfergaben zu tun. Die Menge der Opfergaben korrespondiert vielmehr mit der allgemeinen Einkommensentwicklung. Das bedeutet, daß die Priester zwar Idealmengen anstreben, aber trotzdem die Minderung der Opfergaben hinnehmen. Dennoch gestalten sie ihre Preise »à la tête du client«, d.h. sie orientieren sich an der maximalen Zahlungsfähigkeit oder Willigkeit ihrer Klienten. Opfergaben, die sich an der Obergrenze der Idealmengen orientieren, werden nicht ausschließlich zahlungsfähigen Eltern, Ehemännern und Verlobten abverlangt. Denn verschiedene Faktoren, wie Dankbarkeit oder besondere Gläubigkeit beeinflussen die Menge der Opfergaben, die, folgt man den Argumenten der Betroffenen, vom Priester auch nachhaltig eingefordert werden. Besondere Dankbarkeit wird von Eltern erwartet, deren zu initiierendes Kind nach längerer Kinderlosigkeit und damit einhergehenden Zeremonien geboren wurde. Den Eltern ist bekannt, daß hier die Erwartung zu besonders großzügigen Opfergaben besteht. Die Eltern oder Ehemänner können aber auch zu höheren Opfergaben gezwungen werden, wenn die zur Initiation bestimmte Person versucht hat, die Initiation zu verweigern. Es gibt also verschiedene Möglichkeiten für den Priester, Druck auszuüben und die Opfergaben zu maximieren.

Zusammenfassend zeigt sich, daß die Opfergaben nicht nur durch Tradition fixierte Größen sind, sondern daß sie auch der bäuerlichen Einkommensentwicklung folgen. Die starken Schwankungen bei der Anzahl der Opfergaben erklären sich durch die allgemeine Orientierung am Zahlungsvermögen und -willen. Das bedeutet, daß das System weitaus flexibler ist, als bei den Interviews vermittelt wird.

Wir sind mit zwei Facetten, die die Menge der Opfergaben regulieren, konfrontiert. Einmal mit der Einbindung in die Wirtschaftsentwicklung, orientiert an der individuellen Einkommensentwicklung und zum anderen, mit der damit einhergehende Berücksichtigung von Armut.

Die nach unten flexible Preisgestaltung durch die Priester legt die Vermutung nahe, daß alle Haushalte, unabhängig von der Einkommenshöhe, sich die Initiation leisten könnten. Diese Hypothese konnte nicht bestätigt werden. Denn betrachtet man die Verteilung der Initiierten auf arme und reiche

Haushalte, fällt auf, daß in den unteren Einkommensgruppen weitaus weniger oder keine Familienmitglieder initiiert sind, als in einigen reichen Haushalten, wo wir bis zu 11 Initiierte finden.[16] Welche Folgen diese Initiationen für arme Haushalte haben kann, die sich trotz Armut für eine Initiation eines Haushaltsmitgliedes entscheiden oder dazu gezwungen werden, soll im Folgenden aufgezeigt werden.

Zu den historischen Verweisen auf religiöse Kosten zählt das von Forbes (1851 I:32) zitierte Sprichwort, daß »ein Armer nie initiiert wird«. Heute gibt es eine ähnliche Redewendung, wonach »ein Armer keine *hunjɔ* heiratet«. Beide Sprichwörter verweisen auf den ungleichen Zugang zu religiösen Positionen, obwohl sie, nicht ganz zutreffend, den Ausschluß armer Bevölkerungsteile von Teilbereichen religiöser Dienstleistungen suggerieren. Da die Armen jedoch nicht generell von der Initiation ausgeschlossen sind, müssen wir unsere besondere Aufmerksamkeit den armen Haushalten schenken, die trotzdem eines ihrer Haushaltsmitglieder initiieren lassen. Denn anders als für die besser gestellten Haushalte, kann die Initiation für arme Haushalte den finanziellen Ruin bedeuten. Betrachtet man den ungleichen Zugang und die Summen, die arme bzw. reiche Haushalte für religiöse Zeremonien ausgeben, so erhält man den Eindruck, daß besonders die Reichen von der transzendentalen Protektion profitieren. Mit 53 000 FCFA pro Jahr geben reiche Haushaltsvorstände fast viermal mehr für Zeremonien aus als arme, – diese nur 14 000 FCFA im Durchschnitt. In beiden Fällen ist der prozentuale Anteil am Gesamteinkommen mit 17% für arme Haushaltsvorstände und 18% für reiche in etwa gleich.[17] Daraus ließe sich ableiten, daß die religiösen Abgaben wie ein Umverteilungsmechanismus von Reichtum wirken. Um dies zu prüfen, ist es notwendig, die verschiedenen religiösen Abgaben und Zahlungsmodi näher zu untersuchen.

»Es ist noch nicht vorgekommen, daß nicht bezahlt wurde«, sagt ein Priester in Ayou. Wer zahlt also die Initiationskosten und welche Folgen ergeben sich daraus? Bei einem unverheirateten Kind zahlen im Prinzip die Eltern die Initiationskosten, wobei bei einer Tochter die Kosten mit deren zukünftigem Ehemann geteilt werden können. Bei einem Sohn müssen die

---

16 Die armen Haushalte sind auch nicht durch Konversion von der Initiation ausgeschlossen. Die Verteilung von Christen auf arme und reiche Haushalte ist, Stichproben zufolge, zufällig, korreliert also nicht mit dem Einkommen.

17 Diese Daten verdanke ich Petra Feil. Sie wurden 1988/89 in Atotinga, einem Nachbarort von Ayou, erhoben.

Eltern die Summe allein aufbringen, was ein Grund dafür ist, daß Mädchen mit 70% den höheren Anteil der Initiierten stellen. Ist die Initiandin bereits verheiratet, wird die Initiation vom Ehemann finanziert.

Ist der Zeitpunkt für die Zeremonie festgelegt, fangen Eltern, Verlobte oder der Ehemann an zu sparen. Der Verlobte gerät in eine Zwickmühle: Hilft er bei der Finanzierung der Initiation, so ist die Erwartung groß, daß er auch den vollen Brautpreis zahlt.[18] In den letzten Jahrzehnten hat es sich allerdings eingebürgert, daß die Initiationskosten auf die Heiratsgüter angerechnet werden. So entfällt häufiger die *grande dot*, der Teil des Brautpreises, den die Braut erhält und mit dem sie das Fundament für ihren Haushalt oder Handel legt; oder die Brautgabe kann auch ganz entfallen (Elwert 1983:126). Hat die Frau einen großzügigen oder reichen Verlobten, wird er trotzdem versuchen, den vollen Brautpreis aufzubringen. Wenn der Verlobte nicht zahlen will oder kann, haben die Eltern die Tendenz für die Tochter einen anderen Mann zu suchen. Der Verlobte erhält durch sein finanzielles Engagement aber nicht automatisch das Heiratsrecht (vgl. Brand 1973:225). Möchte die Frau lieber einen anderen Mann heiraten, kann der Verlobte zwar die Zahlungen zurückverlangen; dies ist aber immer mit großen Problemen verbunden und führt zu Konflikten. Junge Männer äußern deshalb nicht nur wegen dieser Unsicherheit ihre Vorbehalte gegen initiierte Frauen. Kritisch kommentiert wird auch, daß die Frauen bei Zeremonien zu Abgaben verpflichtet sind, an denen der Ehemann sich beteiligen muß.[19]

Am häufigsten brauchen die Bauern Geld für Zeremonien, die im Zusammenhang mit Krankheit (Pfeiffer 1988:111), Tod (Maul 1991:155ff) und Initiationen (Greuter 1984:123) notwendig werden. Unvorhergesehene Ausgaben stürzen den durchschnittlichen ländlichen Haushalt in schwere Finanzkrisen. Die Anlage von separaten Feldern, wie in der Nachbarprovinz Ouémé, mit deren Ertrag die Initiationskosten gedeckt werden sollen (Brand 1973: 225) ist in Ayou nicht bekannt. Die Finanzierung von Familienzeremonien mittels dafür reservierter Felder wurde auch, bis zur Kolonialzeit,

18 Der Brautpreis setzt sich aus verschiedenen Zahlungen und Gaben an Eltern und Braut, und aus Dienstleistungen wie der kostenlosen Arbeit auf dem Feld des Schwiegervaters zusammen. Eine detaillierte Darstellung der Zahlungen und Dienstleistungen findet sich bei Maul 1990:153ff.

19 Mit der Begründung sie seien Christen, verweigern Ehemänner in Tori Gare die obligatorische finanzielle Unterstützung ihrer Frauen bei Zeremonien für die *hennuvodún* (Frey-Nakonz 1984:258).

im Nachbarort Atotinga praktiziert. Diese Felder befanden sich im gemeinschaftlichen Lineagebesitz, wurden kollektiv bearbeitet und waren von der Vererbung ausgeschlossen. Zur Vermeidung von finanziellen Krisen angelegt und gleichsam Beleg für hohe Zeremonialkosten, verschwanden sie unter dem zunehmenden Landdruck mit der Verbreitung von Kaffee und Ölpalme und der Privatisierung des Bodens (Floquet 1993:136ff).

Abbildung 15: Nach Befragung des *Fá*-Orakels und einem Tieropfer, bereitet der Heiler Baba Belogun einen *bòó* (Zauber) für die Frau zu, deren Kind krank ist. Dieser *bòó*, er kann sehr kostspielig sein, wird an einer Wegkreuzung abgelegt. (*Foto*: Karola Elwert-Kretschmer, Ouagbo-Aliho, 1973)

Welche Strategien der Geldbeschaffung verfolgen arme Haushalte heute, um die Initiation zu bezahlen? Der Vater einer *vodúnsì* qualifiziert die finanzielle Belastung: »Wenn ein Mann die Initiation bezahlt hat, leidet er jahrelang. Heute ist der Überfluß vorbei, der Kaffee ist nichts mehr wert, die Palmkerne werden nicht mehr abgekauft. Das Leben ist schwer geworden. Es gibt kein Geld mehr. Die Priester dagegen haben die Kosten der Zeremonien erhöht, wie die Läden ihre Preise.« Deshalb kann man für die Initiationskosten, die in etwa einem monetären Jahreseinkommen entsprechen, nicht mehr aus dem

Vollen schöpfen, wie es früher, angeblich, war, sondern muß mit Risiko verbundene Kredite aufnehmen. So werden größere Summen bei den örtlichen Händlern oder reichen Bauern zu einem Zinssatz von 50 bis 100% geliehen, Pflanzungen und Felder verpfändet, Schuldknechtschafts- und Lohnarbeitsverhältnisse eingegangen, Fahrräder und sogar einzelne Orangenbäume verkauft. Kleinere Beträge können bei Verwandten, Freunden oder Nachbarn geliehen werden. In äußerster Not sehen sich die Bauern gezwungen, Land zu verkaufen, was als Sakrileg gilt, besonders dann, wenn es sich um ererbtes Land handelt (Ahohounkpanzon 1989:10, 13; Greuter 1984:128). Mit Beginn der 70er Jahre, seit das Geld »nicht mehr in die Hände fließt«, werden zur Finanzierung der Initiation auch die Gelder aus den *tontine*s (Spar- und Kreditringen) verwendet.

Einige Beispiele illustrieren die Risiken ländlicher Geldbeschaffungsstrategien: In Avamé fällte ein Vater Ölpalmen, um *Soɖabì* (Palmweinschnaps) herzustellen; was schnelles Geld bringt, aber die Palmen zerstört. Die für die Zeremonie notwendige Ziege kaufte er auf Kredit. Außerdem verkaufte er seinen zweiten Maisspeicher, der als Reserve für zukünftige schlechte Ernten zurückgehalten wird. Seine Kalkulation, mit der nächsten Ernte seine Schulden zu begleichen, zerschlug sich, weil diese schlecht ausfiel. In Tori-Gare hatte ein anderer Vater eine Ziege im Wert von 8000 FCFA auf Kredit gekauft. Der Verkäufer schaltete das Bürgermeisteramt ein, das ein knappes Rückzahlungsdatum festlegte. Der Vater mußte sich daraufhin insgesamt 25 000 FCFA leihen. Der Geldverleiher verpflichtete ihn, das Doppelte der geliehenen Summe innerhalb von drei Jahren zurückzuzahlen, ebenso verpflichtete er ihn, für diese Zeit auf seinem Feld für die Hälfte des üblichen Taglohnes, für 125 anstatt 250 FCFA, zu arbeiten. In Azohé-Aliho mußte ein Mann zwölf Jahre lang seine Schulden abbezahlen; zum Glück (für ihn) starb der Geldverleiher, und die Schuld verfiel. In Dekamé gelang es einem Ehemann nicht, seine Schuld innerhalb der geforderten zwei Jahre zurückzuzahlen, da Mäuse sein Saatgut gefressen hatten. Als besonders dramatisch wird ein Fall aus Ayou dargestellt: ein Vater verkaufte seine Felder, um in die transzendentale Sicherung der Zukunft seiner Tochter zu investieren. Die Söhne, um ihr Erbe gebracht, verließen das Dorf und wanderten als Lohnarbeiter nach Nigeria aus. Die Wünsche des Vaters nach einer zahlreichen und gesunden Nachkommenschaft für seine Tochter erfüllten sich nicht. Der Mann starb verlassen und in großer Armut.

Einen weiteren Kostenfaktor stellen die Ausgaben für sozio-religiöse Zeremonien dar, die, sozialen Frieden schaffend, im weiteren Sinn, dem Bereich der sozialen Kontrolle zuzurechnen sind. Soziale Konflikte wie Ehebruch, Scheidungswünsche, Schwängerung eines Mädchens aus einer verfeindeten Familie[20], Diebstahl ebenso wie Krankheit und Unglück finden ihre Kompensation im sozio-religiösen Bereich, wobei die Priester und Orakelinterpreten als Mittler zwischen Ahnen, Göttern und den Menschen konsultiert werden. Dies stellt eine immer wiederkehrende finanzielle Belastung dar. Bestehen die Opfergaben für die Kompensationszeremonie aus Kleintieren, Nahrungs- und Genußmitteln, so wurde in Ayou ab den 30er Jahren, mit zunehmender Monetarisierung die Strafe, die bis dahin in der öffentlichen Schande (*awínyá*) bestand, um eine monetäre Gebühr erweitert.[21]

Diese Gebühr kann mit der sozialen Zugehörigkeit des Betroffenen variieren, wie das Beispiel, des oben bereits erwähnten Studenten, der im Dorf eine junge Frau aus einer verfeindeten Familie geschwängert hatte, illustriert. Dieser Verstoß wurde vor dem höchsten Priester des Ortes verhandelt, der folgende Strafe verhängte: 32 Liter *Soɖabì*, 32 Hühner, eine große Schüssel Bohnen (40 kg und mehr), mehrere Liter Palmöl und 16 000 FCFA. Die beiden Beklagten sollten diese Gaben je zur Hälfte aufbringen. Nach mehreren Beschwerden des jungen Mannes wurde die Strafe im Laufe der Jahre auf ein Viertel der ursprünglichen Höhe reduziert, und dem Mann alleine aufgebürdet. Doch auch diese reduzierte Strafe ist nach 20 Jahren nicht bezahlt. Auf seinen Status als *akɔwé* pochend, kam der junge Mann um die Zahlung herum.

Reiche und Gebildete, die nicht notwendigerweise reich sind, finden Möglichkeiten, ihre »gerechte« Strafe zu minimieren. Die Benachteiligung von Armen und Abhängigen und die »Geldgier«, setzt die Priester dem Vorwurf der Parteilichkeit und Bestechlichkeit aus und stellt ihr Sozialprestige, das sie qua sozialer Position genießen, in Frage.

Die Frage, ob religiöse Abgaben und Zahlungen heute als Umverteilungsmechanismus fungieren, muß verneint werden. Die Annahme der Umverteilung unterstellt eine Nivelierung dörflicher Einkommensunterschiede und eine

20 Ehe- und Familienkonflikte werden i.d.R. zwischen den zuständigen *hɛnnu* geschlichtet. In Ayou steht *Avanɔ*, zuständig für eheliche Treue, als weitere Institution der Konfliktregelung zur Verfügung, besonders wenn einer der Beteiligten initiiert ist.

21 Im Königreich Ouidah wurde diese Form der monetären Strafe bereits vor der Eroberung durch die *Fɔn* von den Priestern in Kauri-Geld erhoben (Bosman 1705:151).

Transformation von Reichtum in Prestige. Zwar sind hohe religiöse Zahlungen weiterhin an Prestige gekoppelt und können bei Reichen eine nivellierende Funktion zur Folge haben, jedoch initiieren die Zahlungen armer Haushalte einen umgekehrten Prozeß, nämlich den der Verschuldung und Verarmung, auch wenn ihnen u.U. ein Rabatt zugestanden wird. So mag bei der Festlegung der Opfermengen mittels Divination zwar das Einkommen, berücksichtigt werden, unzumutbare Härten werden jedoch nicht verhindert. So transformieren sich die Abgaben nicht, wie Bastide verschleiernd formuliert, in soziale Energie (1972:88), sondern bereichern die Priester. Die *vodúnnɔ* funktionalisieren die der Religion immanenten Machtstrukturen für sich und sie treiben ihre religiösen Abgaben nicht nach Markt- sondern nach Machtkriterien ein (vgl. Kap.7).

4. *Vodún*-Kulte und soziale Differenzierung

Obwohl die Diskussion über Eigentumsverhältnisse zu den Tabuthemen gehört, beschäftigt das Thema »Reichtum« die dörfliche Gesellschaft in vielfacher Ausformung. Frey-Nakonz (1984:156ff) schildert eindrücklich die Angst der »Emporkömmlinge« vor dem Neid der anderen. Vielfach verdeckt die Angst vor Hexen *(àzétɔ)* und der auch bei Priestern in Auftrag gegebene Schadenszauber ein schlechtes Gewissen, da individueller Reichtum aus emischer Sicht mit Vernachlässigung der Solidarbeziehungen korreliert. Wie sonst könnte man reich werden? Bewältigt wird diese Angst mit transzendentalen Mitteln: Vermuteter Zauber bewirkt Gegenzauber, Bestellung von Amuletten sowie Initiation in Anti-Hexereikulte wie *Kɛnɛsi* oder *Trɔn.* Diese verschlingen Unsummen. So wird auch Kritik an den Priestern, die zu den Reichen gehören, nur verhalten formuliert. Denn weltlicher Reichtum signalisiert auch, daß mächtige »Partner« im Hintergrund diesen Reichtum sichern und vor Angriffen schützen.

»Priester waren schon immer reicher«, flüstern die Leute im Dorf, so als könnte dieses Statement in die falschen Ohren geraten und als Kritik ausgelegt, zu Racheakten führen. Trotz des Tabus, nicht laut über die eigenen und der anderen Dorfbewohner Einkommensverhältnisse zu sprechen, wird auf der Klatschebene Kritik am Lebenshaltungsniveau der reichen Priester laut. Ihr Reichtum wird als ursächlich für die eigene Armut bezeichnet und mit dem angeblich ausgeglicheneren Verhältnis zwischen katholischen Priestern und deren Gläubigen verglichen. »Die Christen sind reicher. Es ist eine Frage der Freiheit, ob man reich oder arm ist«. Diese Projektion hält einer empirischen Prüfung zwar nicht stand, die implizite Kritik am sichtbar demonstrierten Reichtum einiger *vodúnnɔ* reflektiert jedoch die soziale und ökonomische Befindlichkeit der lokalen Bevölkerung. Viele Bauern empfinden die Abschöpfung durch einige Priester, die es in Zeiten zunehmender Landfragmentation, Landverkäufe, Landenteignungen, und sinkender Marktpreise für Kaffee, Palmöl und Mais, zu erheblichem Reichtum gebracht haben, als Ausbeutung. Sie reklamieren zwar die Gleichheit als Idealzustand dörflichen Zusammenlebens, leben aber bereits in einer differenzierten Gesellschaft, in der nicht mehr das Alter, sondern die sozioökonomische Differenzierung die Statushierarchie bestimmt.[22]

Die reichen Priester investieren in zwei Bereiche mit getrennter Rationalität. Sie heiraten viele Frauen und investieren somit durch viele zu erwartende Kinder in die Zukunft, d.h. sie stellen die Altersversorgung sicher.[23] Andererseits kaufen sie Land. *Avanɔ,* der 1991 schätzungsweise 65 bis 70 Jahre alt war, wird besonders für seine Heiratsstrategien mehr oder minder kaschiert kritisiert.[24] »So ein alter Mann sollte sich schämen, junge Mädchen zu heiraten«, hört man vielfach im Dorf. Es kursieren Gerüchte von der Verzauberung junger Mädchen mittels eines Liebestrankes, aber auch weniger verschleiernd vom Mißbrauch seiner Macht und seines Reichtums, die ihn für Schwiegereltern und Braut attraktiv machen.[25] Beim Landkauf werden ihm häufig unredliche Praktiken vorgeworfen. Auch da soll er seine Macht mißbraucht und sich Land angeeignet haben, um das sich zwei Käufer stritten, indem er als Schiedsrichter ein »salomonisches« Urteil fällte und das Land selbst kaufte. Die reichen Priester Ayous werden von den Dorfbewohnern als

22 Zur Transformation der Normen und Werte im sozioökonomischen Wandel siehe Elwert 1983.

23 Viele Kinder zu zeugen, ist nicht nur eine Strategie armer Haushalte. Vgl. Elwert, (1983:149f) der zeigt, daß Reiche und Arme deutlich mehr Kinder haben als mittlere Einkommensgruppen.

24 Er hat sechs Frauen. Dagegen sind 73% der Männer nur mit einer Frau und knapp 27% mit zwei Frauen verheiratet (Elwert 1983:202).

25 Die Heirat junger Frauen oder Mädchen durch alte Männer ist in polygynen Gesellschaften gängige Praxis. Mit dem zunehmenden Machtverlust der Alten, wird auch diese Praxis öffentlich kritisiert. Ein populärer Schlager, von Agbéhounkpan, thematisiert ironisierend diese ungleichen Beziehungen (Lazare Séhouéto 1994, persönliche Mitteilung).

Großgrundbesitzer bezeichnet. Ihr Landbesitz unterscheidet sich eklatant von dem der durchschnittlichen Bauern die zwischen 1,5 und 5 ha besitzen (Ahohounkpanzon 1989:13). Ebenso differieren die angebauten Früchte. Während arme und mittlere Bauern überwiegend Nahrungsmittel, wie Mais, zum Eigenkonsum anbauen und nur noch in geringem Ausmaß in markt- oder exportorientierte Produkte, wie Kaffee und Ölpalme, investieren, zeichnen sich die Investitionen von Priestern durch Anlage von Palmölplantagen und hohe Diversifikation aus, ebenso wie durch die kontinuierliche Anstellung von Lohnarbeitern. Ihre Investitionsstrategien unterscheiden sich vermutlich nicht von denen anderer reicher Personen im Dorf, die, orientiert an politischen und ökonomischen Einschätzungen von Sicherheit und Akkumulationschancen, ihre Investitionen in verschiedene Bereiche lenken. So wurde in den 50er und 60er Jahren in Kaffeepflanzungen und Pachtverträge, aber auch in Zeremonien investiert. In den 70er und 80er Jahren wurde Land gekauft und in Maismühlen investiert, während man heute Kleintransporter und Handel als sichere Investition betrachtet.

Auch innerdörflichen Konventionen der Reziprozität, scheinen sich die Priester zu entziehen. Die Fürsorge- und Bringepflichten, die ein Adept gegenüber dem Initiator aufgebürdet bekommt, finden umgekehrt keine Entsprechung.[26] Die Priester geben zwar vor, bedürftigen Adepten während der Initiation im Kloster mit Essen auszuhelfen oder ihnen bei der Beschaffung der Opfergaben behilflich zu sein, falls die Eltern zu arm sind. Dies wurde jedoch von den Bauern empört zurückgewiesen. »Er gibt nie! Ein Priester bekommt immer!«

Betrachtet man das Dorf als Ganzes, wird sichtbar, daß jenseits der Differenzierungsmechanismen Landknappheit, Bildung, Korruption – auch die sozio-religiösen Abgaben als Differenzierungsfaktor wirken. Sie greifen in die bäuerliche Ökonomie ein und können zu Verschuldung und Landlosigkeit führen. Diese Prozesse führen jedoch nicht nur in Verarmung (Mondjannagni 1977:128; Frey-Nakonz 1984:157ff) sondern, allgemeiner in eine Differenzierung. Der *vodún*-Glaube bietet seinen Anhängern nicht nur transzendentalen Schutz, Trost, Welterklärung und Herstellung und Aufrechterhaltung sozialer Kohäsion, sondern ist paradoxerweise auch daran

26 Vergleiche Herskovits (1967 II:177), der *Corvée* und Geschenke als *one-way-flow* beschreibt.

Abbildung 16: Ein Orakelinterpret (*charlatant* im Kolonialfranzösisch), der auch als *vodúnnɔ* arbeitet, bietet gewerbsmäßig seine Dienst an. Diese Werbung signalisiert eine grundsätzliche Transformation gegenüber dem dörflichen Leben. (*Foto*: Karola Elwert-Kretschmer, Cotonou-Vedoko, 1974)

beteiligt die Gegensätze innerhalb des Dorfes zu verschärfen. D.h. die soziale Funktion der Religion kann auch für Strategien instrumentalisiert werden, die nicht Ausgleich sondern Stärkung von Privilegien zum Ziel haben.

5. Schlußüberlegungen

Auffallend ist die Nähe der *vodún*-Kulte zur Marktwirtschaft. Folgt man den historischen Quellen, waren sie bereits zur Zeit des transatlantischen Sklavenhandels in ihrer heutigen Form als Machtfaktor an der Guineaküste präsent. Ihr Einfluß erstreckte sich auf die Gebiete des Sklavenhandels und der großen Königtümer. Dies mag Zufall sein. Selbst nicht marktwirtschaftlich organisiert, sind die Kulte, marktwirtschaftliche Prinzipien ausnutzend, schon vor der Verallgemeinerung von Märkten eng mit der Geldwirtschaft verknüpft. Bereits für das späte 17. Jahrhundert ist die individuelle Geldaneignung durch die Priester dokumentiert ebenso wie überzogene materielle Forderungen an Könige und einfache Gläubige. Man kann zwar nur darüber spekulieren, aber es ist auffallend, daß die *vodún*-Kulte als Begleiterscheinung von Sklavenhandel, Geldwirtschaft und Markt existierten.

Die Selbstprivilegierung der *vodúnnɔ* ist nicht singulär. Das Thema des Priesterbetruges ist uns seit Martin Luther und der französischen Aufklärung geläufig. Damals wie heute gibt das Interpretationsmonopol den Priestern Mittel an die Hand, eigene Interessen zu verfolgen und gleichzeitig die Ziele der Institution zu vertreten.

7. Kapitel

Bedingungen der Macht

1. Macht und der Begriff *acɛ̀*

Daß die *vodún*-Kulte und ihre Priester einen Machtpol auf lokaler Ebene bilden, wird sowohl in historischen Zeugnissen wie in der neueren Politik reflektiert. Worauf diese Macht beruht, wird in der Literatur aber nicht plausibel erklärt. Auch sind Ausbeutung, Zwang, Einfluß und Manipulation, die die Institution scheinbar unkontrolliert ausübt, aus sich heraus unverständlich.

Die Frage, was die innere Kohäsion religiöser Gemeinschaften ausmacht, und mit welchen Mitteln die religiöse Routine aufrechterhalten wird, muß die institutionellen Bedingungen der Macht und nicht nur deren Ideologie oder Theologie berücksichtigen.

Basierend auf dem emischen Begriff *acɛ̀*, wird Macht von verschiedenen Autoren als eines der zentralen Konzepte innerhalb der *vodún*-Kulte verstanden. Er wird jedoch nicht als interaktiver Begriff gehandhabt, sondern als transzendentaler. *Acɛ̀* wird als eine tranzendentale Kraft dargestellt. Sie beeinflußt das Leben der Menschen positiv, während *àzé*, die Umkehrung von *acɛ̀,* die Kraft ist, die man Hexen zuschreibt und die das Leben der Menschen negativ beeinflußt (Adoukonou 1989; Brand 1973:297ff; Sulikowski 1993b:388). *Acɛ̀* »realisiert« sich für den Priester in der Kompetenz *bòó* herzustellen (Frey-Nakonz 1984:38) – magische Handlungen und Gegenstände, mit denen Verwünschungen ausgesprochen bzw. abgewendet werden. *Acɛ̀* muß zur Entfaltung ihrer vitalen Kraft, so faßt Brand zusammen, auf vier Elementen beruhen, die in den Bereich des sozialen Handelns verweisen: die Anwendung der für jeden *vodún* spezifischen Pflanzen, die Anwendung verschiedener (nicht allgemein bekannter) Ingredienzen, die Anwendung des »Wortes« und die Anwendung der

Abbildung 17: Dieser ***bociɔ*** aus der Gegend von Abomey symbolisiert den *vodún Gun.* Die Kette und sein Kopfeisen, der Werkstoff der Waffen und seine weit aufgerissenen Augen symbolisieren die Gewalt, die mit *Gun* assoziiert wird. (*Foto:* Georg Elwert, Ayou, 1979).

spirituellen Kraft des Menschen, die sowohl positive als auch negative Auswirkungen haben kann (1973:300). Soziologisch gesehen sind diese symbolischen Analysen unbefriedigend. Die seit Geertz (1966) eingerissene Tradition, Religion als rein kognitives System zu betrachten, und Religion somit auf einen neutralen Standpunkt zu stellen, mißachtet, daß Religion nicht nur durch Symbolsysteme sondern durch Machtbeziehungen stabilisiert wird, die institutionell verankert sind (vgl. Asad 1983).

»Man verehrt die *vodún* trotz der hohen Kosten, weil man die Verwünschungen und den *vodúnnɔ* fürchtet«, erklärt ein Vater, der nur unter großen finanziellen Opfern die Initiation seiner Tochter ermöglichen konnte und verweist damit auf zentrale Elemente dieser Religion. Hier wird nicht nur auf eine transzendentale Kraft verwiesen, sondern auch auf Angst vor dem Vertreter dieser Institution, der Mittel in der Hand hat, weltliche Forderungen durchzusetzen. In der Literatur finden sich einige Verweise auf die Mittel der Priester: Sie wenden Gift und schwarze Magie an, um die Gläubigen zu ängstigen und zu terrorisieren (Maupoil 1961:66f; Quénum 1983:79; Kwadzo/Westermann 1930).

Wenn man als Forscherin nach Formen der Machtausübung fragt oder – klüger geworden – Ausdrucksformen von Macht vorsichtig antippt, erhält man keine klare Auflistung von Machtmitteln, Sanktionsformen oder Machtinstanzen zur Antwort. Es werden vielmehr immer wieder vier Begriffe genannt oder vorsichtig umschrieben, die wir eher auf unterschiedlichen Ebenen verorten würden und bei welchen die Diffusität der Urheberschaft und die Überschneidung der Bedeutungen selbst schon bezeichnend sind. Es handelt sich um Tabus (*sù)*, die Trance (*ɖòmɛta*), das Geheimnis (*hunxó*) und um willkürliche Krankheiten (*azɔ̀n*), zu denen auch, im weitesten Sinn, Vergiftung und Verrücktheit (*taɖù*) gehören. Indem wir uns auf diese emische Aufgliederung einlassen, werden wir die wechselseitige Verschränkung, aber auch Diffusität, als tragende Elemente dieses Machtkomplexes erkennen. Isoliert betrachtet haben die Elemente wenig Erklärungskraft. Verklammert aber verstärken sie sich gegenseitig und stellen gleichzeitig die Stärke, und paradoxerweise auch die Schwäche, der Kulte bloß. Sie tragen zu ihrem Beharrungsvermögen bei, fordern aber auch gleichzeitig Widerspruch heraus. Die institutionellen Machtelemente lassen sich somit dialektisch erklären. Einerseits mit der Trance und den Krankheiten als Gottesbeweis, die als Glaubensverstärker zur Legitimität beitragen. Andrerseits tragen sie gleichzeitig aber zu verstärkter Skepsis gegenüber diesem Religionssystem bei und stellen seine Legitimität in Frage.

Fragen nach *acè*, die man als Soziologe in Zentrum rücken muß, sind in dieser Gesellschaft eher ein Tabubereich und werden nur ungern beantwortet. Ein Zugang findet sich, *ex negativo*, über das Thema des Machtmißbrauchs und der Konflikte, die u.a. durch die Entscheidungen der Priester entstehen und verdeutlichen, daß *acè* nicht nur transzendentale Macht ist, sondern auch als soziales Handeln interpretiert werden muß.

2. »Wenn Du siehst und redest, wirst Du Dein Leben verlieren.«[1] Die soziale Funktion von Geheimnis und Angst.

Das Geheimnis (*hunxó*, Wort von *vodún*), meist angstvoll nur *nùú*, die Sache, genannt, wird innerhalb der *vodún*-Literatur als integraler Bestandteil der Religion wahrgenommen und als solcher nicht hinterfragt. Verschiedene der Geheimhaltung unterliegende Komplexe werden in der Literatur erwähnt: das Geschehen in der Initiation, um das Stillschweigen gewahrt werden muß und das mit Todesdrohungen verstärkt wird (Verger 1957:103); die Durchführung von Initiationsritualen, die so geheim sind, daß Nicht-Initiierte sie nicht sehen dürfen (Herskovits 1967 II :113); die feierliche Vermittlung von Geheimnissen an die frisch initiierten *vodúnsì*, die ebenfalls mit Drohungen und Schweigegebot belegt sind (Verger 1957:71) und die geheimen Rituale, die bei der Installation eines neuen *vodún* durchgeführt werden (Herskovits II 1967:171). Des weiteren werden das Geheimnis der Herstellung von *bòó* (Frey-Nakonz 1984; Herskovits II 1967) und die Hexerei erwähnt. Anders als bei Brand, der die Wahrung des Geheimnisses in den symbolischen Bereich verweist – die rituelle Sprache garantiere als Faktor der Entpersönlichung die Geheimhaltung (1973:232) – betonen Verger und Herskovits die interaktiven Aspekte wie Drohungen, Angst und Sanktionen für die Einhaltung des Geheimnisses. Die zitierten Autoren verweisen einerseits auf die unterschiedlichen Akteure innerhalb des Kultes, nämlich *vodúnsì* und *vodúnnɔ*, und die unterschiedlichen Geheimnisse, die sie besitzen, sugge-

1 Ein Lied, in Ayou gesungen, das vor Indiskretion warnt: *nukun mɔ nu, diidɔɔ glo. Amɔ bɔ ɖɔɔ, a na ku.* (Die Augen haben Dinge gesehen, aber es ist unmöglich, sie zu erzählen. Wenn Du siehst und redest, wirst Du Dein Leben verlieren).

rieren aber gleichzeitig, daß es einen fest umrissenen Gegenstand des Geheimnisses gibt. Jedoch umgehen sie die Frage, wie Kontrolle und Sanktionen ausgeübt werden. So bleibt die zentrale Funktion des Geheimnisses als Machtinstrument bei der Erzwingung von Gehorsam und Loyalität und Reproduktion von Religion unerkannt. In der rezenten Literatur wird das Geheimnis in den *vodún*-Kulten überhaupt nicht mehr erwähnt, was um so befremdlicher ist, weil nichts während der Feldforschung eindrücklicher vermittelt wird als die Existenz des Geheimnisses, vorausgesetzt man konzentriert seine Interviews nicht nur auf die Priester, die eine widerspruchsfreie Darstellung der Religion liefern. Angst hindert die Initiierten, bei Interviews mehr mitzuteilen als die ritualisierte Antwort: »Das ist ein Geheimnis. Man darf nicht darüber reden, sonst wird man verrückt oder getötet.«

Der Umgang der Priester mit dem Geheimnis

Die *vodúnsì* stimmen darin überein, daß man Respekt und Angst vor dem *vodúnnɔ* habe, weil er das Geheimnis besitze. Diesen Besitz verwaltet er virtuos. Obwohl die Interna der Geheimnisse für mich keinen gesonderten Forschungsgegenstand darstellten, wurde ich in den Interviews ständig auf die Grenzen des Mitteilbaren verwiesen. Ich fragte keine Geheimnisse ab, sondern lediglich Wissen, zu dem alle Zugang haben, wobei ich Anfangs jedoch nur ein vages, vielleicht auch naives Verständnis von den Grenzen des Geheimnisses hatte. Trotzdem nahmen mir die Priester das Versprechen ab, Dritten gegenüber nichts über unsere Gespräche mitzuteilen. Diese Versicherung hat für alle sichtbar nur rituellen Charakter, denn sie ist kaum überprüfbar, was allen Beteiligten klar gewesen sein muß. Sie hatte wohl das Ziel, mich einzuschüchtern, aber auch, mir eine Selbstverpflichtung aufzuerlegen. Die Interviews mit Priestern waren über weite Strecken unergiebig, da diese jede für sie unbequeme Frage zum Geheimnis erklären, ein Etikett, das alle Kommunikation sofort abschneidet. Reiche Priester dehnten das Geheimnis auch auf ihre Ökonomie aus und umgingen mit der gleichen Begründung auch jede andere unbeliebte Frage, wie z.B. der nach Konflikten im Zusammenhang mit der Rekrutierung oder der Bezahlung der Initiation. Die »Antwort« bestand häufig im Schweigen oder dem lakonischen Hinweis, »das kann man nicht mitteilen, das ist ein Geheimnis«, oder der beliebten Floskel, »das kann man nicht erklären, das macht *vodún*«, eine innerhalb des *vodún* weithin akzeptierte Erklärung. So teilten mir Priester, wie auch die *vodúnsì*, fast ausnahmslos nichts über die Praxis der Rekrutierung, den Initiationsablauf oder die Herstellung von Ritualkostümen mit, da nur transzendentale Erklärungen (»von *vodún* gemacht«) zur Verfügung stehen, die jedoch von einigen Gläubigen und Zweiflern als nicht überzeugend eingeschätzt werden. So erweisen sich gerade das Schweigen und die individuellen Tabuzonen der verschiedenen Interviewpartner, besonders aber die willkürliche Extension des Geheimnisses durch die Priester, als Anhaltspunkte. Die Doppelfunktion des Geheimnisses, Wissen und Mystifikation, wird kenntlich.

Abbildung 18: Der Heiler und *vodúnnɔ* Baba Belogun zeigt für den Moment einer Zeremonie die geheimen Statuen und Symbole der *vodún Heviosò* und *Sakpata*, da er als gewerbsmäßiger Heiler seine Quellen der Macht auch demonstrieren muß. (*Foto*: Karola Elwert-Kretschmer, Ouagbo-Aliho, 1974)

Priester selbst bestätigen, vielleicht unwissentlich, die Doppelfunktion des Geheimnisses und ebenso, daß für die jeweiligen Statusgruppen jeweils spezifische Inhalte vorgesehen sind. »Würdest Du jemandem die Stelle zeigen, wo Du Geld findest?« war die Antwort eines reichen Priesters auf die (unsinnige) Frage, warum es Geheimnisse gebe. Die Metapher der Schatzsuche verweist auf eine Funktion des Geheimnisses, nämlich die der Sicherung der Vormachtstellung der Priester und die Vermittlung der für soziale Strategien notwendigen Ellenbogenfreiheit. So ist es glaubwürdig, wenn die Priester angeben, nur sie und einige der alten Initiierten (*hunsixóxó*) besäßen die Geheimnisse. Die Priester spezifizieren den Gegenstand des Geheimnisses nicht, sondern erklären implizit den ganzen *vodún* zur Geheimsache, wobei die Grenzen zwischen Nicht-Reden-Wollen und dem Geheimnis verschwommen sind und je nach Opportunität festgelegt werden. Von den Priestern erfahre ich nur die offizielle Version, daß z.B. der jeweilige *vodún* die Adepten auswählt, daß der jeweilige *vodún* bestraft, das überhaupt alles von den *vodún* selbst gemacht wird. Niemals wird über die Handlungsebene gesprochen, in der die Priester oder ihre Helfer, als verlängerter Arm der *vodún*, die notwendigen Sanktionen ausführen. Ebenso tabu sind Erwähnungen von Schwierigkeiten und Problemen, wie der Schwierigkeit Adepten zu rekrutieren oder Priesterpositionen wieder zu besetzen. Wenn ich Priester auf Inkonsistenzen zwischen Ideal und Praxis hinwies, wenn es z.B. nicht gelang, eine bestimmte Person für die Initiation zu rekrutieren, lautete die Antwort: »*Vodún* hat es wohl nicht sehr stark gewollt.« Wenn es, nach Ausschöpfung aller innerreligiösen Interventionen, z.B. nicht gelang, eine Person zu heilen, kann die Verantwortung auf die betreffende Person abgewälzt werden, deren Verstöße gegen Regeln und Tabus noch unentdeckt geblieben seien. Ein Erklärungssystem, mit dem sich die Institution unangreifbar macht, denn Erfolg und Mißerfolg können gleich stringent und funktional im Sinne der Institution erklärt werden. Sie macht sich von der Frage des Gotteserfolges unabhängig, was zur Stabilisierung der Religion beiträgt (vgl. Weber 1976:243f). Die Mystifikation der verschiedenen Handlungsebenen, nicht exklusiv für mich erfunden, sondern allgemeingültige Handlungsstrategie, verordnet Sprachlosigkeit, unterbindet im Namen einer höheren Ordnung Kritik und öffnet Wege für Manipulationen und Machtausweitung.

Obwohl es allgemein als bedrohlich erscheint, die Vorgänge um die *vodún* zu thematisieren, lassen sich weite Teile des Wissens nicht auf den engen Raum der Religionsspezialisten begrenzen. Anders als bei den mir aus der Literatur bekannten Geheimgesellschaften, sind die Priester und Adepten allen bekannt. Die meisten Zeremonien finden in der Öffentlichkeit statt, und ein Verbot, über *vodún* zu reden, kann nicht durchgängig kontrolliert werden. So sind viele Dorfbewohner, die die Praxis der *vodún*-Kulte kennen, bereit, darüber zu berichten, häufig mit dem Hinweis, daß dies »früher« nicht möglich gewesen wäre. Nimmt man ernst, daß die Kontrolle früher effizienter und rigider gewesen sei, so stellt sich die Frage nach der Ursache der Liberalisierung. Offensichtlich ist, daß alte Loyalitäten nicht mehr funktionieren, und daß durch die Möglichkeit der Konversion zu anderen Religionen, eine zu rigide Kontrolle aus der Sicht der Träger der Institution nicht mehr opportun ist. Ebenso liegt die Vermutung nahe, daß das Religionsverbot während der Revolutionszeit den Raum schuf, Kritik relativ sanktionsfrei äußern zu können. Es stellt sich jedoch auch die umgekehrte Frage, ob die Ordnung früher tatsächlich rigider war. Denn es ist wohl ein allgemeiner Topos, daß früher die Sitten strenger waren. M.E. beruht dies auf dem Trugschluß, von der Individualentwicklung auf die Gesellschaftsentwicklung zu schließen. Denn dem Kind erscheint jede Ordnung rigide, während der Erwachsene Lücken und Spielräume entdeckt. Der Zweifel, ob es früher ebenso Lücken bei der Geheimhaltung gegeben habe, erwächst aus dem Funktionieren der Institution selbst. Die wesentlichsten Formen der Wissensweitergabe sind offensichtlich nicht die zwischen Priester und *vodúnsì*, sondern zwischen dem Priester und seinen Söhnen, patrilinearen Neffen und Enkeln auf der einen Seite und der Weitergabe von Informationen an Fremde gegen Bezahlung oder als Reziprozität auf der anderen. Die Mortalität ist nicht nur in dieser afrikanischen Gesellschaft so groß, daß es unsinnig wäre, nur einen einzigen Nachfolger einzuweihen. Damit die Institution auch beim plötzlichen Tod eines Priesters oder seines Nachfolgers überlebt, sind immer mehrere Personen eingeweiht. Diese sind fast ausnahmslos *ahè*. Jeder Nachfolger muß sich aus dem Kreis dieser Leute, die ihm noch fehlenden Informationen – oft stückchenweise und gegen Gaben – erbitten oder, und diese Möglichkeit muß auch in Erwägung gezogen werden, er muß sie neu erfinden.[2]

2 Vgl. Balz (1984:264) zur mystifikatorischen Doppelnatur des Geheimnisses: Manipulation und Erfindung.

Abbildung 19: Der verstorbene *vodúnnɔ* Ahonja Tade, einer meiner wichtigsten Informanten, sprach ausgesprochen offen über die Macht der *vodúnnɔ*. (*Foto*: Karola Elwert-Kretschmer, Ayou, 1974)

»Es ist verboten, das Geheimnis zu lüften.«[3] *Vodúnsi* und Geheimnis

Die Interviewsituation mit den *vodúnsì* ist stets von Angst geprägt. Die *vodúnsì* vermeiden die Realebene der Handlungen. Sie flüstern nur: »Das macht *vodún*, *vodún* wählt aus, *vodún* lehrt die Sprache«. Es geht sogar soweit, daß junge Frauen, die ich seit ihrer Kindheit kenne, nicht mehr unbefangen mit mir sprechen können, seit sie initiiert sind. Die Unmöglichkeit, mit mir offen zu sprechen, entschuldigen sie explizit mit ihrer Angst. »Man darf nicht über das Kloster sprechen, auch nicht über die Sprache die man erlernt, sonst ist man eine *hungbatɔ* (Zerstörer der *vodún*). Man wird getötet oder verrückt.« Auch den Eltern gegenüber, die Initianden sind fast ausschließlich Kinder, muß Schweigen gewahrt werden. »Die Tochter darf ihren Eltern auch nur erzählen, was sie im Kloster gegessen hat.« Schon zu erzählen, man sei geschlagen worden, bedeutet eine strafbare Grenzüberschreitung. Gerade das Thema der Sprache legt einen Teil der Funktion des Geheimnisses offen, die Disziplinierung, denn es gehört zum dörflichen Allgemeinwissen, daß die Geheimsprache der *vodún* aus dem Ursprungsort des jeweiligen *vodún* stammt, auch wenn die Sprachbeherrschung den Initiierten vorbehalten bleibt. Das Reden darüber scheint unproblematisch zu sein, und doch wird es sanktioniert.

Obwohl es ein ganz breites Spektrum des Mitteilbaren um die *vodún* gibt, erfahre ich doch das wenigste von den *vodúnsì* selbst. Außer dem Preis für die Initiation, der Dauer der Seklusion, der Anzahl der Ko-Adepten und der Regel, daß man gehorchen muß, erfahre ich nichts über Tageslauf und Tätigkeiten im Kloster, die summarisch als, »man lernt die Geheimnisse des *vodún*«, bezeichnet werden. Es ist den *vodúnsì* bei Todesstrafe verboten, über das Kloster zu reden, und selbst die wenigen zum Christentum konvertierten *vodúnsì* halten sich an dieses Verbot, denn obwohl es ein »Gesetz« gibt, daß den Priestern verbietet, Christen »anzufassen«, wird befürchtet, daß es sie nicht schützt. Einige alte *vodúnsì* verhalten sich im Gespräch mit mir weniger ängstlich. Sie unterhalten sich mit mir, oft flüsternd, über Trance, wer welches Wissen über welche Zeremonien hat und auch über enge Vertraute des *vodúnnɔ*, vor denen sie mich warnen, weil sie als Denunzianten bekannt seien. Die besondere Nähe zum Priester wird im allgemeinen mit

3 *emɔ nɔ ɖɔ hunxó* - Verbot das Geheimnis zu lüften.

Mißtrauen, von manchen allerdings auch mit Neid, beobachtet. Das Geheimnis ist auch aus emischer Sicht etwas Zwielichtiges.

War für die *vodúnnɔ* die Sorge um die Bewahrung des Schatzes das beherrschende Moment ihrer Zugeknöpftheit (nie erwähnten sie Angst vor Tod oder Verrücktheit), so steht bei den *vodúnsì* die Angst vor den Sanktionen bei Normverletzungen im Vordergrund, wie die soziale Isolation insbesondere der Ausschluß aus dem *vodún*-Kult, die Schande und nicht zuletzt die Angst vor Vergiftungen.

Ahè und Geheimnis

Mein Bild der *vodún* ist durch die demonstrative Angst der *vodúnsì*, aber auch durch die Gespräche mit Nicht-Initiierten (*ahè*) geprägt. Die *ahè* formulieren eine Differenz von »Geheimnis« (Mystifikation) und »wahrem Geheimnis«. Man bestätigt zwar, daß die Vorgänge um die Initiation von den *vodúnsì* nicht angesprochen werden dürfen, bestätigte aber auch, daß jeder im Dorf über die Praktiken in den Klöstern Bescheid wisse oder sich zumindest seine Gedanken darüber mache. Einige brüsten sich sogar damit, Geheimnisse zu besitzen. Trotz dieser Selbstgewißheit werden bestimmte Dinge, wie z.B. Zweifel an der Trance, nur flüsternd vorgebracht. Einige der *ahè* wissen sehr genau, worüber sie reden, sind nicht auf Vermutungen angewiesen. Es sind Söhne von *vodúnnɔ*, Trommlern und *vodúnsì*. Obwohl diese Männer Intellektuelle und z.T. Kirchenangestellte sind, haben sie den Kontakt zum bäuerlichen Milieu, ihren Familien und zu den Dorfbewohnern nicht verloren. Sie wahren ihre Verpflichtungen gegenüber den Eltern, haben aber wenige Bindungen zur Religion. Sie hatten in ihrer Kindheit und Jugend als Söhne ihrer bedeutenden Eltern, anders als es von den Priestern verbreitet wird, Zutritt zum und Kenntnisse über das Kloster. Das Geheimnis kann, zumindest was Vorgänge um die Initiation betrifft, nicht wasserdicht gewahrt werden.

Während die *vodúnsì* ängstlich um die Wahrung ihres Geheimnisses bemüht sind, stecken die Priester die Grenzen der Geheimnisse willkürlich ab und verstärken den Eindruck, daß »Geheimnis« eher ein Disziplinierungs- und Einschüchterungsmittel ist, denn ein göttliches Geheimnis. So konnte ich beobachten, wie Forscher oder Journalisten, nach Zahlung horrender Summen, Zugang zu geheimen Zeremonien erlangten, Gebete und Tänze an geheimen Orten aufnehmen konnten, und daß *vodúnnɔ* und *bòótɔ* magische Handlungen vor laufenden Kameras ausführten.[4]

Zusammenfassende Überlegungen

Das Geheimnis ist, wie oben angedeutet, kein monolithischer Block, es wird auch nicht mit zunehmendem Alter in verschiedenen Ritual- und Geheimnisstufen weitergegeben, wie dies bei verschiedenen Geheimgesellschaften der Fall ist.[5] Vielmehr unterstreichen die verschiedenen Geheimnisse noch einmal die interne Hierarchie, indem Priester und *vodúnsì* durch verschiedene Geheimnisse für immer voneinander getrennt bleiben. Priester haben im Zusammenhang mit *vodún* die umfassendste Kenntnis der Geheimnisse, während die Initiierten lediglich das Geheimnis der Initiation kennen und zu weiteren Geheimnissen keinen systematischen Zugang haben. Initiierte, Priester, Gläubige, Skeptiker oder Agnostiker und auch zum Christentum Konvertierte setzen jedoch die Grenzen des »Geheimen« jeweils anders. Konnten die *vodúnsì* aus Angst, ein Verbot zu verletzen, nicht über den Alltag im Kloster sprechen, so sahen Nicht-Initiierte, allerdings immer mit dem Verweis auf ihr Brechen des Geheimnisses, kaum ein Problem darin, über die verschiedenen Facetten des Klosteraufenthaltes zu sprechen. Da es offensichtlich soviel »Sagbares« über die Initiation gibt, könnte das Schweigen der *vodúnsì* entweder als Verweis auf die Unkenntnis der Grenzen zwischen Geheimnis und Nicht-Geheimnis verstanden werden, oder aber als eine Art optimaler Sicherheitszone, eine freiwillige Ausdehnung der Geheimnisgrenzen. Interessant ist, daß das was als »eigentliches« Geheimnis bezeichnet wird, die Kenntnis der Gifte, die Herstellung von *bòó* und Antihexereimaßnahmen den *vodúnsì* gar nicht vermittelt werden (vgl. Verger 1954a:171), sondern nur von einer kleinen Gruppe geteilt wird, deren einzelne Mitglieder, ausschließlich Priester, dieses Geheimnis sorgsam monopolisieren. Die Analyse des Mitgeteilten und des Verschwiegenen läßt nicht nur Rückschlüsse auf das »eigentliche« Geheimnis zu, sondern zeigt auch die Funktion des »geteilten« Geheimnisses auf, die in die Richtung der Manipulationsmöglichkeiten zeigt.

4 In Haiti erhielt Davis (1986) gegen Geld sogar die geheimen Gifte, die für das Zombiephänomen verantwortlich sind.

5 Schrittweisen Zugang zu den Geheimnissen erhalten die Mitglieder u.a. im Geheimbund Ahon in Kamerun (Balz 1984:224ff), im Poro-Bund in Elfenbeinküste (La Fontaine 1986:81ff) und bei den Freimaurern (Schindler 1982:205ff).

Das Geheimnis ist nicht so hermetisch abgeschottet, daß man nicht wüßte, auf welche Gegenstände es sich bezieht, denn das Wissen um die Existenz des Geheimnisses gehört zu seinen stabilisierenden Voraussetzungen (Middleton 1987:25). Den *vodúnsì* ist im Gegensatz zu den *ahè* das Geschehen während der Initiation bekannt, aber auch nicht mehr. Sie verstehen die Geheimsprache, die sie während der Initiation erlernen. Sie kennen die Trance. Sie kennen auch den Alltag im Kloster, den Unterricht, das Essen, das Schlafen usw. All diese Banalitäten des Alltags müssen sie gegenüber den *ahè* verschweigen, oder glauben sie, verschweigen zu müssen; denn die Initiationszeit gilt als Tod und Auferstehung, deren Alltäglichkeit mystifiziert werden muß.

Über die Geheimnisse der Initiation hinaus verfügen die Priester über Kenntnisse, wie man magische Getränke herstellt, wobei das »Wort« bei der Verabreichung wichtig ist. Sie haben das Wissen *bòó* herzustellen, kennen Maßnahmen gegen Hexerei und nicht zuletzt kennen sie die Herstellung und Anwendung von Giften. Dies trägt zur ambivalenten Einschätzung des Priesters bei.

Das Geheimnis dient der Stabilisierung der Kulte. Es dient der Beherrschung der unteren Chargen und verweist sie auf ihre Plätze in der Hierarchie. Das Geheimnis konsolidiert nicht nur die Kultgruppe nach innen und unterstreicht somit die interne Differenzierung, es hat zusätzlich zu seiner religiösen Funktion eine politische. Es ist auf die Stabilisierung und Unangreifbarkeit der Priesterfunktion gerichtet. Am deutlichsten wirkt das Geheimnis als Stabilisierung der Angst vor den *vodún*.

Für die Analyse des Geheimnisses ist die Kenntnis der geheimgehaltenen Details nicht notwendig. Im Gespräch mit anderen erhält man den Eindruck, daß das Wissen, daß es Geheimnisse gebe und die Tatsache, daß man sie nicht kennt, einen Zweifel vermittelt: den Zweifel, daß man die Macht der *vodún* unterschätze. Genau dieser Halo-Effekt, dieser diffuse Schein, der den Mond bei diesigem Wetter größer erscheinen läßt, dürfte auch bei *ahè* und *vodúnsì* beabsichtigt sein.

3. Die Trance und das Geheimnis um sie

Befaßt man sich mit der Trance, befaßt man sich zwangsläufig mit dem, was als tiefstes Geheimnis in den *vodún*-Kulten gilt. Zwei Formen der Trance werden nach Firth (1959) und Beattie/Middleton (1969) unterschieden: Eine schamanistische Trance (*spirit mediumship*), die bewußt und freiwillig vom Individuum eingegangen wird und deren Akzent auf der prophetischen Mittlerrolle liegt, und die Besessenheitstrance (*spirit possession*), der das Individuum unfreiwillig ausgesetzt ist; im Moment der Trance werden seine Handlungen nicht nur von Geistern oder Göttern kontrolliert, sondern es verkörpert diese Wesen selbst.[6]

Die Trance der *vodún*-Kulte ist zwar dem Typ der spirit possession nahe, läßt sich aber keiner dieser beiden Gruppen eindeutig zuordnen, vielmehr finden sich Merkmale aus beiden Kategorien. So stehen ihre Akteure wie bei der schamanistischen Trance fest, sie fungieren jedoch nicht als prophetisches Medium. Nur bedingt kann die Trance auch als unfreiwilliges Phänomen interpretiert werden. Die Trance der *vodún*-Kulte unterscheidet sich von den anderen Besessenheitstrancen, indem sie keine Funktion für das Individuum einnimmt. Sie ist kein therapeutisches System, wie die durch Trance bewerkstelligte kathartische Heilung in anderen Teilen Afrikas (vgl. Monfouga-Nicolas 1972; Zempleni 1967; Mabetao 1992) oder in Haiti (Davis 1986). Auch bezüglich der sozialhistorischen Einordnung scheinen die béninischen *vodún*-Kulte von den in der Literatur geschilderten Mustern abzuweichen. Die Trance steht hier nicht im Zusammenhang mit sozialem Wandel, ist also kein rezentes Phänomen (Bourguignon 1973); sie kann weder als Widerstand gegen die Modernisierung interpretiert werden (Fuglestad 1984), noch als politisches Phänomen, das im Zusammenhang mit der kolonialen Eroberung auftritt (Fanon 1961; kritisch dazu Olivier de Sardan 1993). Indem sie in die Choreographie religiöser Zeremonien eingebettet ist, stellt sie »lediglich« ein Ritual dar und widersetzt sich somit den gängigen Interpretationsmustern. Interpretiert man mit Luhmann (1985:613) Rituale als Coupieren aller Ansätze zu einer reflexiven Kommunikation (vgl. Bloch 1974; Douglas 1974), kann das Ritual der Trance für die Akteure selbst nichts Sinnstiftendes beinhalten.

---

6 Zur Kritik dieser vereinfachenden Kategorisierung siehe van Binsbergen 1981:88ff. Zur vielfältigen Ausprägung der Trance und ihrer unterschiedlichen gesellschaftlichen Bewertung siehe Douglas 1974.

Lenkt das Phänomen der Trance bisher fast magnetisch die Aufmerksamkeit der Autoren auf die Funktion der Trance für das agierende Individuum und versteht Besessenheitstrance als persönlichen, psychisch oder politisch motivierten Verarbeitungsmechanismus, so soll hier die Hypothese überprüft werden, ob die Trance eine politische Funktion für die Institution, ihre Perpetuierung und Stabilisierung darstellt und ob sie als Machtinstrument ihre Vertreter, die Priester, stützt.

Formen der Trance

Emisch gesehen wird die Existenz der *vodún* durch nichts deutlicher als durch die Trance[7] der Besessenheit, bei der »*vodún* in den Kopf der *vodúnsì* eintritt, von ihr Besitz ergreift, und sie somit selbst zum *vodún* wird«. Die Trance ist die Inkorporation eines *vodún* und stellt als kollektives Ausdrucksmittel ein festes Repertoire dar, das der *vodúnsì* zur Verfügung steht und das nach Bedarf abgerufen werden kann. Die Trance ist nicht für die *vodúnsì* selbst bestimmt, formuliert Rouget (1990:137), sondern für die Öffentlichkeit. D.h. sie ist Teil der Selbstdarstellung einer Institution. Der sichtbare Gottesbeweis dient ihrer Legitimation.

Verschiedene Formen der Trance lassen sich identifizieren. Rouget unterscheidet zwei Formen der *vodún*-Trance: Erstens die »crise de prépossession« (1990:102), die sich in einem Anfall ausdrückt und unmittelbar vor dem Eintritt ins Kloster stattfindet. Zweitens die »crise de possession« (1990:131), die sich erst nach dem Lernprozeß im Kloster (133) bei den Zeremonien entwickelt. Ferner verweist er auf die »hébétude« (1990:126, 136), einen Zustand schlafwandlerischer Benommenheit, Apathie, Ängstlichkeit, Dozilität und manchmal auch der Infantilität, die die Initianden bei ihren seltenen öffentlichen Spaziergängen während der Seklusionszeit zeigen. Im Anschluß an Verger (1954b) bezeichnet Rouget diesen Zustand als Entpersönlichung (dépossession, dépersonnalisation), die sich als integraler Bestandteil der Initiation im Verhalten der *vodúnsì* ausdrückt. Sie sei keine Zustandsänderung, wie eine eigentliche Trance. Diese drei »Zustände« versteht er als ein Kontinuum, das die Trance der Besessenheit umgreift (1990:132).

---

7 *ɖò mɛ ta* , im Kopf einer Person sein, wird in Ayou und Tori-Gare die kontrollierte, bei Zeremonien sichtbare Trance genannt.

Abbildung 20: Die Gegenwart des *vodún* wird durch die Trance symbolisiert. Die *vodúnsì* im Vordergrund tanzt in Trance. Sie war die einzige *vodúnsì* ihres Initiationsjahrganges. (*Foto*: Karola Elwert-Kretschmer, Avrankou, 1978)

In Ayou und Tori-Gare werden zwei Formen der Trance unterschieden, die jeweils unterschiedlichen Etappen der Initiation und Nachinitiation zugeordnet werden und jeweils unterschiedliche Auslöser haben. Den Beginn der Initiation markiert eine Trance, auch als Ohnmacht bezeichnet, die die Internierung der zukünftigen *vodúnsì* ins Kloster zur Folge hat. Sie wird als *vodún su asi* oder *vodún d'asi* (*vodún* nimmt Frau), aber auch als *vodún xo mɛ* (*vodún* schlägt Person) oder als *vodún dan mɛ* (*vodún* heiratet Person) bezeichnet. Diese Trance ist einmalig und dient nur der Rekrutierung. Alle nachfolgenden Trancen, die sich bei öffentlichen Zeremonien entwickeln, werden *vodún ɖò mɛ ta* (*vodún* ist im Kopf einer Person) oder *vodún ɖò mɛ ji* (*vodún* ist über eine Person gekommen; reitet sie) bezeichnet. Die erste Trance wird durch Bewußtlosigkeit charakterisiert. Bei den anderen Trancen ist die *vodúnsì*, die nun über eine langjährige Erfahrung verfügt, aktiv. Sie kann tanzen und in der Geheimsprache ihres *vodún* reden (was selten vorkommt).

Emisch gesehen stellen diese beiden Trancen also kein Kontinuum dar, obwohl sie auch nicht als zusammenhangslos verstanden werden. Verger (1954a:338) nimmt von der »hébétude« an, daß sie die gesamte Zeit der Initiation über anhält, und führt sie auf die Anwendung von geheimen Kräutern zurück, mit denen die *vodúnsì* während der Initiationszeit gebadet werden. Sie zählen seiner Ansicht nach zum geheimsten Teil der Rituale. Rouget (1990:124) widerspricht Verger aufgrund eigener Erfahrungen und verweist darauf, daß dieser Zustand sich im Laufe der Initiation verändert. Er schreibt dies dem fortgeschrittenen Zustand der Initiation zu. Sein Begriff der »dépossession initiatique« ist jedoch lediglich deskriptiv und kann das Phänomen der Benommenheit, das jedem Beobachter ins Auge fällt, nicht erklären. Eine plausible Erklärung bieten dagegen Goffmans (1972) Beobachtungen in totalen Institutionen. Danach erklärt sich die Benommenheit nicht durch Anwendung von Drogen sondern als direkte Folge einer Unterordnung unter eine Institution, die unter bestimmten Bedingungen erfolgt. Soziale Isolation, traumatisierende Ängste, Ungewißheit und die Forderung des absoluten Gehorsams lösen die auch bei Rekruten, psychiatrischen Patienten oder Gefängnisinsassen beobachteten Symptome der Interesselosigkeit, Gleichgültigkeit, Verunsicherung oder Apathie aus. Hier kommt verstärkend hinzu, daß es sich fast ausschließlich um Kinder und Jugendliche handelt. Diese Persönlichkeitsveränderung ist jedoch nicht eine Bestätigung für eine psychische Erkrankung oder, wie bei Gefängnisinsassen häufig diagnostiziert, Verstocktheit, sondern ist die Wirkung einer Institution auf das Selbstbild eines Individuums, das mit innerem Rückzug, oder aber auch mit Aggression auf diese Institution reagiert. Die Benommenheit ist eine Folge der Internierung, der Angst und der demütigenden und entmündigenden Behandlung durch das Personal.

Trancen können außerdem auch außerhalb des dafür vorgesehenen Ortes und Rahmens stattfinden und werden dann sehr gefürchtet. Hier handelt es sich um Trancen, die durch Nichteinhaltung bestimmter Verhaltensregeln gegenüber den *vodúnsì*, wie Schläge auf den Kopf, oder vorsätzliche Nennung des profanen Namens, ausgelöst worden sind. Im lokalen Französisch werden sie »transe sauvage« genannt, da ihnen der institutionalisierte und kontrollierte Rahmen fehlt.

Die Trance selbst ist nichts statisches, die, einmal erlernt, immer das gleiche Erscheinungsbild generiert, sondern sie unterliegt einem stetigen Lernprozeß und verändert ihr Erscheinungsbild mit Routine und Lebensalter der *vodúnsì*. Rouget (1990:89, 129) konstatiert, daß bei den älteren *vodúnsì*, im Vergleich mit den jüngeren, sich der somnambule Eindruck verliert, und sie die Besessenheit extrovertiert und wild ausleben, »so wie sie sein soll«, nämlich ohne Zurückhaltung und dadurch sofort für die Zuschauer erkennbar. Es überrascht jedoch, daß die letztere Form die normativ angestrebte sein soll. Dies ließ sich nicht durch andere Quellen bestätigen. Festzuhalten ist vielmehr erstens, daß Trancen einem Lernprozeß unterliegen und veränderlich sind. Zweitens, daß Trancen für verschiedene *vodún* unterschiedlich aussehen und drittens auch individuell, von Mal zu Mal, variieren können.

Die introvertierte, gehemmte Trance ist nach Rouget (1990:129) für Kinder, die gerade frisch initiiert worden sind, charakteristisch. Diese unterschiedlichen Erscheinungsformen reflektieren nicht nur einen Lernprozeß, denn emisch gesehen werden so extrem unterschiedliche Trancen auch jeweils anderen *vodún* zugeordnet. So ist die Trance für die *vodún Ava, Nεεn, Loko* und *Agboe* sehr »schwer«. Die *vodúnsì* fallen in eine tiefe Ohnmacht, aus der sie angeblich erst nach Tagen erwachen. Dagegen sei die Trance für den *vodún Dan* sehr »leicht«, so daß man sie als Außenstehende fast nicht erkennen könne, aber dennoch gibt es sie, wird betont. Dagegen produzieren die aus dem *Mina*-Gebiet (Südwestküste Bénins und Südosttogo, *Mina* oder *Gεn*) importierten *vodún Gambaɖa, Kɔku, Avlekete* und *Jagli* »gewalttätige« Trancen. Ihre *vodúnsì* sabbern heftig Schaum und bringen sich u.a. mit zerbrochenen Flaschen und Messern Hieb- und Stichwunden bei; sie erklettern Bäume und Dächer, schlagen den Kopf gegen die Mauer und verletzen sich häufig. Ähnlich gewalttätige Trancen werden für den *vodún Sakpata* beschrieben, wobei die *vodúnsì* expressiv tanzen, herumrennen und Opfertiere reißen.

Die Trance findet, wie oben angedeutet, ausschließlich in einem fest definierten sozialen Rahmen statt und zwar während der jährlich stattfindenden Opfer, *xwètanu*, bei Regen- und bei Initiationszeremonien. Die *vodúnsì* erhalten die Gelegenheit der Vorbereitung, indem sie vom Priester benachrichtigt werden: »*Azan le gbe suɔ na mɔ mimεgbi ɖo hunkpámε; gbεtɔ midɔn ma un ga ɖo din gε*« (zu einem bestimmten Datum werde ich Euch alle im

Kloster sehen. Es ist nicht Eure Person, die ich will), lautet die Formel, die alle *vodúnsì* kennen und die ihnen anzeigt, daß sie an einer Zeremonie teilnehmen müssen. Obwohl ein starker sozialer Druck besteht, die Präsenz der *vodún* öffentlich darzustellen, fallen nicht alle *vodúnsì* in Trance. Männer fallen seltener in Trance als Frauen. Einige *vodúnsì*, so wurde mir gesagt, fallen einmal pro Jahr in Trance, andere seltener. Wird eine gewisse Regelmäßigkeit jedoch nicht eingehalten, müssen die Säumigen eine Strafe in Form von Getränken, Essen und Geld zahlen.

Fällt eine *vodúnsì* in Trance, wird sie von den anderen *vodúnsì* umsorgt. Man stützt sie, wischt ihr den Schweiß von der Stirn, ordnet ihre Kleider und, was das wichtigste ist und den institutionellen Rahmen notwendig macht: jemand Kompetentes muß sie aus der Trance zurückholen.

Wodurch wird Trance hervorgerufen?

Versucht man sich der Frage, was Trance ist und wodurch sie hervorgerufen wird, vom emischen Standpunkt aus zu nähern, erfährt man, daß die Reflektion über dieses Phänomen gering ist. Was den westlichen Zuschauer fasziniert, erscheint den unbeteiligten *ahè* als das Normalste, auch wenn es als das tiefste Geheimnis im *vodún*-Kult anerkannt ist. Begleitet wird dieser Teil der Forschung weniger von ängstlichen Informanten, denn von Drohungen und Warnungen, die die interviewten *vodúnsì* meinem Mitarbeiter übermittelten, der für mich diesen Teil der Forschung übernahm, als ich nicht weiterkam. Doch auch meinem Mitarbeiter gegenüber blieben die *vodúnsì* (er interviewte nur seine Verwandten, Freundinnen und Vertrauenspersonen) zurückhaltend.

Die wenigen *vodúnsì*, die es wagten, über die Hervorrufung der Trance zu sprechen, formulierten unterschiedliche Vermutungen: Eine konvertierte *vodúnsì* gab an, daß Trancen durch verschiedene Pflanzengifte, als Kontaktgifte oder Getränke verabreicht, provoziert werden. Viele *vodúnsì* hätten deshalb auch Angst vor der Trance, weil sie Vergiftungen fürchteten. So müssen die *vodúnsì* vor der Trance mit Kräutersuden gurgeln oder sich damit waschen (vgl. Maupoil 1961:59).[8] Ebenso gäbe es einen Fisch (*zegbi*), »der

8 Die Tranceinduktion durch Gifte ist unwahrscheinlich. Vgl. Davis (1986), der bei seiner Suche nach einer Erklärung für das Zombie-Phänomen in Haiti aufzeigt, wie schwierig natürliche Gifte zu dosieren und zu kontrollieren sind.

die Hand zittern läßt«. Eine *Dansì* will die Trance als schwere Trunkenheit verstanden wissen. Sie beschreibt die erste Trance bei der Rekrutierung, als ihr und den anderen Neuen von den alten um sie herumtanzenden *vodúnsì* Palmweinschnaps ins Gesicht gesprüht wurde, so daß sie betrunken wurden. Eine andere *vodúnsì* erzählt, wie sie vom Priester über die bevorstehenden Zeremonien benachrichtigt werden. Unruhig schlafend, warten sie auf den ersten Hahnenschrei, um ins Kloster zu gehen und die Vorbereitungen zu treffen. Schon diese mageren Äußerungen weisen auf Elemente der Tranceinduktion hin, die als Auslöser auch wissenschaftlich belegt sind: Schlaflosigkeit, Erwartung der Fremdsteuerung, Angst und physische Überanstrengung.[9]

---

9 Die Induktion von Trancezuständen kennt fünf Techniken: 1. Rhythmische Stimulation durch Gesänge und Trommeln kann neurophysiologische Prozesse verursachen (Neher 1962). Zwei Charakteristika der Musik in Besessenheitskulten haben nach Rouget (1990) häufig, aber nicht immer, eine tranceinduzierende Wirkung: Die Unterbrechung, abrupte Rhythmusänderung und das accelerando und crescendo, die Beschleunigung oder allmählich steigende Lautstärke (1990:170f, 175). Am wirkungsvollsten erscheint die Frequenz, die dem Tetarhythmus in der temporalen Hörregion der Großhirnrinde (4 - 7/sec) entspricht (Jilek 1987:146). Rouget betont, daß der Einfluß der Musik auf die Tranceauslösung nicht zwingend ist; diese variiere vielmehr mit der Qualität des Adepten, vor allem mit Alter, Erfahrung und einer nicht näher definierten Bereitschaft, die aber erklären kann, warum unbeteiligte Zuschauer nicht in Trance fallen (1990:154f). Nach Neher wird die Empfänglichkeit für die rhythmische Stimulation durch taktile und kinästhetische Reize verstärkt, sowie durch Streß und Hyperventilation (1962:151ff). 2. Erschöpfungzustände, wie sie nach langem Tanzen oder Schlafentzug auftreten, die niedrige Glukosewerte im Blut und erhöhte Adrenalinzufuhr erzeugen, können als Verstärker der rhythmischen Stimulation ebenfalls festgestellt werden (Dittrich/Scharfetter 1977). 3. Hyperventilation als Tranceinduktion muß nicht bewußt hervorgerufen werden, sondern ergibt sich häufig durch erschöpfendes Tanzen oder Drehen, aber auch durch Angstzustände. Die zentralen Symptome sind Sehstörungen, das Gefühl »wie auf Wolken zu gehen«, Pupillenerweiterung, Schwitzen an Händen und Achselhöhlen, Kribbeln in den Extremitäten, Verkrampfung der Finger, Benommenheit, Schwindelgefühl, Herzklopfen und Angst (Uexküll 1979:489). Neben biochemischen und bioelektrischen Veränderungen im Körper (es findet eine pH-Verschiebung ins alkalische statt und führt zu meßbaren EEG-Veränderungen) findet durch die Kohlenstoffdioxidkonzentration im Blut eine verminderte Gehirndurchblutung statt und kann zu einem Präkollaps oder sogar zur Ohnmacht führen (Uexküll 1979:488). 4. Fokusierte Konzentration auf bestimmte Körperpartien oder -bewegungen kann den normalen Gedankenfluß ablenken. Ebenso kann ein Zustand erwartungsvoller Aufmerksamkeit die Bewußtseinsaktivität in der Gehirnrinde reduzieren (Akstein 1987), und, verstärkt durch weitere Tranceauslöser, die Wahrnehmung einschränken, z.B. von Schmerz oder ekelerregenden Praktiken ablenken. 5. Die Endorphinstimulation ist keine eigenständige Induktionsmethode, sondern tritt als biochemische Veränderung in Folge von Erschöpfung, Überanstrengung, Streß und Angst auf – Elemente die an die diskutierten Trancestimuli gebunden sind. Der erhöhte Endorphinspiegel verringert die Schmerzwahrnehmung, erhöht körperliche Leistungs-

Auch wenn den *vodúnsì* mit hoher Wahrscheinlichkeit die Auslöser der Trance unbekannt sind, bleibt es wohl einer jeden *vodúnsì* individuell überlassen, die Bereitschaft in Trance zu fallen bewußt oder unbewußt zu aktivieren oder zu verweigern. Die Möglichkeit einer simulierten Trance, die einige Interviewpartner vermuten, sollte deshalb auch in Erwägung gezogen werden. Wie Métreaux (1955:47ff) überzeugend formuliert, ist es nicht wichtig, ob wir es mit einer echten oder mit einer simulierten Trance zu tun haben, denn beide Formen respektieren die kulturellen Spielregeln und erfüllen somit ihren Zweck. Im Falle der *vodún*-Trance wäre das die Bestätigung der Präsenz der *vodún*, der Gottesbeweis zur Stabilisation der religiösen Gemeinschaft.

So ist es konsequent, daß die Institution *vodún* der Trance eine große Bedeutung zuweist. Die Trance stabilisiert die Institution jedoch nicht nur nach außen, sondern wirkt auch nach innen. Die Trance ist nämlich auch ein Mittel den jungen *vodúnsì* die Präsenz der *vodún* überzeugend zu beweisen, ihnen Angst zu machen, Respekt einzuflößen und ihnen zu zeigen, daß es etwas über ihnen gibt und daß der *vodún* keine menschliche Irreführung ist. Als »Nebenprodukt« dämpft die Trance die individuelle Sensibilität, so daß die *vodúnsì* »bizarreries« (genauer: Verletzung der Reinheitsschranken), wie das Beschmieren des Körpers mit Hühnerblut, Dreck, Würmern etc., ertragen können.

Die obigen Ausführungen zeigen, daß die Trance als tiefstes Geheimnis im *vodún* ein Machtinstrument in der Hand der Priester ist, das diese einklagen können und müssen, um die Institution zu perpetuieren. Somit ist es nicht notwendig, Gift zu verwenden, wie befürchtet wird, denn der physisch und psychisch erschöpfende Dienst, eine nur unter Druck erbrachte Leistung, ist eine Folge von Macht, die zugleich der *vodúnsì* ein ihr selbst unerklärliches Phänomen vorführt, sie zutiefst verunsichert, und eine diffuse Achtung und Angst vor der Macht der *vodún* aufbaut. Die angstmachende Trance hat also nichts Befreiendes für das Individuum, sondern dient der Legitimation der Institution *vodún*.

---

fähigkeit und führt zu psychischen Verhaltensänderungen. Die obigen Ausführungen habe ich ebenso wie die zitierte Literatur im wesentlichen Schäfer 1994 entnommen.

4. Die Angst vor Krankheit, Vergiftung und Verrücktheit

Das Geheimnis ist kein von allen Betroffenen freiwillig gehüteter Gegenstand, der dazu dient, die Exklusivität der Gruppe zu markieren. Ganz im Gegenteil kann das Geheimnis nur gewahrt werden, wenn es von Vergiftungsdrohungen begleitet wird.[10] Hervorzuheben ist diese Sanktion deshalb, weil sie nicht zu den von den *vodún* geschickten Strafen gezählt, also nicht transzendental erklärt, sondern als Folge menschlicher Handlung erkannt wird. Die Angst verhext zu werden, erscheint mir hier nur als die stärkere Variante der Vergiftungsangst.

Diese Drohungen und Ängste werden in der Literatur zu Bénin reflektiert. In einem Nebensatz erwähnt Verger, daß das Schweigegebot, das mit dem Geheimnis verknüpft ist, mit nicht näher definierten Drohungen erzwungen wird (1957:71). Parrinder (1961:87) verbannt die Androhung des Todes durch die Priester in die Vergangenheit, und Maupoil (1961:62) erwähnt die Vergiftungsdrohung als Mittel der sozialen Kontrolle unter Priestern. Herskovits (1967 II: 298ff) widmet mehrere Seiten der Frage, ob die von ihm untersuchten Dahomeaner ein von Angst geschütteltes Volk seien. Konzentriert auf die rituelle Bewältigung der Ängste, die aus dem theologischen Gebäude resultieren, verliert er aber kein erklärendes Wort über die Angst vor den Priestern und ihren Mitteln. Frey-Nakonz (1984:162ff) schildert die alltägliche Angst in der ländlichen Gesellschaft, bezieht aber die Angst vor Vergiftungen, Hexerei und Schadenszauber nicht auf die Religion, sondern auf individuelle Racheakte, die aus Neid und Mißgunst resultieren. Kwadzo (1930) und Spieth (1911:184) schildern die Angst vor Vergiftung und den Tod von Angehörigen bei Geheimnisverrat und Ungehorsam im *vodún*.

Im Mißverhältnis zur Präsenz dieser Problematik in Bénin selbst, beschäftigt sich die wissenschaftliche Literatur mit dem Phänomen des »Voodoo-Todes« ausschließlich in Ländern außerhalb Bénins, wie Melanesien, Haiti oder Australien. Unter dieser Bezeichnung werden sowohl unerklärlich erscheinende plötzliche Todesfälle als auch anscheinend durch Angst motiviertes Siechtum zusammengefaßt. Die Autoren interessieren sich dabei ausschließlich für naturwissenschaftlich erfaßbare Ursachen eines »Voodoo-Todes«. Der erste Fall von »Voodoo-Tod« wird 1587 von Soares de Souza

10 Die Vergiftungsdrohung bei Verletzung von Geheimnissen ist weit verbreitet. Siehe Balz 1984, Spindel 1989, Davis 1986.

(1879, zitiert nach Cannon 1942) bei den Tupinambas-Indianern dokumentiert. Zahlreiche andere Dokumentationen zeigen die Verbreitung dieses Phänomens weltweit auf: Varnhagen für Brasilien (1875, zitiert nach Cannon 1942), Leonhard für Westafrika (1906), Mauss, als Sekundäranalyse, für Melanesien und Australien (1950) und Davis für Haiti (1986).

Emische Erklärungen sprechen von Verwünschung, Verhexung, Suggestion oder Vergiftung. Die wissenschaftlich erklärenden Theorien zielen entweder auf Vergiftung oder auf psychische Prozesse wie Angst und Suggestion. Der Soziobiologe Davis (1986) ging in Haiti der Theorie der Vergiftung nach und fand, mit Hilfe eines Priesters, als für das Zombie-Phänomen[11] verantwortliche Gifte das Kugelfischgift Tetrodotoxin und den Stechapfel, ein giftiges Nachtschattengewächs. Cannon (1942) und Lewis (1987) gehen davon aus, daß der Vergiftungsbeweis fehlt und zeigen eine biologisch-psychologische Erklärung auf: der Tod, durch einen auf Suggestion und Angst beruhenden Schockzustand hervorgerufen, sei ohne Gift möglich. Mauss (1950) zeigt für Polynesien, daß der »Voodoo-Tod« mit der Idee von Schuld verbunden ist. Vorherrschende Auslöser seien also nicht Angst, sondern Schande und Demütigung (zitiert nach Lewis 1987:1007).

Der naturwissenschaftliche Nachweis von der Realität des »Voodoo-Todes« ist aber nicht notwendig, um die gesellschaftliche Wirksamkeit der Angst vor Vergiftung oder Verhexung zu erklären. Entscheidend ist, daß die Vermutung oder Behauptung, Krankheit oder Tod seien durch die *vodún* oder einen *vodúnnɔ* verursacht, nicht widerlegbar ist.

Im Folgenden soll der Kontext, in dem der Vergiftungsverdacht entsteht, beschrieben werden. Bei bewußtem Geheimnisverrat, Ungehorsam oder Beleidigung der *vodún* droht die Todesstrafe. Während Krankheiten, als von den *vodún* geschickte, eine transzendentale Erklärung finden, erlaubt das blanke Entsetzen keine Mystifikation mehr. Wer diese Verbrechen begeht wird vergiftet. Es sind jedoch nicht die Priester, die von Vergiftung sprechen,

11 Als Zombies werden nach einem Scheintod verwirrte, willenlose, marionettenhafte Menschen bezeichnet. Die Voodoo-Priester in Haiti bezeichnen sich als Verursacher dieses Phänomens. Davis (1986) gelang es, von einem Priester die Gifte zu erhalten, mit denen die Menschen zur Strafe vergiftet werden. Das Erscheinungsbild des Zombiephänomens läßt sich, nach Davis, plausibel mit der Verabreichung der oben erwähnten Gifte erklären. Eine zusätzliche Verabreichung von Stechapfelgift, in Haiti Zombiegurke genannt, schafft die Verwirrungszustände. In Japan sind Tod und Scheintod unter Kugelfischliebhabern gefürchtete und manchmal auf eintreffende Folgen einer Vergiftung mit Tetrodotoxin.

sie bleiben bei der mystifizierenden Diktion, nach der *vodún* alle Abweichungen bestraft. Es sind die anderen, die diese Erklärung parat halten und gleichzeitig die Priester beschuldigen, diese Vergiftungen auch durchzuführen.

Jeder im Dorf weiß Beispiele von Vergiftungstoten zu erzählen. Sie handeln von Illoyalität und vermuteter Indiskretion, Vertuschung von Straftaten, Komplotten und Selbstbeschuldigungen: Eine ältere männliche *vodúnsì* konvertierte in der Hoffnung auf Heilung eines langjährigen Halsleidens zu einer christlichen Sekte und hielt trotz Warnungen an der Konversion fest. Dieser Mann, initiiert in den *vodún Heviosò*, wurde vor den Rat der *vodúnnɔ* bestellt und zur Warnung verprügelt. Ebenso preßte man ihm das Versprechen ab, seiner neuen Religion abzuschwören. Unterstützt von seinen neuen Glaubensbrüdern, floh er jedoch aus dem Dorf. Er kehrte nur noch einmal zurück, um seine Sachen zu packen, erkrankte allerdings und starb. Allen im Dorf scheint es eine zwingende Erklärung, daß er vergiftet worden ist. Er gehörte zu den engsten Vertrauten seines *vodúnnɔ* und hatte, so wird vermutet, auch aufgrund seines hohen Alters Kenntnis von den »großen Geheimnissen«. Wenn man ihn nicht bestraft hätte, hätte er möglicherweise die Geheimnisse verraten. Ein weiteres Beispiel berichtet von einem jungen Mädchen, daß während der Seklusionszeit schwanger wurde. Das Mädchen starb noch während der Initiationszeit. Zwei Interpretationen kursieren zu diesem Ereignis. Nach der ersten wurde das Mädchen vergiftet. Eine andere Interpretation vermutet, daß der Vergiftungsverdacht lanciert wurde, um eine mißlungene Abtreibung zu vertuschen. Eine weitere Vergiftungsgeschichte beginnt mit der Selbstbeschuldigung eines alten Mannes, der auf seinem Totenbett gesteht, mehrere Menschen vergiftet zu haben, darunter den verstorbenen Priester des *vodún Ava*. Keine drei Monate nach diesem Geständnis erkrankt einer seiner Söhne und stirbt nach neun weiteren Monaten. Kurz vor seiner Erkrankung berichtet er einem Nachbarn, daß er auf seinem Feld eine Blättermixtur (=*bòó*) in einem Tontopf gefunden und mit seinem Haumesser zerstört habe. Nach seinem Tod war man sich im Dorf sicher, daß er von *Avanɔ*, dem Sohn des angeblich vergifteten Priesters, aus Rache vergiftet worden sei. Ein letztes Beispiel berichtet von einem angeblichen Komplott gegen *Avanɔ:* Drei seiner Cousins wollten nachts in sein Gehöft eindringen und ihn vergiften. Von ihm überrascht, verharrten sie bewegungslos bis zum nächsten Morgen an der Grenze seines Gehöftes. Einige Monate später starb einer nach dem anderen, und es hieß, *Ava* habe sie bestraft d.h. vergiftet. Der Tod erfolgt in diesem Beispiel, wahrscheinlich nicht gerade unerwartet, in einem kausalen Zusammenhang mit Normverletzungen, wobei in diesen Beispielen nicht klar ist, ob sie tatsächlich stattgefunden haben oder im Nachhinein von den Priestern als Gerüchte lanciert wurden.

Jeder plötzliche Tod im Dorf ist erklärungsbedürftig. So kann eine für die Priester unbequeme kritische Person nach ihrem Tod eines Vergehens bezichtigt werden, das zu Lebzeiten nicht entdeckt werden konnte. Der Tod wird als Beweis interpretiert, daß ein *vodún* sich nicht hintergehen läßt, auch wenn er sich mit der Bestrafung Zeit ließ. Die Interpretation *post mortem* findet auch bei Tötung durch Blitzschlag statt. Diese Tötungsform ist *Heviosò,* dem *vodún* des Blitzes und des Donners, vorbehalten. Die vom Blitz Getroffenen werden *per definitionem* als Diebe entlarvt. Zum Entsetzen der Familien wird der Leichnam mit der gesamten beweglichen Habe öffentlich ausgestellt.

Ob wir es hier tatsächlich mit Vergiftungsfällen oder, wie die Beispiele nahelegen, mit Tod durch Altersschwäche, Abtreibung, Suggestion und Angst zu tun haben, ist hier nicht interessant. Viel wichtiger ist, daß die Annahmen über die Todesursachen nicht widerlegt werden können. Die Priester hüllen sich in mystifizierendes Schweigen; sie bestätigen weder explizit den Vergiftungsverdacht noch dementieren sie ihn.

Das Interpretationsmonopol haben zwar die Priester und die *bokɔnɔ,* jedoch wird allgemein bei jedem unvorhergesehene Tod eine Vergiftung vermutet und nach einer Begründung gesucht, die nicht immer als sozialregulative Maßnahme verstanden wird. So haben die Priester ein flexibles Interpretationsmittel zur Hand, das sehr gefürchtet wird, Gehorsam ebenso erzwingt wie Konformismus.

Interessant ist auch die zeitliche Dimension dieser Vergiftungsfälle. Es liegen häufig lange Zeitspannen zwischen dem inkriminierten Delikt und dem Tod der betreffenden Person, denn »*vodún* tötet nicht sofort«. Es können Jahre dazwischenliegen. So kann nach Belieben ein Tod uminterpretiert werden. Auch wenn Zweifel über den Wahrheitsgehalt bestehen, bleibt die Angst, da bisher diese Behauptungen weder bestätigt noch widerlegt werden konnten.

So verstärkt die Vergiftungsdrohung die ohnehin schon präsente Angst der Menschen und stabilisiert die Bereitschaft daran zu glauben. Manche sehen sich so in einem Religionssystem festgehalten, dessen willkürlichen

Abbildung 21: Ein vom Blitz erschlagener Mensch wird nicht beerdigt, sondern verhüllt auf ein Podest gelegt. Seine gesamte Habe muß mit ihm zusammen verrotten. Diese Todesart gilt als Beweis, daß *Heviosò* einen Dieb bestraft hat. (*Foto*: Karola Elwert-Kretschmer, Allada, 1972)

Charakter sie beklagen. Gerade weil die Interpretationen nicht widerlegt werden können, leben besonders die *vodúnsì* in Angst, und gerade dies bestimmt die Wirkungsweise der Drohungen. Schlechtes Gewissen und die Sorge ein Gebot übertreten zu haben, führen zu einer diffusen Angst, die nicht zuletzt durch das Wahrsagen verstärkt wird. Angst gehört allgemein zum Alltag der meisten *Aiyzɔ* und *Fɔn*. Aber nicht nur die Angst vor Schadenszaubern ängstigt die Menschen, sondern alles Unerklärliche: Der Blitzschlag, der Menschen und Gebäude treffen kann, das Heulen der Eule oder bestimmte Trauminhalte, wie Katzen, brennende Bäume oder Angstträume, die die Präsenz von Hexen signalisieren. Kinder werden diszipliniert, indem man ihnen Angst vor *Gun* einjagt, der kommen kann und sie bei

Ungehorsam erschießt. Nicht zuletzt haben die Menschen ein schlechtes Gewissen, ob sie nicht schon wieder eine Regel verletzt haben.

Es wirkt jedoch nicht nur die Interpretation als affirmierend und die Religion stabilisierend. Denn die Anwendung toxischer Substanzen kann nicht ausgeschlossen werden. Die Kenntnisse der Heil- und Giftpflanzen sind eindrucksvoll belegt und halten wissenschaftlichen Überprüfungen stand (Brand 1972; Verger 1967; Houngnon 1990; Cox/ Balik 1994).

Man muß als Forscherin skeptisch sein bei Geschichten, die man nur vom Hörensagen kennt. Aber auch die Dorfbewohner kennen nur den Tratsch und Klatsch, der hier Macht stabilisiert.

Ebenso wie die Vergiftung wird auch die Verrückheit (*taɖù*) gefürchtet. *Baba Belogun*, ein überregional bekannter Heiler aus Ouagbo (zehn Kilometer nördlich von Ayou), unterscheidet vier Ursachen für die Verrückheit: die durch Medikamente hervorgerufene, die durch Schadenszauber provozierte, eine durch tiefe Trauer, wie nach Kindertod, hervorgerufene und eine, die die *vodún* schicken. *Avanɔ* in Ayou fügte erklärend zum letzten Beispiel hinzu: Wenn eine designierte *vodúnsì* sich der Initiation entziehen möchte, kann sie erkranken, sterben oder verrückt werden. Ungehorsam wird u.a. mit Verrücktheit bestraft, die man an folgenden Symptomen erkennt: ständige Unruhe, Schreien, unangepaßtes Verhalten, wie das Schlagen anderer, Nervosität oder Nacktheit in der Öffentlichkeit sowie Traurigkeit und Schwermut. Zur Heilung ist es besonders wichtig, die Ursache der Verrückheit zu kennen. In jedem Fall ist das *Fá*-Orakel zu konsultieren, das die Ursache herausfinden und vor allem den Weg zur Heilung weisen kann. Kennt man die Ursache, läßt sich in den meisten Fällen eine Zeremonie und Behandlung festlegen. Ist die Ursache in der verweigerten Initiation zu finden, muß die betreffende Person initiiert werden, um Heilungschancen zu haben. Es werden immer wieder Beispiele von Verrückten zitiert, die eine Initiation verweigerten. Das populärste Beispiel war eine intellektuelle Frau, mit einem Franzosen verheiratet, die zeitweise in Allada lebte. Sie soll jahrelang verrückt gewesen sein, bis sie die Notwendigkeit einer Initiation einsah und eine Kurzinitiation durchlief, die zu ihrer Heilung führte. Inwiefern diese Geschichte stimmt, konnte nicht überprüft werden, wichtig ist die Wirkung, die solche Geschichten haben können.

5. Macht als Stabilitätsfaktor

Angst vor Vergiftungen und Verrücktheit, Drohungen, Parteilichkeit, Ungewißheit, Schuldgefühle, Interpretationsmonopol und Gottesbeweis, neben dem »Glauben«, wirken sich auf die innere Kohäsion der *vodún*-Kulte stabilisierend aus. Denn sie geben dem Priester, als Vertreter dieser Institution, Mittel an die Hand, Macht im Sinne der Normen auszuüben, sowie sie für eigene Ziele zu instrumentalisieren. Eine Vielzahl sich überlappender virtueller und reeller Sanktionen, eine Gruppe teils anerkannter teils umstrittener Normen machen in ihrer Verschränkung die Basis dieser Macht aus.

Die Kontinuität und anhaltende Stärke der *vodún*-Kulte können wir also durch drei Faktoren erklären. Einer ist das sehr weitgehend ausdeutbare Interpretationssystem (die »Theologie«), welches alles Unheil und alle Erfolge als Ausdruck der Macht der Götter darstellt. In den vorigen Kapiteln wurde als weiterer Faktor eine gewisse Flexibilität und Anpassungsfähigkeit der *vodún*-Kulte hervorgehoben. Gleichzeitig müssen wir als dritten Faktor die Rigidität in anderen Bereichen sehen. Denn der Machtapparat und seine Selbststabilisierung standen bei aller Flexibilität nie zur Verhandlungsdisposition.

Die Instrumente die zur Selbststabilisierung führen, destabilisieren heute aber auch diese Religion. In Ayou-Hannyan sind 30% seiner Bewohner zu verschiedenen christlichen Gemeinschaften konvertiert.[13] Hier soll nur eine der Konversionsursachen betont werden, nämlich die interne Kritik an den *vodún*-Kulten, die auf mangelnde Legitimität verweist und als push-Faktor fungiert.[14] Kritik an den *vodún* war schon früher vorhanden, liest man die Bemerkungen der Reiseliteratur nicht als ethnozentrische Kritik, sondern als Wiedergabe der Sicht der einheimischen Informanten. Zu einem Abwenden von den *vodún*-Kulten konnte es jedoch erst sehr viel später kommen. Denn

---

13 Erhebung 1991, n = 32 Haushalte. 1978 lag bei der Altersgruppe der unter dreißigjährigen der Anteil der Christen bei 56% (Mitteilung von Georg Elwert). Der nationale Durchschnitt aller Konversionen liegt geschätzt bei 30%.

14 Im westafrikanischen Kontext konzentrieren sich verschiedene Theorien auf pull-Faktoren die Konversionen begünstigen: sozialer Wandel und soziale Entwurzelung (Westermann 1930; Peel 1968a), Verführungstheorien und Entwertung traditioneller Religionen durch moderne Schulbildung (Idowu 1962; Verger 1965), die Toleranz der christlichen Kirchen gegenüber der gleichzeitigen Beibehaltung von traditionellen Religionen (Clarke 1986), die vermutete strukturelle Ähnlichkeit einzelner Sekten mit den endogenen Religionen (Sulikowski 1993a) sowie die vorgebliche strukturelle Beliebigkeit des Götterspektrums (Peel 1968b).

Machtbeziehungen beruhen auf Gegenseitigkeit, d.h. ihre Stabilität hängt vom Grad der Abhängigkeit und von den verfügbaren Alternativen ab. Die Möglichkeit der Flucht vor den *vodún*-Kulten oder die Konversion sind erst mit der Herausbildung der modernen Städte, mit der modernen Migration und einem breiten religiösen Angebot möglich geworden sowie dem Nachlassen sozialer Kontrolle auf Verwandtschafts- und Dorfebene. Die Abwendung von den *vodún*-Kulten speist sich aus der gleichen Wahrnehmung der Machtmittel, die ihre Stabilität bewirken.

So sehen sich die Menschen einer Ambivalenz gegenüber, denn die Götter, die sie behüten und schützen, verursachen auch Angst, Ungerechtigkeit und erzeugen Fluchtwünsche. Die Grenzen zwischen legitimer Macht und Machtmißbrauch sind eng und diffus. Fehlende Kontrolle ermöglicht die Reproduktion eines Herrschaftswissen, das aber heute zunehmend der Legitimität entbehrt, wenn es denn überhaupt jemals vollständig legitimiert war.

8. Kapitel

Zusammenfassung

Aus der Perspektive des sozialen Handelns, das die Akteure und die institutionelle Verfaßtheit der *vodún*-Kulte ins Zentrum der Analyse rückt, erweisen sich die *vodún*-Kulte nicht nur als eine Religion, die soziale Kohäsion herstellt, sondern auch als eine hierarchische Institution, die Zwänge, Rollendifferenzierungen und Eliten hervorbringt, die zur Entstehung sozialer Konflikte beitragen. Die Mittel, mit denen die Institution *vodún* ihre Ziele, die der eigenen Reproduktion und die der Zwiesprache zwischen Göttern und Menschen durchsetzt, werden heute nicht mehr ohne Widerspruch akzeptiert. Die *vodún*-Kulte stehen in einem Spannungsverhältnis: Als politische Institution der sozialen Kontrolle sind sie auf lokaler Ebene einer der Machtpole. Als diese sind sie Ziel staatlicher Maßnahmen und werden je nach politischer Opportunität bekämpft oder umworben. Ihre dörfliche »Hausmacht« liegt in der Verwaltung des göttlichen Willens und in ihrer Verschränkung mit der zivilen Gesellschaft als eine der Instanzen der sozialen Kontrolle, der virtuelle und reelle Zwangsmittel und Sanktionen zur Verfügung stehen. Die lange Initiation und ihre Kosten, der Zwang, die Ängste und das Sprechverbot – stehen heute im Zentrum der Kritik »von unten«. Ihre Analyse verweist auf Schwachstellen der Legitimität.

Religiöse wie politische Funktionen der *vodún*-Kulte sind heute in der Bevölkerung umstritten. Auch wenn die Wirkzusammenhänge und Erklärungskraft der *vodún* in der Bevölkerung noch Plausibilität besitzen, ist die Mehrzahl der Dorfbewohner mit den Mitteln, die eingesetzt werden, um die Institution zu reproduzieren, nicht einverstanden. Die lange Initiation steht individuellen Lebensplänen im Wege. Positionen innerhalb des Kultes führen nicht mehr zu uneingeschränktem Prestige, sondern eher zur Stigmatisierung, denn sie durchkreuzen Lebenschancen, wie den Schulbesuch, der eine wichtige Voraussetzung des gesellschaftlichen Aufstiegs ist.

Der Funktion der Herstellung und Wahrung sozialer Kohäsion werden die Kulte nur teilweise gerecht. Denn dem Bedürfnis nach Welterklärung und Reinigung von Schuld steht die Verschärfung sozioökonomischer Gegensätze als Folge religiöser »Gebühren«, interessegeleiteter Rechtssprechung durch die Priester und die Einschränkung der persönlichen Freiheit gegenüber.

Die Überlebensfähigkeit der *vodún*-Kulte stützt sich nicht nur auf Konsens, sondern auch auf Zwang als wesentlichen Bestandteil der Reproduktion und Stabilisation dieser Religion. Die religiösen und politischen Funktionen werden auf lokaler Ebene durch Machtbeziehungen verklammert, deren Instrumente – die Trance, die Vergiftungen und das Geheimnis – heute aber zunehmend der Legitimität entbehren.

Das breite Spektrum der Einstellungen südbéninischer Bauern zu den *vodún*-Kulten kann erst sichtbar werden, wenn die problematische Vorstellung der Homogenität aufgegeben wird. Erst durch diese Perspektive kann diese Religion als eine wahrgenommen werden, die sowohl Zulauf hat, als auch Widerspruch und Kritik generiert. Visionen einer sozialintegrativen und zugleich zwangsfreien Religion kann sie nicht erfüllen. Die unter Bauern schon lange vorhandene Kritik an den *vodún*-Kulten konnte erst mit der Öffnung des Dorfes und der Gesamtgesellschaft sowie mit dem Angebot von Alternativen auf dem »Religionsmarkt« Wünsche nach Individualität und Selbstbestimmung in vielfältige neue Strategien umsetzen.

Anhang

1. »Man spricht nicht über *vodún*.« Die Feldforschung

»Sie sind sehr neugierig, Madame.«[1]

Neugierde, Fragen und Lernbereitschaft wurden als Teil meiner Rolle als Forschende erwartet und eingefordert. Alle nickten verständnisvoll, als ich mich 1973, zusammen mit meinem Mann , in Ayou vorstellte. Eine »Thèse« zu schreiben, schien den Einwohnern von Ayou, meinem hauptsächlichen Forschungsort, das Selbstverständlichste von der Welt zu sein. Obwohl selbst überwiegend Analphabeten, schien ihnen mein Interesse an ihrem Leben, ihren Einstellungen und das Schreiben darüber erstaunlich unproblematisch. Dieser Eindruck verschob sich, als mein Forschungsinteresse deutlicher wurde, aber insgesamt schien ich eine ausreichende Legitimation zu haben, um im Dorf zu leben und zu forschen; diese wurde nie grundsätzlich in Frage gestellt.

Das heißt aber nicht, daß meine Person im luftleeren Raum schwebte. Die Rolle, die dem Forscher zugeschrieben wird, ist ein Eckstein bei der Generierung von Daten.[2] Da die Forschung über einen Zeitraum von 20 Jahren stattfand, nahmen die Bewohner Ayou-Hannyans, dem Dorfviertel in dem ich wohnte, auch Anteil an meinen biographischen Höhepunkten, die sie vordergründig stärker interessierten als meine Forscherrolle. Mein Status wurde 1973 vorwiegend von zwei Faktoren bestimmt: meinem Frausein und meiner Kinderlosigkeit. Ganz anders als bei meiner Forschung in Malaysia (Elwert-

1 Kritische und zugleich wohlwollende Bemerkung des *Akplogan*, als ich mich bei dem Fest für *Ajahutɔ* (dem mythischen Ahnen der Allada-Dynastie), mit dem Fotoapparat dazwischendrängelte.

2 Zu dieser Diskussion vgl. Devereux 1973, Elwert-Kretschmer 1985, Jeggle 1984 und Lentz 1988 und die jeweils dort angegebene Literatur.

Kretschmer 1985:8ff) ist die außerhäusliche Arbeit der Frau Teil ihrer Frauenrolle und kein Gegenstand der moralischen Verachtung oder Mißtrauens und rief also in meinem Fall keine Fragen, Verwunderung oder Mitleidsbekundungen gegenüber meinem Ehemann hervor. Anders stand es da um meine Kinderlosigkeit. Immer wieder wurde ich gefragt, ob ich denn keine Kinder wolle, denn direkt zu fragen, ob ich denn keine Kinder bekommen könne, wäre unhöflich gewesen. Besonders mein Mann wurde Mittelpunkt des Mitleides. Unser »Problem« trug zur Belebung und Belustigung der Dorfkommunikation bei, indem meinem Mann die Vorteile der Polygynie unterbreitet wurden. Mehr als wettgemacht wurde mein Makel allerdings durch meine Hautfarbe. Höflichkeit, Zuvorkommenheit, fehlende Kritik bei gravierenden Fehlern bestimmten das Verhalten der lokalen Bevölkerung mir gegenüber. Ich erfüllte, um diesen »Makel« auszugleichen, die Anforderungen, die an Weiße gestellt wurden. Ich gab die Haushaltsführung an die Frau meines Hauswirtes ab. Sie kochte und wusch für mich, sie hielt mein Haus in Ordnung, und ich bezahlte sie dafür. Diese eindeutige Rollenzuweisung – Forscherin, Weiße, Frau – erleichterte meine Forschungsarbeit und gestattete mir, heilige Kühe der Ethnografie zu mißachten, nämlich die Forderung einer weitgehenden »teilnehmenden, beobachtenden« Integration in den Alltag, die mir in der Anfangsphase der Forschung, obwohl als hervorragendes Kontaktmittel gepriesen, als unehrliche Anbiederung erschien. So nahm ich eher als Beobachterin am Dorfleben teil und vermied in den ersten Monaten die Teilnahme an Frauenarbeiten. Später sollte allerdings die Teilnahme an frauentypischen Tätigkeiten ein wichtiges Erkenntnisinstrument werden.

Die Vorteile meiner Rolle waren auch gleichzeitig ihre Nachteile: Ich war immer »im Dienst«. Eine der Befürchtungen des kritischen Feldforschers ist es, daß er sogar die Alltagsgespräche nicht ohne den Hintergedanken der Datensammlung führt, bei diesen Gesprächen also unehrlich ist (Jeggle 1984:96). Ganz im Gegenteil dazu erwartete man von mir lange keine Privatgespräche. Erst nach Jahren kam ich teilweise aus meiner Rolle als Forscherin heraus. »Schreib das auf«, wurde mir oft in meine Rolle hineingeholfen, wenn ich ohne Notizbuch auftauchte, wobei meine Gesprächspartner mir auch deutlich machten, wofür ich mich zu interessieren hatte, nämlich für alles. So kam noch ein weiteres Rollendiktat hinzu, nämlich die Rolle der Schülerin, eine Rolle die die Verhältnisse auf die Füße stellte, denn ich war unwissend. Diese Rolle nahm ich gerne ein. Bei meinem sechsmonatigen

Feldforschungsaufenthalt, 1973, war ich für die Dorfbewohner eine Fremde, gegen die man nichts hatte, eine Studentin ohne Beziehungen – also entfielen Reziprozitätsforderungen. Es wurden keine Fragen nach meinem Privatleben in Deutschland gestellt, denn alles was in ihren Augen wichtig war, war deutlich sichtbar. Ich war verheiratet, kinderlos und offensichtlich einflußlos. Insgesamt wurde ich im Dorf freundlich geduldet und alle Beteiligten waren in einer Warteposition, abwartend, wie sich die Beziehungen entwickeln würden.

Die Wahrnehmung meiner Person änderte sich gravierend mit meiner nächsten Feldforschung 1977. Ich war nicht mehr eine gänzlich Fremde, sondern ich war eine Wiederkehrende. Auch in anderer Hinsicht näherte ich mich der dörflichen weiblichen Idealvorstellung an, ich war mit meinem zweijährigen Sohn zurückgekommen. Der Anteil, den das Dorf an meinen biologischen Reproduktionsfähigkeiten nahm, ebenso wie die Integration meines Sohnes in die dörflichen Kleinkinderbanden schufen bei mir die Illusion von »Normalität« und lockerten die Arbeitsatmosphäre wesentlich auf. Durch meine Wiederkehr, die Bekanntschaften, an die wieder angeknüpft werden konnte und durch mein Kind hatte ich eine »Dorfbiographie« bekommen, die mich für die Leute griffiger machte und meine neugierigen Fragen teilweise alltäglich werden ließ. Denn wenn ich auch jetzt eine Dorfbiographie hatte, gab es ein wichtiges Hindernis für eine unbeschwerte Kommunikation: meine Sprachlosigkeit. Wie vielen Westafrikaforschern vor mir, gelang es mir nicht, die lokale Sprache, die Tonsprache *Ayizɔ-gbè* soweit zu beherrschen, daß ich Interviews ohne Übersetzer durchführen oder mich gar am Dorfklatsch beteiligen konnte. Somit waren mir alle Wege zur informellen Kommunikation versperrt (außer mit den wenigen Französisch sprechenden Leuten im Dorf). Daß ich mit meiner Familie im Dorf lebte, schnitt mich zusätzlich von dem heilsamen Zwang ab, an der dörflichen Kommunikation teilzunehmen und so die Sprache zu lernen.

In Tori-Gare und Azohé-Aliho, weiteren Forschungsorten, wohnte ich nicht, sondern machte nur Besuche. Ein Mitarbeiter vor Ort ermöglichte mir die Interviews. Die Orte und seine Bewohner blieben konturlos; ich hatte hier außer zu diesem Mitarbeiter und seiner Familie keine persönlichen Bindungen. Vielmehr bestimmte sich die Wahl des Ortes durch die Bekanntschaft mit meinem Mitarbeiter. Daß er in einem wichtigen Marktort lebte und arbeitete, erwies sich als Glücksfall, da mit dem viertägigen Marktturnus verschiedene Leute aus den umliegenden Dörfern nach Tori-Gare kamen und von mir interviewt werden konnten.

Methodenzwänge – Zwangsmethoden

Die Wahl des *Ayizɔ*-Dorfes Ayou folgte dem Gesetz der Trägheit und nicht gezielter Planung. Mein Mann hatte bei vorhergehenden Studienaufenthalten dieses Dorf für seine Forschungen zur Ökonomie und sozialen Organisation ausgewählt, und ich schloß mich ihm an. Wie sich später herausstellte, war diese parallele Forschung für uns beide von Vorteil. Mit einem holistischen Anspruch angetreten, ersparte uns die Forschung des anderen viel Arbeit, da sich unsere Daten ergänzten.

Die Hinzunahme eines zweiten Forschungsortes sollte nicht einer vergleichenden Analyse dienen, sondern sollte meine »Dorfperspektive« erweitern. Tatsächlich bestätigte die Religionspraxis der beiden Orte die Variabilität der Kultpraxis, ohne sich auf einer linearen Skala – traditionell, modern – verorten zu lassen, zumal häufig nicht eindeutig ist, was lokale Ausprägung ist oder Konsequenz von »Modernität«.

Die Forschungspraxis entsprach insgesamt nicht meinen Idealvorstellungen. Ohne ausreichende Kenntnis der lokalen Sprache, war ich nicht nur auf einen Übersetzer angewiesen, sondern mußte auch mein Forschungsinstrumentarium diesem Faktum unterordnen. So wurde das Interview meine wichtigste Erhebungsmethode. Diese Konzentration auf das Interview wurde jedoch noch von einem anderen Faktor erzwungen. Schon in der Sondierungsphase zeigten sich nicht nur kontroverse Ansichten zu der Thematik, es wurde auch deutlich, daß Gespräche über Religion und ihre Institutionen nicht Teil der Alltagskommunikation waren, und somit die Gespräche immer vorher verabredet werden mußten und dann auch als Interview, in Frage-Antwort-Form, abliefen. Durch die Trennung von Alltag und Ritual konnte eine wichtige heuristische Methode, die scheinbar gesichertes Wissen hinterfragt oder bestätigt, die neue Fragestellungen ermöglicht – die Beobachtung – nur beschränkt praktiziert werden. Es lag am Thema und seiner mangelnden »Öffentlichkeit«, daß die Beobachtung weitgehend entfiel, denn zur Initiation, die für Nicht-Initiierte absolut geheim ist, hatte ich keinen Zugang. Lediglich das Zuschauen bei den sporadisch stattfindenden öffentlichen Zeremonien war möglich. Auf die teilnehmende Beobachtung, mein enges Religionsthema betreffend, verzichtete ich. D.h. ich betrieb keine Teilnahme an einer Initiation, was andere Forscher erstaunte, dient doch die Initiation des Feldforschers als Authentizitätsbeleg *par excelence*.[3] Ich hatte viele Gründe auf Distanz zu bleiben: Ich wollte nicht durch meine subjektive Sicht die Authentizität meines Materials unterstreichen dazu schienen mir die Methoden der empirischen Sozialforschung, ausreichend zu sein. Außerdem erschien es mir als unnötige und unehrliche Grenzüberschreitung, als Ungläubige und Fremde an Ritualen teilzunehmen, die mich dem Verständnis vielleicht auch nicht näher gebracht hätten, mir aber Verpflichtungen auferlegt hätten, die ich nicht bereit war einzugehen.

Da man nicht von einer homogenen Sicht und Einstellung zur Religion ausgehen kann, obwohl in der ethnologischen Literatur gerade dieser Eindruck vermittelt wird, wurden Vertreter der verschiedenen Statusgruppen interviewt, also Priester, Initiierte und Gläubige, die nicht initiiert waren, Kritiker, Agnostiker, Eltern von Initiierten, Konvertiten, Bauern und Intellektuelle. Die Daten wurden nicht aggregiert, sondern entlang der einzelnen Statusgruppen, und was sich als wichtiges Kriterium erwies, nach Geschlecht, ausgewertet.

Zu Fragen der Ökonomie der Religion, zum Initiationsalter, *vodún*-Zugehörigkeit, Initiationsdauer, Konfessionszugehörigkeit und Haushaltsgröße wurden 1991 von meinem Mitarbeiter in Ayou-Hannyan statistische Erhebungen durchgeführt, die 6% der Gesamtbevölkerung Ayous umfaßte, aber nicht im strengen Sinn repräsentativ sind. Im Sample wurde ein ganzes Dorfviertel erfaßt.

Die Forschung beschränkte sich nicht auf die *vodún*-Kulte. Ziel war es, das gesamte religiöse Spektrum zu erfassen, um über impressionistische Eindrücke hinausgehend, die Persistenz der *vodún*-Kulte oder die Abkehr von ihnen hinterfragen zu können.

Zahlreiche Interviews wurden von meinen Mitarbeitern durchgeführt. Die Motive der Mitarbeiter, die diese Methode selbst vorgeschlagen hatten, waren gemischt. Z.T. war bei ihnen das Detailinteresse an diesem Thema geweckt worden, so daß sie Interviews auch für sich durchführten und mein Interesse dem ihren zum Vorwand diente. Zum anderen sollten mit dieser Methode Personen interviewt werden, die in meiner Anwesenheit vielleicht nicht gesprochen hätten. Der Informationsgehalt ging allerdings auch kaum über die

---

3 Zur Thematik des Ethno-Ego-Zentrismus und der Subjektivität als fiktivem Authentizitätsbeleg siehe Olivier de Sardan 1992.

von mir gemachten Interviews hinaus. Das Schweigen und die Angst tauchte, von seltenen Fällen abgesehen, immer bei den gleichen Themen auf, und war somit eine wichtige Bestätigung bei der Analyse des Geheimnisses.

Meine zwangsweise Konzentration auf das Interview als wichtigstes Kommunikationsmittel blieb den ganzen Forschungsaufenthalt über ein Störfaktor, obwohl manche Interviewte, z.B. die Priester, diese konstruierte Situation genossen. Es zeigte sich bald, daß niemand so richtig über die Institutionen und Praktiken innerhalb des *vodún* reden wollte. Ich konzentrierte mich in der ersten Zeit auf Interviews mit Priestern, wissend, daß sie eine offizielle, von Kritik und Problemen bereinigte Version liefern würden.

Eindringlich war das Schweigeversprechen, das mir jeder Interviewte abverlangte; es sollte niemand die Quelle meiner Informationen kennen. (Allerdings war allen im Dorf bekannt, mit wem ich jeweils gesprochen hatte, es mußte also etwas anderes dahinterstecken). So machte ich gleich anfangs Bekanntschaft mit einem zentralen Merkmal der *vodún*-Religion: dem Geheimnis. Durch Gespräche mit Bekannten wußte ich von der Existenz des Geheimnisses, nicht aus der Literatur. Ich vermied es in den Interviews, Fragen nach »Geheimem« zu stellen. Denn das eigentliche Geheimnis, wie bestimmte magische Handlungen und Gebräue, Gebete, Gesänge, Rituale und Heilkräuter durchgeführt oder hergestellt wurden, interessierte mich nicht. Ich war an der institutionellen Praxis, den menschlichen Interaktionen, Machtbeziehungen und ökonomischen Transaktionen interessiert. Die Grenzen des Geheimnisses, so lernte ich später, waren von Konvention und Angst, nicht aber institutionell-semantisch determiniert und variierten somit mit jedem Interviewpartner.

Bei der Auswahl der Informanten wurde vorerst die offizielle Dorfhierarchie respektiert und mit dem ortshöchsten Priester und den Alten gesprochen. Der Priester war früher schon mehrfach interviewt worden und genoß diese Situation, die seinen hohen gesellschaftlichen Status unterstrich. Er war eine schillernde Person. Qua Amt nahm er für sich in Anspruch *die* Tradition im Dorf zu vertreten: Als Priester des *akɔ-vodún* war er der mächtigste Priester der Dorfes und galt als einer der reichsten Männer am Ort. Vor seiner Installation als Priester hatte er in verschiedenen Plantagen in der Umgebung gearbeitet und sprach gebrochen französisch. Auch wenn er vorgab, bestimmte Antworten nicht zu wissen, waren die regelmäßigen Gespräche mit ihm meine Rückversicherung, denn so war er informiert über das, was ich die anderen fragte, und mußte sich nicht hintergangen fühlen.

Durch die unterschiedliche Mitteilsamkeit meiner Interviewpartner wurden mir früh die flexiblen Grenzen des Geheimnisses bewußt, schärften meine Wahrnehmung und machten das Geheimnis erst zu einem soziologischen Topos.

Die Auswahl der Interviewpartner überließ ich zuerst meinen Mitarbeitern. Es entstand eine bunte Mischung die alle sozialen Gruppen der dörflichen Gesellschaft repräsentierte. Dieses *»anthropological sampling«* war jedoch nicht unproblematisch. Die Mitarbeiter suchten Informanten nämlich in ihrem eigenen Referenzrahmen. Sie zogen Verwandte, Freunde und Personen, die ihnen verpflichtet waren heran; sie bevorzugten »Leute, die etwas wissen« und solche, die für ihre Courage bekannt waren und kein Blatt vor den Mund nehmen würden. Auch wenn dieses Verfahren einer Zufallsstichprobe nahe kommt, fehlte ein wichtiges Merkmal: die freiwillige Teilnahme. Gerade die Personen, die qua Verpflichtung oder »Gefälligkeit« zum Interview kamen, vermittelten häufig den Eindruck von zwangsweise Vorgeführten, und es entstanden beklemmende Interviewsituationen. Doch auch später, als ich die Interviewpartner durch häufiges Befragen und/oder als Nachbarn kannte, schuf die Form der Methode in vielen Fällen Zwangssituationen. Die Verabredung lag in gefährlicher Nähe zur *»convocation«*, einer Einbestellung zur staatlichen Verwaltung, von der man grundsätzlich nichts Gutes erwartete. Die künstliche, außeralltägliche Kommunikationsform verwandelte sonst selbstbewußte Frauen und Männer, mit denen ich im Alltag scherzte, in unglückliche Häufchen, die nicht nur die artifizielle Situation einschüchterte, sondern die auch noch vom Thema nicht begeistert waren. Mit meiner zunehmenden Feldforschungserfahrung ließen sich solche Situationen im großen und ganzen vermeiden. Viele, besonders generell ängstliche Menschen, Strenggläubige und Initiierte, hätten wohl lieber abgesagt. Aber im Laufe der Jahre war, von mir nicht intendiert, ein Netz gegenseitiger Verpflichtungen auch zu mir entstanden. Meine Hilfe bei Krankheitsfällen, Tablettengaben, Fahrten ins Krankenhaus oder die Mitnahme eines Maissackes in die Stadt, Geldgaben bei Geburten und Todesfällen usw. ließen mich Teil des dörflichen Obligationssystems werden, ob ich wollte oder nicht. Das war jedoch nicht die einzige Motivation am Interview teilzunehmen, denn es gab verschiedene Informantentypen. Es gab den neugierigen Informanten, schließlich ist eine Feldforscherin eine Sensation im Dorf, und es gab den Informanten, der gerne das »Tabakgeld« (*azɔkwe*) nahm, das auch unabhängig von mir zum Bildungsgespräch gehört. Es gab die Informanten, die mich belehrten, mir also ihre Religion vorstellten, »damit du verstehst«, weil diese überlebenswichtig für die bäuerliche Gesellschaft ist, und es gab die kritischen Informanten, die mich vor dem Terrorregime der religiösen Institutionen warnten. Und es gab die Informanten, die bei meinen Fragen schwiegen.

Nach einigen Wochen der Arbeit war mir deutlich geworden, daß die Forschung über Handlungsaspekte der Institutionen *vodún* nicht einfach werden würde. Ziemlich schnell stieß ich auf Barrieren. Man hätte mir bereitwillig, wie schon anderen Forschern vor mir, Gebete, Tänze und Ritualabläufe gezeigt; daß ich mich dafür aber wenig interessierte, sondern Fragen nach Ökonomie, Konflikten und Sanktionsmechanismen stellte, machte mich für manche zur lästigen Person.

Viele Interviews kamen deshalb nur zustande, weil meine Mitarbeiter für meine Verschwiegenheit bürgten. Vielen war klar, daß diese Beteuerung nur rituellen Charakter haben konnte, denn wer konnte schon für eine Fremde[4] bürgen? Die Situation wurde aber erleichtert, weil ich keine Geheimnisse erfragte, und das Schweigen respektierte. Interessant war, daß es ein ziemlich gleich verteiltes Allgemeinwissen gab. Jeder kannte jeden Konflikt im Dorf. Der Unterschied lag darin, wer zu mir darüber sprach und wer nicht, denn eine öffentliche Erörterung von Ungerechtigkeiten und Konflikten ist dieser Gesellschaft unbekannt. Personen, die in ihrer Kindheit viel Zurücksetzung und Ungerechtigkeit am eigenen Leib erfahren hatten, fühlten sich dieser engen Dorfgesellschaft nicht verpflichtet, hatten eine Vision von einer anderen Gesellschaft und »offenbarten« mir Konflikte, die ebenfalls als »Geheimnis« mit Redeverbot belegt wurden.

Die Kommunikation über eine dritte Person, den Übersetzer, machte die Interviewsituation zusätzlich sperriger. Erst in späteren Jahren ergab sich manchmal ein Erzählfluß. Ansonsten wurden meine Fragen lakonisch knapp beantwortet, was einerseits durch das kulturelle Erzählmuster bedingt, aber wohl vor allem durch die Interviewform vorgegeben war. Ein von manchen Ethnographen eingesetztes technisches Hilfsmittel, das Tonband, verbesserte die Interviewsituation auch nicht. Auch wenn manche Interviewpartner im Einsatz des Tonbandes eine Statuserhöhung sahen, verzichtete ich bald auf solche Authentizität suggerierenden Techniken. Viel lieber protokollierte ich die Gespräche in den Übersetzungspausen. Meine Protokolle wurden ein

4 Überlegungen zum Forscher als Fremden vgl. Elwert-Kretschmer 1985:8ff.

Symbol für die Ernsthaftigkeit meines Interesses. Vielen älteren Interviewpartnern war diese Befragungssituation nicht unangenehm. Denn hier stimmte das Rollenverhältnis wieder. Ich war die Schülerin, und die Alten waren die Lehrer. Doch, wenn auch hier viele Fragen durch religiöse Konvention, Wissensgrenzen oder Nichtwollen unbeantwortet blieben, standen sie die Interviews mit Souveränität durch und hinterließen bei mir ein gutes Gefühl.

Auch wenn die Forschungssituation für mich häufig peinliche und peinigende Situationen schuf, lernte ich durch das kommunikative und metakommunikative Verhalten meiner Interviewpartner die allgemeinen gesellschaftlichen Zwänge und Strukturen kennen: Die offensichtliche Unmöglichkeit, sich einem Interview zu entziehen, die Erwartung der Reziprozität, die Strategien der Konfliktvermeidung und die Stabilisierung des Sozialgefüges durch Verpflichtungen.

Übersetzer – Mitarbeiter – Freund – Außenseiter?

Im Laufe der Jahre hatte ich vier Mitarbeiter, deren Rolle und Bedeutung für mich mit der Bezeichnung Mitarbeiter und Übersetzer unzulänglich beschrieben ist. Sie waren teilweise meine besten Informanten, Interpreten ihrer Kultur und Prellbock für Kritik, die an mich gerichtet war. Sie waren mein Sprachrohr und meine Kontrollinstanz, sie schrieben mir Verhaltensweisen vor und kritisierten und lobten mich. Sie waren mein Korrektiv, und im Laufe der Jahre wurden sie Freunde.

Ich werde ihre Namen nicht erwähnen, um sie vor dem Verdacht, der häufig auch unbegründet ausgesprochen wird, den *vodún* verraten zu haben, zu schützen. Sie waren immer nur nebenberuflich meine Mitarbeiter und gingen ansonsten ihren Berufen (des Lehrers, des Katechisten, des Hilfskatechisten und späteren Lagerverwalters) oder Studien (als Schüler, späterem Studenten und heute promoviertem Volkswirt) und natürlich auch der Bestellung der Familienfelder nach. Ihrem Interesse und ihrer Motivation zur Mitarbeit verdanke ich einen Großteil meines kritischen, aber auch verständnisvollen Blicks auf die Religion. Alle Mitarbeiter waren Söhne von Priestern oder wichtigen Funktionsträgern im *vodún* und waren in spezifischer Weise in ihre Dorfgesellschaft integriert. Keiner war ein Außenseiter, wie man vielleicht aufgrund ihrer Berufe vermuten könnte oder aufgrund der Tatsache, daß sie sich mir zur Mitarbeit anboten. Das Label des Außenseiters wird häufig vorschnell vergeben (Jeggle 1984; Lindner 1984; Cicourel 1964;

Elwert 1994), denn auch Außenseiter sind in einer spezifischen Weise integriert. Das läßt sich an meinem vierten Mitarbeiter gut zeigen. Prädestiniert, als Außenseiter bezeichnet zu werden, erfüllte er alle dafür notwendigen Merkmale. Er drängte sich, kaum daß ich im Dorf angekommen war, als Übersetzer auf, gab vor alle Geheimnisse zu kennen und zu enthüllen, kenne alle mächtigen Personen des Dorfes und war in seiner beruflichen Laufbahn in ein Vakuum geraten: als Sohn eines mächtigen Priesters hatte er die Nachfolge ausgeschlagen, war zum Katholizismus konvertiert und hatte mehrere Jahre als Hilfskatechist gearbeitet. Da seine beruflichen Aufstiegshoffnungen in der Kirche unerfüllt blieben, gab er diese Stelle auf und fand später Arbeit als Verwalter in verschiedenen Projekten und Pflanzungen. Wie ich später erfuhr, galt er im Dorfviertel und unter seinen Verwandten als Klatschmaul, als Frauenheld und geldgierig. Diese Merkmale wurden jedoch lediglich als Charakterfehler interpretiert. Er war deshalb kein stigmatisierter Außenseiter, war nicht aus dem dörflichen Beziehungsnetz entlassen oder randständig. Alle vier wurden als *akɔwé* bezeichnet, eine generelle Etikettierung, mit der Schreibkundige, Intellektuelle und Beamte belegt werden. Auch wenn diese Bezeichnung einen pejorativen Unterton erhalten kann, ist damit nichts über die Integration dieses Personenkreises gesagt. Denn der soziale Status bemißt sich nicht nur nach der Normentreue oder physischen Präsenz, sondern auch nach dem potentiellen Nutzen, den man aus jemandes Position ziehen kann. So bestimmte sich die Position des letztgenannten Mitarbeiters zwar einerseits durch seine Indiskretion, andererseits war er aber auch als Sohn eines vormals mächtigen Priesters geachtet, ebenso war er mit zwei respektierten Frauen verheiratet und als *akɔwé* eine potentielle Schlüsselperson in klientelistischen Netzwerken.[5]

Die Person des Informanten zu diskutieren, macht nur Sinn, wenn man die Person zur Qualität der Daten, die man durch sie sammelt, in Bezug setzt. Die Informationen, die ich durch meine Informanten erhielt – hier sind nicht nur die engen Mitarbeiter gemeint, sondern alle Interviewten – erfuhren eine zweifache Brechung: einmal die Selektion der Antworten, die der Informant im Stande oder gewillt war zu beantworten. Zum anderen betrachtete ich jede Antwort mit Skepsis, bis ich durch mehrere Interviews die Bestätigung ihrer Richtigkeit erhalten hatte. Informationen die durch andere Informanten nicht mehrfach bestätigt wurden, wobei direkte, um Bestätigung heischende

5 Zur allgemeinen sozialen Verortung des Informanten vgl. Lindner 1984.

Nachfragen ausgeschlossen waren, blieben erst einmal offen und dienten als heuristischer Anstoß, die Thematik zu erweitern, sich auf Widersprüchlichkeiten zu konzentrieren. Die Antworten, besonders des »eifrigen« Mitarbeiters, schienen mir anfangs übertrieben kritisch zu sein und hatten für mich, die ich noch unerfahren und nicht frei von Romantizismen war, einen Unterton des Sensationsheischenden. Da es aber nicht die Aufgabe des Informanten ist, eine differenzierte Sicht seiner Gesellschaft zu zeichnen, sondern lediglich seine eigene, stellte ich seine Sicht der Dinge neben andere, um später die Bestätigung zu erfahren, daß seine kritische Sicht des *vodún* eine breite Strömung repräsentierte und nicht eine marginale. Seinem »Eifer« habe ich es zu verdanken, daß ich gleich anfangs auf die Konflikte zwischen Gläubigen und religiösen Institutionen gestoßen wurde.

Vom Status meiner Mitarbeiter profitierte ich enorm. Sie kannten viele Leute und waren für viele meiner Interviewpartner vertraute Personen. Außerdem kannten sie das Sujet aus eigener Anschauung, waren sie doch in Priesterfamilien aufgewachsen und hatten mehr oder weniger selbstverständlich Zugang zu Informationen, die Außenstehenden verschlossen bleiben. Bis auf den Schüler waren meine Mitarbeiter für eine kritische Haltung bekannt. Auch diese Tatsache, und wie im Dorf damit umgegangen wurde, öffnete mir die Augen für die verschiedenen Spannungsfelder, in denen Religion verortet ist. Aus beruflichen Gründen lebten meine Mitarbeiter später fast alle nicht mehr in ihren Ursprungsdörfern, was ihrer Position nicht schadete. Ihrer Integrität, ihrem Engagement, ihrer Geduld und ihrer Kritik verdanke ich mein spezifisches Verständnis der *vodún*-Religion.

Schweigsame Informanten

Die Erforschung einer Religion, die überall sichtbar ist und die Aufmerksamkeit einfängt, erschien mir anfangs eine Leichtigkeit. Bald jedoch wurde ich mit einer Tatsache konfrontiert, die der Alptraum eines jeden Forschers ist: schweigsame Informanten. Schnell stellte sich die Frage, wie kann man forschen, wenn keiner reden will?

Das Schweigen wurde für mich zur wichtigsten »Informationsquelle«.[6] Die Angst, die viele meiner Interviewpartner vor dem Thema zeigten, wurde

6 Schweigen wird von Luhmann/Fuchs (1992) als eine Paradoxie der Kommunikation betrachtet, die auftritt, um Kommunikationskatastrophen zu vermeiden.

für mich zum wichtigsten Anstoß zu fragen, was für eine Religion dieser *vodún* sei.

Es genügt jedoch nicht, das Schweigen lediglich zu akzeptieren, man muß auch die Hintergründe des Schweigens herausfinden.[7] Diese Analyse ist notwendig, nicht um einen neuen Hebel zu den Informationen zu finden, sondern um herauszufinden, welche Fragen, Verhaltensweisen oder nichtverbale Kommunikation dieses Schweigen auslöste, um von dort aus Rückschlüsse auf das Thema zu ziehen. Besonders Priester und *vodúnsì* schwiegen zu Themen, über die Nicht-Initiierte munter plauderten. Über Vorgänge bei der Initiation, über Sanktionen oder die Trance, über Verweigerungsstrategien, über den Alltag im Kloster und Konflikte; schlicht über alles, was mit dem *vodún* zusammenhing. Außer der offiziellen Version, den Initiationskosten, in welchen *vodún* man initiiert ist und der Anzahl der Adepten pro Jahrgang erzählte die Gruppe der *vodúnnɔ* und *vodúnsì* wenig Handlungsrelevantes. Die meisten *vodúnsì* zeigten und thematisierten offen ihre Angst über diese Themen zu reden, da sie Teil des Geheimnisses seien.[8]

Warum wurde trotz des diffusen Drucks über den *vodún* zu schweigen, dennoch geredet? Der ökonomische Wandel mit Zunahme von Lohnarbeit und Bildung und das wachsende breite Religionsangebot, ließen meine professionelle Neugierde normaler erscheinen, als dies vor einigen Jahrzehnten der Fall gewesen sein mag. Hinzu kam die politische Situation Bénins mit der Revolte der Jugendorganisationen und dem Militärputsch der jungen Offiziere 1972, die viele Tabus auflöste. Das 1975 ausgesprochenen Religionsverbot verstärkte kritische und skeptische Einstellungen oder ließ sie erstmals zu. Viele äußerten sich allerdings auch mir gegenüber kritisch über Religion, weil ich eine Außenstehende war, der keine Verpflichtungen und Loyalitäten innerhalb dieses Systems abgefordert werden konnten.

Die Priester beschieden mich schlicht mit »*hunxó*« (»das ist ein Geheimnis«), oder »*ma tùn nùú ɔ àá*« (»diese Sache weiß ich nicht«), wenn sie diplomatischer waren. Einige beobachteten dabei allerdings listig meine Reaktion und schmunzelten über meinen Protest, wohl wissend, daß ich ihnen zwar nicht glaubte, aber ihr Schweigen akzeptierte. Schweigende Informanten waren für mich nicht nur ein Zeichen für unverständliche

7 Auch mit anderen Methoden, z.B. der ethnopsychoanalytischen hätte ich nicht mehr oder anderes erfahren, da es sich hier nicht um verdrängte oder unbewußte Inhalte handelt, sondern um stark sanktionierte Verbote.

8 Generelle Überlegungen zum Schweigen in der Feldforschung vgl. Jeggle, 1984:93ff.

Fragen, sondern ermöglichten mir, aus der Relation der Informationen die Grenzen und die Funktion des Geheimnisses zu verstehen, das für jeden einzelnen einen anderen Grad von Verbindlichkeit hatte. Nicht-Initiierte plauderten unbefangener über die Regeln und Zwänge der Initiation, Männer, mit wenigen Ausnahmen auch Frauen, redeten angstfrei (oder vermittelten diesen Eindruck). Jeder offenbarte nicht nur ein Stück nackte Information, sondern auch, manchmal ungewollt, seine Einstellung zur Religion und ihren Institutionen. So steckten sich die Grenzen des Geheimnisses, bzw. wo es kein Geheimnis gab, ab.

Grund zu Schweigen war die Angst vor Sanktionen. Dabei konzentrierte sich die Angst nicht auf meine Person, man befürchtete nicht, daß speziell ich etwas weitertrug. Die Angst entstand aus dem Brechen des Schweigegelübdes selbst. Auch wenn ich versuchte, Angst durch unbedachtes Fragen nicht zu provozieren, war mir der Ernst und die Angst vor Sanktionen bei Zuwiderhandlungen durch manches Gespräch eindrücklich klar geworden, deutlicher als durch theoretische Erkenntnis.

»My field is my castle«. Konflikte unter Feldforschern

Werden Angst und Schweigen von Informanten selten thematisiert, so scheinen Rivalität und Konflikte unter Feldforschern ein sozialwissenschaftliches Tabuthema zu sein. Eigene Parteilichkeit macht es schwierig über Konkurrenz unter Kollegen zu schreiben. Auch wenn es sich hier um eine stark subjektiv geprägte Darstellung handeln wird, soll dennoch kurz darauf eingegangen werden, da der Konflikt mit einem haitianischen Theologen und Religionsethnologen meine Forschungssituation anfangs wesentlich beeinflußte und auch ein Licht darauf wirft, welche Strategien die »Beforschten« gegenüber den Forschern anwenden, um eigene Interessen durchzusetzen.

Mich brachten Naivität, mangelnde Forschungs- und Lebenserfahrung in eine Konkurrenzsituation zu diesem Ethnologen. Ursprünglich über meinen Mann miteinander befreundet, teilten wir uns ein Wohnhaus in Allada. Er war es, der mich darin bestärkte, über den *vodún* zu forschen. Er bot mir seine Kommunikationsnetze an und war anfangs ein interessierter Diskussionspartner. Schnell war klar, daß unsere Forschungsinteressen divergierten. Er war schon sieben Jahre im Feld und forschte zur Philosophie und Theologie, und erstellte minutiöse Dokumentationen aller Rituale, während ich an Interaktions- und Machtstrukturen und Ökonomie interessiert war. Die Kooperation dauerte vier Wochen, bis ich merkte, daß er mir falsche Informationen zukommen ließ und meine eigenen Feldkontakte bremste. Ich zog mich zurück und machte mich unabhängig. Nach mehreren Wochen teilte mir mein Mitarbeiter unter dem Siegel der Verschwiegenheit mit, daß dieser »Freund« ihn, den Übersetzer, veranlaßt hatte, ihm meine Interviewpartner zu nennen, dann diese, vorwiegend Priester, mit meinem Übersetzer aufsuchte und ihnen erzählte, ich sei eine Spionin, von meinem Mann vorgeschickt, um die Geheimnisse des *vodún* auszuforschen, um sie dann anschließend für viel Geld in Europa zu verkaufen. Er griff damit eine Urangst der Leute auf, funktionalisierte sie und brachte mich, was mir erst von Einheimischen gesagt werden mußte, in Lebensgefahr. Er hatte jedoch verschiedene Faktoren falsch eingeschätzt, u.a. die Offensichtlichkeit meines Desinteresses an Ritualen, und daß er als Weißer kategorisiert wurde, wiewohl er seine schwarz-haitianische Identität betonte. Der Angriff gegen mich verpuffte und kehrte sich gegen ihn. Der König von Allada berief alle mit mir arbeitenden Priester ein. Er klärte, was ich habe wissen wollen. Darauf wurde allen Priestern ausdrücklich erlaubt, mit mir zu arbeiten. Dies teilte man mir erst Wochen später mit.

Unter anderem war es auch der für mich günstige Ausgang des Konfliktes, der es mir ermöglichte, wenn auch erst viel später, den Konflikt nicht mehr nur als störende Variable zu sehen (Devereux 1976:17ff), sondern Fragen an das Konfliktlösungspotential der untersuchten Gesellschaft zu stellen. Die Fragen waren: warum schwieg mein Mitarbeiter solange, wie wurde der Konflikt gelöst, welche Strategien verfolgten die Priester für sich selbst? Das lange Schweigen und Vertuschen eines an sich schon öffentlichen Konfliktes entspricht dem Umgang mit Konflikten generell. Die *Aiyzɔ* sind eine sanktionsarme Gesellschaft, die eher auf eine rituelle Bewältigung von Konflikten rekurrieren, als sie offen auszutragen und damit Feindschaften zu schaffen (Elwert 1984). Die »convocation« der Priester vor den König diente vordergründig auch nicht der Konfliktlösung, sondern der Wahrung der Rechte und Gesetze des *vodún*: Wollte die *yovó* (Weiße), nun Geheimnisse wissen oder nicht? Erst später sollte sich herausstellen, daß die Beteiligten nicht nur meine Forschungsinteressen verteidigten. Es ging ihnen, nachdem ich als harmlos erkannt war, nicht mehr um meine Person. Man ergriff die Gelegenheit, um dem Theologen-Ethnologen, ohne sich selbst allzusehr zu exponieren, seine Grenzen aufzuzeigen. Er hatte seinen Einfluß, seine Rolle und Akzeptanz wohl überschätzt und nicht bedacht, daß seine Doppelrolle als katholischer Theologe und zugleich Erforscher der *vodún*-Rituale ambivalent aufgenommen worden waren. Er wurde künftig in einigen Dörfern boykottiert und öffentlich lächerlich gemacht.

Die Feldforschungssituation änderte sich für mich mit dem Höhepunkt des Konfliktes sichtbar. Ich wurde nun ständig ermuntert, Interviews zu machen. Man beklagte sich, daß ich nicht mehr komme, denn ich hatte alle Forschungsarbeit eingestellt. Zwei Priester boten sich an, eine Zeremonie für mich durchzuführen, die mich vor der Rachsucht des Kollegen schützen sollte. An einem entlegenen Ort wurde ein Tieropfer gebracht, sowie Gebete und Formeln gesprochen. Erst später ahnte ich, daß die Zeremonie möglicherweise auch die Angst der Priester bewältigen sollte, die befürchteten, der Kollege könne durch *bòó* (Schadenszauber) ihre, nicht nur meine Gesundheit bedrohen. Diese Zeremonie schien mir damals, eine nicht notwendige Grenzüberschreitung zu sein, die ich aber durchführen ließ, um das Entgegenkommen der Priester nicht zu verletzen. Zum Glück, muß ich sagen, denn das Ritual ist eine der wenigen Möglichkeiten, Konflikte und Ängste zu bewältigen. Die Interviewsituation selbst veränderte sich kaum, die Grenzen des Unsagbaren waren genauso gesteckt wie früher. Aber meine »Dorfbiographie« begann zu wachsen.

Noch weitere methodologisch interessante Probleme lassen sich an diesem Konflikt aufzeigen. Ist es klug, Loyalitätsforderungen an die Erforschten zu richten? Ich würde diese Frage generell verneinen. Als Feldforscher Parteilichkeit zu fordern, übersieht die eigene Position als Fremder. Umgekehrt kann es aber durchaus möglich sein, sich als Forscher selbst parteiisch zu verhalten, z.B. bei kontrovers diskutierten Ereignissen keinen relativistischen Standpunkt einzunehmen. Z.B. forderte die »Hexenverfolgung« von 1975/76 meine Empörung heraus. Diese Parteilichkeit, in kulturell verständlichen Rastern ausgedrückt, sollte nicht mit forschungspraktischen Hintergedanken verknüpft sein, sondern dient dazu, die Integrität der eigenen Person zu wahren. Kein Mensch erwartet, daß man alles versteht. Eigene Positionen zu vertreten, dient vielmehr der eigenen Glaubwürdigkeit.

Dies führt konsequenterweise zu der Frage nach der Integration und dem Status des Feldforschers, den er in der zu erforschenden Gesellschaft einnimmt. Solche Konflikte zeigen auch der erforschten Gesellschaft, daß sie den Feldforscher nicht ausgrenzen kann, obwohl er nicht dazugehört, vielleicht nicht einmal dazugehören soll. Dieser Konflikt zeigt auch deutlich, daß das Umfeld des Feldforschers sich mit seiner Gegenwart transformiert, daß er auch als Fremder, Teil der dörflichen Beziehungsgeflechte ist.

Information als Ware?

Ein ebenfalls weithin verschwiegenes *Sujet* stellt die Rolle des Geldes des Feldforschers dar.

Die wohl herausstechendste Rollenzuweisung in einem west-afrikanischen Dorf ist die Rolle des Reichen, mit der man sich nicht immer identifizieren kann. Wie man diese Rolle ausfüllt, hat weitreichende Folgen, die bis zum Boykott des Forschers führen können. Der Feldforscher gilt *per definitionem* als reich. Die weite Reise, die technische Ausrüstung, Essensgewohnheiten, Kleidung, Medikamente und Ausstattung der Wohnung mit Tisch und Stuhl sind deutliche Hinweise auf die Finanzkraft des Feldforschers. Schon die Forschung selbst gilt manchen als bloße Freizeitbeschäftigung und Müßiggang.

So richten sich die Erwartungen der Menschen, schon bevor der Feldforscher als Individuum wahrgenommen wird, auf seinen Geldbeutel. Nähert man sich seinem Forschungsziel von einem städtischen Domizil aus, kommt man nicht umhin, einen Nachtwächter und eine Köchin anzustellen. Auch wenn man noch niemanden kennt, werden nach einigen Tagen Köche und Nachtwächter vorstellig, und man wird von Nachbarn und Bekannten in den erwarteten Lebensstil eingeweiht. Nachdrücklich wirken Berichte über Einbrüche, anscheinend von den wohlorganisierten Nachtwächtern durchgeführt. Dies hilft begriffsstutzigen Weißen auf die Sprünge.[9] Hat man erst einen Nachtwächter angestellt, ist man vor Einbrüchen sicher, und so schlafen die Nachtwächter konsequenterweise auch nachts.[10]

Lebt man im Dorf, ist zwar kein Nachtwächter und keine Köchin notwendig, es wird jedoch erwartet, daß Kochen, Wäschewaschen und Haushaltsführung an dritte Personen abgegeben werden und zwar an die Frau oder Frauen des Hausvermieters. Anders als ich es in Malaysia kennenlernte, wo alle unverheirateten Kinder im Haus der Eltern leben, bewohnen in Ayou alle Erwachsenen ein eigenes Haus oder wenigstens ein eigenes Zimmer

9 Diese Strategien sind nicht auf Feldforscher oder Weiße begrenzt, sondern gelten ausnahmslos für alle Bewohner bestimmter exklusiver Wohnviertel.

10 Dieser Schlaf der Gerechten schützt allerdings nicht immer vor Überfällen – auch auf die Nachtwächter.

innerhalb des patrilinearen Gehöftes, und jede verheiratete Frau hat eine eigene Herdstelle. Auch ich bewohnte mit meinem Mann und später mit unseren Kindern ein eigenes Haus und wurde gegen Bezahlung von der Frau des Hauswirtes mitbekocht. Ich gab die Haushaltsführung gerne ab, sind doch Kochen am offenen Feuer, Holzsammeln und Einkäufe auf entlegenen Märkten in den Tropen schweißtreibende Tätigkeiten. Weitaus befremdlicher war die Erwartung einer »Bezahlung« für jedes Interview oder interviewähnliche Gespräch. War die Bezahlung einer kleinen Summe bei bäuerlichen Interviewpartnern ausreichend, so verlangte die Konvention, daß zu Interviews und Interviewverabredungen mit Priestern ein halber Liter oder ein ganzer Liter *Soɖabì* (Palmweinschnaps) zusätzlich zum großzügigeren »Tabakgeld«, mitgebracht wurde. Dabei wurde man von anderen Feldforschern gewarnt, die Preise ja nicht zu verderben.

Ist die Information eine Ware, die man sich entsprechend ihrem Wert vergüten läßt, oder spielen andere Überlegungen eine Rolle? Im Laufe der Jahre zeigte es sich, daß es unterschiedliche Preisniveaus gibt, die auch unterschiedliche Beziehungen ausdrücken, die Information einmal zu Ware und ein andermal Geld zur Gabe, zum Symbol für Reziprozität werden lassen. Die Höhe des Betrages wird, und das ist oft nicht offensichtlich, von den Interviewten *ad personam* und nicht, wie man illusorisch annimmt, vom Feldforscher festgelegt. Einige Feldforscher klagten darüber, daß die Bezahlung die Form einer Strafe annahm, wenn für Filmaufnahmen von öffentlichen Zeremonien hohe Summen gefordert wurden. Daß diese Summen auch bezahlt wurden, schlug sich dann aber umgekehrt nicht in besonderer Wertschätzung nieder; eher wurde über so jemanden gelacht, wie eine Marktfrau lacht, wenn sie jemanden übervorteilt hat. Andere wiederum durften die gleichen Zeremonien ohne Bezahlung fotografieren (nicht ohne sich hinterher mit einer kleinen Geldsumme und *Soɖabì* zu bedanken). Man erhält den Eindruck, daß die Höhe der Bezahlung über Sympathie geregelt wird. Weigerte sich jemand im Dorf für Interviews zu »zahlen«, wie eine mir bekannte Studentin, wurde man durch Boykott zur Zahlung gezwungen.

Handelt es sich hier tatsächlich um einen Äquivalententausch oder liegen diesen Zahlungen andere Beziehungen zugrunde?

In den meisten Fällen war die »Bezahlung« der Interviews keine Bezahlung, sondern Teil einer gegenseitig anerkannten Reziprozitätsbeziehung. Die kleinen Summen (100 - 200 FCFA) stellten immer und bei jedem ein willkommenes Zusatzeinkommen dar. Es wäre jedoch unschicklich gewesen

Interviewangebote zu machen, um das Einkommen zu erhöhen: Ich fand von Seiten der Interviewten keine Strategien des »unentbehrlichen« Informanten. Das »Tabakgeld«, zu Anfang gegeben, etablierte die soziale Beziehung, die auch in anderen Beziehungen tragen sollte. Man erwartete von mir Hilfe bei Krankheitsfällen und Beiträge zu den Kosten von Zeremonien und war bereit, auch Gleiches für mich zu leisten.

Dennoch sind nicht immer Wissen und Information Teil einer Reziprozitätsbeziehung. So traf ich 1972 einen der noch lebenden »Schlüsselinformanten« Herskovits' in Abomey, der für ein Gespräch 10 000 FCFA (100.- DM) verlangte, was ungefähr einem halben durchschnittlichen Jahreseinkommen eines Bauern entsprach. Auch Filmer und Fotografen werden zur Kasse gebeten. Die Filmer mußten einen Preis zahlen, von dem die Priester annahmen, daß er dem Wert der Filme entsprach, nicht dem, was sie als Wert der Zeremonien ansahen. D.h., es wird keine Reziprozitätsbeziehung eingegangen, sondern eine Warenbeziehung.

Die Reziprozitätsbeziehungen wurden im Laufe der Jahre immer einseitiger in Richtung generalisierte Reziprozität. Ich wurde nun in gewisser Weise auch in Reziprozitätsbeziehungen eingebunden, in denen mir die Rolle der Reichen zugeschoben wurde, die mehr gibt, als sie zurückbekommt. Mein Mann und ich sind im Laufe der Jahre durch unsere eigenen beruflichen Karrieren in diese Rollen hineingewachsen, wobei viele auf uns gerichtete Hoffnungen enttäuscht wurden. Es ist ein Leichtes, bei Beerdigungen, Geburten, Hausbau, Gebissen und Operationen *agbàn* zu geben. Es war uns allerdings unmöglich, Stellen für Mechaniker oder Hebammen zu beschaffen, da unser Einfluß nicht so weit reichte, wie man es sich im Dorf manchmal vorstellte.

2. *Kɔku,* oder wie ein *vodún* seinen »Besitzer« ernährt. Der »Kauf« eines *vodún.*[1]

Todan ist ein Bauer, von dem man sagen kann, es gehe ihm finanziell gut. Als einziger Sohn seines Vaters erbte er Land an vier verschiedenen Orten. Seit seiner Jugend arbeitete er »sehr hart«. Er hat vier Frauen geheiratet, die ihm ausschließlich Jungen gebaren. Diese haben seit ihrer frühesten Kindheit auf seinen Feldern mitgearbeitet. Als diese dann erwachsen geworden waren, reichte das Land nicht mehr. »Ich konnte nicht mehr verschiedene Nahrungsmittel auf verschiedenen Feldern anbauen. Ich konnte die Felder, die ihre Kraft verloren hatten, nicht mehr längere Jahre brach liegen lassen, damit sie wieder fruchtbar werden. Da ich aber viele Freunde in verschiedenen Dörfern habe, hat mich einer von ihnen mit einem *Hɔli* bekannt gemacht. Dieser zeigte mir Land im *Ko* (einer Landschaft).«

Er bekennt, daß er ein bißchen »mehr Mittel« habe (reicher ist) als andere Dorfbewohner. »Aber weißt du, das ist eine Sache der Vorsehung. Wenn es in deinem Schicksal geschrieben steht, daß du Geld haben wirst, dann bekommst du es. Ich habe viel getan, um Geld zu finden. Ich habe schwer gearbeitet und mich von morgens bis abends um mein Feld gekümmert. Nachts ging ich auf die Jagd. Ich stellte *Soɖabì* her. Ich habe viele verschiedene Kulturen auf meinen Feldern angelegt. Sogar Baumwolle. Aber das funktionierte nicht. Wenn alle Leute noch schlafen, bin ich schon auf dem Weg zu meinen Feldern. Da ist es doch normal, daß unsere Götter mir das anerkennen. Ich habe drei Jahre im *Ko* gearbeitet. 1986 fingen die Schwierigkeiten an, denn wir sollten die Felder verlassen. Ich dachte nach, was man da tun könnte, als die Umstände mich dazu brachten, *Kɔku* zu kaufen.«

Die Umstände schildert er mit folgenden Worten: »Béa, eine Frau des Dorfes, ist krank geworden. Jeder versuchte etwas, was er kannte, zu ihrer Heilung zu bringen (Todan hat eine große Kenntnis der Heilpflanzen), aber ohne Erfolg. Seit zwei Tagen war sie in ein tiefes Koma gefallen. Die Krankheitszeichen wurden von allen als Werk von Hexen erkannt. Plötzlich hörten wir in der Ferne Gesang und Trommeln. Die Kinder informierten uns,

---

1 Diese Aufzeichnung verdanke ich Lazare Séhouéto (1990). Die von mir gemachte Übersetzung aus dem Französischen bleibt in der Diktion des Interviews, das auf *Fon-gbè* erfolgte, und wird nicht der Lesbarkeit halber geglättet. Dieses gilt auch für Anhang 3 und 4.

daß eine Gruppe von Leuten zwei *vodúnnɔ* begleitete, deren Körper ganz mit Blut bedeckt sei. Ich und einige andere näherten uns dieser Gruppe. So etwas hatte man noch nie gesehen. Als wir näher kamen, begann einer der *vodúnnɔ* zu sprechen. Wir haben diese Sprache nicht verstanden. Es war *Aja*. Einer aus der Gruppe übersetzte es ins *Fɔn-gbè*. Er erzählte uns, daß er in einem anderen Dorf eingeladen war, und daß er unterwegs gemerkt hätte, daß es in diesem Dorf eine unschuldige Frau gibt, die von Hexen getötet werden solle. Sie seien nur gekommen, um diese Frau zu retten, wenn ihre Eltern es erlauben würden, um dann gleich weiterzuziehen (die Gruppe blieb sieben Tage im Dorf). Als die Eltern für ihre Entscheidung zu lange überlegten, lud ich die Gruppe ein, den Dorfplatz zu verlassen, und sich in meinem Haus zu installieren. Im Folgenden wurde Béa gerettet, die Hexe wurde denunziert. Es war eine meiner Frauen, eine Tante mütterlicherseits von Béa. Ich habe mich von ihr getrennt. Ich diskutierte mit dem *vodúnnɔ*, dem Besitzer von *Kɔku*, und er war damit einverstanden *Kɔku* bei mir zu installieren, um meine Kinder, Brüder und Freunde zu schützen. So bin ich einige Monate später *vodúnnɔ* , Besitzer von *Kɔku*, geworden«.

In der Zwischenzeit reiste er mehrere Male in die Region von *Aja* und besuchte verschiedene Priester von *Kɔku*. Er lernte in weniger als drei Monaten *Aja-gbè*, denn »*Kɔku* versteht nur diese Sprache«. Er bezahlte 40 000 FCFA an denjenigen, der gekommen war, ihm die Macht von *Kɔku* zu überbringen. Außerdem kaufte er noch eine große Menge von Produkten, die für verschiedene Mixturen benötigt wurden. Alle diese Ausgaben waren, seinen Worten nach, sehr hoch. »Ich bin mit 30 000 FCFA auf den Markt gegangen. Aber um für meine Rückkehr das Taxi bezahlen zu können, mußte ich mir bei meiner Frau *Xogbonutɔ* 300 FCFA leihen. Ich habe drei *dame-jeannes* (Bauchflaschen zu 20 Litern) mit *Soɖabì* hergestellt. Ich habe alle die aus *Aja* gekommen waren, ernährt (30 Personen), ebenso wie die Dorfbewohner, die mir nahe stehen. Vier Tage lang waren sie meine freigehaltenen Gäste. Glücklicherweise haben Freunde und Verwandte, denen ich Gutes getan hatte, mir geholfen. Jeder hat mit Geld, Nahrungsmitteln und Arbeit beigetragen. Deshalb habe ich übrigens, bei den späteren Zeremonien, den Namen *Miwasɔ*, »für morgen«, eine Abkürzung von *miwa ɖagbe ɖo sɔwu* (macht Gutes für morgen), angenommen. Mit diesem neuen Namen wollte ich allen sagen, daß ich schon viel Gutes gemacht habe und daß ich jetzt davon profitiere und daß ich nicht aufhören werde, Gutes zu tun. Ich empfehle jedem, Gutes zu tun. Auch wenn sie dann selbst nichts davon haben, ihre Nachkommenschaft wird davon profitieren. ›Die Schlange ißt keine Hirse, aber sie hat was davon durch das Fleisch der Ratte‹«.

Er wurde durch den Interviewer gefragt, woher er das Geld für diese Ausgaben hatte. Seine Antwort: »Für mich ist nur der Name wichtig. Man muß in seinem Leben einen Namen haben. Also wenn du nichts machst, hast du keinen Namen. Wenn jemand einen Namen hat, dann spricht alle Welt von ihm. In meinem Fall: nichts wird mehr in diesem Dorf gemacht, ohne daß man mich vorher konsultiert. Die Leute kommen auch von weit her. In jedem Dorf, das ich in der Region betrete, werde ich erkannt. Ich bin in die Arena der *mɛgɔmɛ,* der wahren Menschen, der wichtigen Persönlichkeiten eingetreten.«

»Wie sieht das Gute aus das *Kɔku* dir zukommen läßt«, wird Todan gefragt? »Viel Gutes. Viel. Er hilft mir, diejenigen, die um mich herum sind, zu retten. Ich organisiere regelmäßig Veranstaltungen, um das Dorf zu reinigen, um die Krankheiten zu heilen, um das Dorf vor Epidemien zu schützen und vor Hexen. Ich bekomme viele dringende Bitten aus anderen Dörfern.«

Der Interviewer nimmt einen Tag lang an einer solchen Veranstaltung teil und notiert: Während dieser Veranstaltung fällt eine der *vodúnsì* von *Kɔku* (es gibt in diesem Dorf nur zwei) in Trance. Todan geht von Haus zu Haus und diagnostiziert vorhandene oder kommende Schmerzen und verordnet eine »Behandlung«. An diesem Tag verschrieb er siebzehn »Behandlungen«. Dazu waren zu bringen: Hühner, Schafe, *Soɖabì*, Maismehl, Geld und verschiedene Pflanzen. Jede behandelte Person war verpflichtet, diese Forderungen zu erfüllen. Häufig »fleht der Priester *Kɔku* an«, die Verpflichtungen herabzusetzen. In langen Verhandlungen werden dem Kranken dann die Bürden etwas erleichtert. Sechs Personen haben von diesem »Gefallen« profitiert. Sie zahlen zusammen 14 700 FCFA, jeder also durchschnittlich 2450 FCFA. Diese Veranstaltungen dauern drei bis sieben Tage und finden drei- bis neunmal jährlich statt. 1987, im ersten Jahr *Kɔkus* im Dorf, waren es neun.

Viele schwangere Frauen stellen sich unter den Schutz von *Kɔku*. Die meisten Kinder im Alter von null bis acht Jahren sind *Kɔkuvi* (Kinder von *Kɔku*). So stehen sie unter dem »Schutz von *Kɔku*, der über ihre Gesundheit wacht«. Bei jeder der Veranstaltungen geben ihre Eltern freiwillige Gaben. »Wenn sie krank sind, behandelt sie der Priester mit größerem Wohlwollen (also billiger) als diejenigen, die nicht *Kɔkuvi* sind.«

Am gleichen Tag kam auch ein Bittsteller aus einem fünf Kilometer entfernten Dorf. Er hatte ein *agbàn* (Gabe) von 1000 FCFA mitgebracht. Er beschrieb die Krankheit, für die er eine Behandlung wünschte. Er sollte den Kranken in der Nacht aus seinem Dorf zu Todan bringen. Der Priester gibt ihm folgenden Ratschlag mit auf den Weg: »Fürchtet nichts. *Kɔku* wacht schon jetzt über ihn (den Kranken), bis ihr heute Nacht hier ankommt. Wenn du zu dir zurückkommst, ist er schon in der Lage, auf deinen Fahrradgepäckträger zu klettern.« Nach dem Weggang des Bittstellers gibt der Priester folgenden Kommentar: »Siehst du (er hebt das Geld in die Höhe)! So ist *Kɔku*. Er zahlt auf der einen Seite, was du auf der anderen verlierst. Ich rette die Leute meines Dorfes. Das Schicksal lenkt die Bedürftigen hierher. Wer aus dem Dorf kann mir ein solches *agbàn* zahlen? Niemand. Wir sind hier alle arm. Also helfe ich allen. Aber ich habe zu essen und kann mir und meinen Freunden ein Glas *Soɖabì* kaufen, denn *Kɔku* wacht darüber.«

3. Eine Reinigungszeremonie, Ayou (1978)

Wenn eine *vodúnsì* ein Gebot übertreten hat, muß sie eine Reinigungszeremonie »erleiden«. Sie muß zur Zeremonie Guineapfeffer, Kolanüsse, eine Flasche *Soɖabì* und die symbolische Summe von 5 FCFA mitbringen.

Die zur Zeremonie benötigte Reinigungsflüssigkeit setzt sich aus vier verschiedenen Kräutern und Blättern sowie Kolanüssen und Guineapfeffer zusammen, die zerrieben und zerkaut werden.

Die Zeremonie findet im Busch, nicht weit entfernt vom Schrein ihres *vodún (vodún zunmɛ)*, statt. Der *vodúnnɔ* fragt die *vodúnsì* nach ihrem begangenen Fehler. Er empfiehlt ihr, diesen Fehler nie wieder zu begehen, da es das einzige Mal sei, daß *vodún* ihr den Fehler vergibt. Ihr ganzer Körper wird mit der Flüssigkeit gewaschen.

Anschließend wird der Busch verlassen, um am Schrein des *vodún* die Opfer (*xoɖe*) zu bringen. Die *vodúnsì* muß hierfür Bohnenpüree, eine Flasche Palmöl, eine Flasche *Soɖabì*, *Akassa* (fermentierten Maispudding) und 25 FCFA mitbringen.

Während der Opferung wird mittels Kolanüssen das Orakel befragt: Man will wissen, ob *vodún* durch diese Zeremonie beschwichtigt wurde oder nicht. Wenn das Orakel negativ ausfällt, fragt man, ob die auferlegte Strafe ungenügend war. Wenn ja, wird die Strafe um 5 - 25 FCFA erhöht.

Anschließend bittet man *vodún*, daß die *vodúnsì* viele Kinder bekommt und daß ihr kein Unglück zustößt.

4. Die für die Initiation in den *vodún Sakpata* durchgeführten Zeremonien (Ayou 1977)

1. *hun xò dó xɔ:*: Einführung der Kandidatin zur Initiation in den *hunkpámɛ.*
2. *hunfifɔn* : sechs oder fünfzehn Tage nach Eintritt in das Kloster erfolgt die Erweckungszeremonie der *vodúnsì*, die als tot gilt.
3. *agbonu wiwa:* drei Monate vor der Schlußzeremonie treffen sich die *vodúnsì* vor dem Kloster zum Essen. Dies wird gemacht, damit die Eltern ihre Kinder treffen können. So können sie sich über den Zustand ihrer Kinder informieren, wie *vodún* ihre Kinder unterhalten hat.
4. *azan drɔdrɔ:* die Nachtwache ist das Präludium zur Schlußzeremonie. Am Tag davor müssen die Eltern die für die Schlußzeremonien notwendigen Gaben bringen.
5. *hunsuɖiɖe:* die Schlußzeremonie ist die wichtigste Zeremonie. In einer Reinigungszeremonie wird zuerst jeder »Schmutz« von ihnen genommen. Am Abend gehen die *vodúnsì* aus dem Kloster hinaus, und opfern eine Ziege (*gbɔ huhu).* Das ist der Tag an dem *vodún* »auf ihren Kopf kommt« (Trance). So können sie anfangen zu tanzen. Danach gehen sie wieder ins Kloster zurück. An den folgenden acht Tagen tanzen sie jeden Morgen und jeden Abend. Am neunten Tag hört das Trommeln auf und man feiert
6. das Fest des Endes des Tanzes (*hun gbɛ ɖuɖu).*
7. Anschließend »wird der Krieg aufgesetzt (gekocht) (*ahwan gba vodúnsì lɛ*)«. Hier handelt es sich um ein ritualisiertes Wutablassen, um die *vodúnsì* »für die Leiden im *hunkpámɛ* zu entschädigen«. Frühmorgens ertönt ein Gewehrschuß. Die *vodúnsì* geraten in Wut und Zorn und bewaffnen sich mit Stöcken, Speeren und Steinen. Jeder im Dorf versteckt sich. »Wenn sie Dich treffen, werden sie Dir etwas antun«. Sie richten ihre Waffen vor allem gegen den Priester: »Es ist mein *baba* (Vater) der mich leiden ließ.« Dieser Zorn dauert den ganzen Tag und Abend. Dann ertönt wieder ein Schuß, und sie beruhigen sich und sind still.
8. Am nächsten Morgen wäscht man sie und »setzt ihnen die Kalebasse auf den Kopf« (*ka ɖo taa*). Die *vodúnsì* stellen sich hintereinander auf und beginnen, aus dem Kloster zu gehen. Sie gehen auf den Markt. Sie sprechen nur die Sprache des *hunkpámɛ.* Der Ausgang dauert bis zum Abend. Sie erkennen aber nicht einmal ihre Eltern, sondern müssen neu eingewiesen werden. Sie können aber, wenn sie Hunger haben, zu Hause essen. Am Abend müssen sie in den *hunkpámɛ* zurück. An dem Tag, an dem sie die

Kalebasse bekommen, gehen sie an die Quelle. Es ist das erste Mal, daß sie dies tun (als Neugeborene). Als Neugeborene kennen sie den Weg nicht. Die *hunsixóxó* begleiten und führen sie. An der Quelle waschen sie sich. Von nun an können sie alleine gehen.
9. Wenn der Moment kommt, an dem man sie den Eltern zurückgibt, erfolgt die Zeremonie *gbè yi zɔn kɔ nu* (die Wegnahme der Sprache des *hunkpámɛ*). Danach sind sie wieder autorisiert, die Sprache ihrer Gemeinschaft zu sprechen. Man legt dann ein Datum fest, um sie zu verabschieden.
10. Sie bekommen die Kleidung, die sie beim Austritt tragen werden, denn man muß sie als *vodúnsì* erkennen. Sie tragen diese Wickelröcke drei Monate lang. Anschließend wird auch diese Kleidung weggenommen. Die Eltern kommen und holen ihre Kinder und fangen an zu weinen.
11. Dreimal jedoch kommen sie wieder in den *hunkpámɛ* zurück, bevor sie sich definitiv bei den Eltern niederlassen. Beim ersten Mal bleiben sie neun Tage zu Hause, beim zweiten Mal bleiben sie fünf Tage, beim dritten Mal vier Tage. Dazwischen bleiben sie jeweils fünf Tage im *hunkpámɛ*. Anschließend werden sie endgültig entlassen. Wenn sich die *vodúnsì* später treffen, begrüßen sie sich wie entlassene Soldaten: »Ah, sieh mal an, wie geht es Dir? Gibt es Dich? Man hat sich lange nicht gesehen!«
12. Wenn eine *vodúnsì* verheiratet ist, oder wenn sie heiraten möchte, »zerschlägt man dem *vodún* die Tür« (*hun gbigbà*), denn sie ist die »Frau« des jeweiligen *vodún*. Wenn der *vodún* nicht um Erlaubnis gebeten wird, kann sie keine Kinder bekommen. Für diese Zeremonie braucht man folgende Opfer: Eine Ziege, Kolanuß und Guineapfeffer, vier Flaschen *Soɖabì* und roten sowie schwarzen Baumwollstoff. (Wenn die Frau vor der Zeremonie schwanger wird, beschmutzt sie sich. Dann muß sie drei Ziegen zur Reinigungszeremonie bringen.)

5. Opfergaben die zur Initiation in den *vodún Heviosò* notwendig sind (Tori Bosito 1977)

Zeremonie *hunfifɔn* :

1 Ziege
9 l *Soɖabì*
15 Hühner
6 Flaschen Bier
15 kleine Maß Bohnen (15 kg)
5 große Maß Mais (25 kg)
4 x o,7 l Palmöl
1 Tontopf
2 Kalebassen
500 FCFA

Zeremonie *dajijo*:

1 Ziege
4 kleine Maß Bohnen (4 kg)
7 Hühner
500 FCFA
4 Flaschen Palmöl

Zeremonie *hunsuɖiɖe*:

1 Ziege
10 - 15 Flaschen Gin
7 Hühner
Guineapfeffer
3 kleine Maß Bohnen (3 kg)
6 Flaschen Bier
3 Flaschen Palmöl
Perlen
7 Flaschen *Soɖabì*
Metallarmreifen
Kolanüsse
roter Schleierstoff
1 Tontopf
500 FCFA

Insgesamt belaufen sich die Kosten auf 34 500 FCFA (293.- DM).

6. Glossar: *Ayizɔ-gbè* - Deutsch

abikún	geborene *vodúnsì*
acɛ̀	transzendentale Macht, Kraft
afɔ̀kiklɔ	Zeremonie des Füßewaschens (Bußzeremonie)
agbàn	Gabe
ahwan	Krieg
ahè	Nicht-Initiierte
ajɔ́lu	Vereinigung zur gegenseitigen Hilfe
Akassa	fermentierter Maisbrei; Wort aus dem afrikanischen Französisch, eigentlich *gìí*
akɔ	patrilineare Deszendenzgruppe, die sich von einem gemeinsamen mythischen Vorfahren ableitet
akɔwé	Sammelbegriff für Beamter, Schreibkundiger, Intellektueller
amà	Blätter, Heilkräuter
amàtɔ	Heiler
amàxixó	Handlung der religiösen Ankündigung
asigbàn	»Brautpreis«
Avá	*vodún* der *Ayizɔ*
àvún	Hund
awínyá	Schande
awuslàá	Wiedergutmachungszeremonie
axlan	Raffiakorb
àzé	Hexerei
àzétɔ	Hexe, Hexer
azɔ̀kwɛ́	»Tabakgeld«
azɔ̀n	Krankheit
bòó	Schutz- und Schadenzauber
bòó mà, vodún mà	Kräuter von *vodún*
bòótɔ	Spezialist zur Herstellung von *bòó*
bokɔnɔ	Interpret des *Fá*-Orakels
ɖ'álɔ	Hilfe
dokùnɔ	reicher Mensch
ɖò mɛ ta	Trance, im Kopf einer Person sein

e ɖa vodún	Metapher für erworbenen *vodún*
Fá	ein Orakel
Fɔn	herrschende Ethnie des Dahomey-Reiches
gàán	Würdenträger, Obmann, Befehlshaber
gbè	Sprache
gbɛ̀ɛ́	Spar- und Kreditring, tontine
gblèé gblèé	total verrottet, (moralische Verurteilung)
gló	Unverletzlichkeit
hɛnnu	patrilineare Verwandtschaftsgruppe
hun	Synonym für *vodún*
hunbonɔ	vertrauliche Anrede für *vodúnnɔ*
hundeva	Helfer, Boten bei der Initiation
hunfífɔ	Erweckungszeremonie
hungàán	Mittler zwischen König und *vodúnnɔ* (Chef des *vodún*, Spion)
hungbatɔ	Zerstörer der *vodún*
hunhɛ	Treffen für *vodún*
hunjɛ	ein zur Initiation designiertes Mädchen/Frau
hunjɔ	Initiand/Initiandin
hunkpámɛ	in der Einzäunung des *vodún*, Kloster
hun nunu	*vodún* trinken, Gottesurteil
huntɔ	Trommler für *vodún*
hunsixóxó	alte *vodúnsì*
hunsùɖiɖee	Handlung des Aussortierens, Initiation
hunxó	Geheimnis
húzú jìjɔ̀	Änderung des Charakters
jòónɔ̀	Fremder/Fremde
kɛnvi	Binsensack
kpàáta yɛsù	Kurzinitiation
mɛxó(lɛ)	Alte (Altenrat)

nùú	die »Sache«, Geheimnis (euphemisiert)
núsisɛ̀n	Religion, Kult, Verehrung
sɛ́	Schicksal
soɖabì	Palmweinschnaps
sù	Regel, Tabu
sùɖuɖu	Gebotsübertretung
taɖù	Verrücktheit
táyìnɔ̀	ältere Tante, weibliches Haupt der Verwandtschaftslinie
togbe	ein zur Initiation designierter Junge/Mann
tomɛ	Gabe für *vodún*
tɔ́xiɔ́	vodún; mythischer Ahne der Patrilinie
vodún	Gottheit, Gottheiten
vodúnɖómɛ	Verwünschung, Verfluchung
vodúnnɔ	*vodún*-Priester, »Besitzer« des *vodún*
vodúnsì	»Frau« des *vodún*, Initiierte/r
vodún zùnmɛ	Schrein
wɛnsagùn	Bote, Diener
xà nùú	Sache erzählen, dem Priester Unkeuschheit »beichten«
xòɖɛ̀	einem *vodún* Opfer mit Gebet bringen
xɔ́ntɔ̀n	Freund
xwé	Haus, »Haushalt«
xwètanu	jährliche Zeremonie für Ahnen und *vodún*
zàn lun lun	Binsenmatte

7. Literatur

Adams, John, 1966, (reprint von 1823), Remarks on the country extending from Cape Palmas to the River Congo, London

Adoukonou, Barthélemy, 1973, Manuskript ohne Titel, Ouidah

Adoukonou, Barthélemy, Band I, 1988, Vodun. Sacré ou violence? Thèse pour le Doctorat d'État, Université René Descartes, Paris

Adoukonou, Barthélemy, Band II, 1989, Vodun. Sacré ou violence? Thèse pour le Doctorat d'État Université René Descartes, Paris

Agbanou, V.K., o.J. (ca.1973), Initiations sociales et religieuses au Dahomey et au Togo, La Voix de St. Gall (éd.) Nr. 23, Ouidah (Dahomey)

Aguessy, Honorat, 1970, La divinité Legba, et la dynamique du panthéon vodoun au Danhome, in: Cahiers des religions africaines, Kinshasa, 7, 4, pp. 89-96

Ahohounkpanzon, Michel, 1986, Les effets socio-structurels de l'assistance technique en milieu rural en Afrique de l'Ouest, communication présenté au: Séminaire International, INFOSEC, Cotonou 20.-25.1.1986

Ahohounkpanzon, Michel, 1989, Aspects fonciers du développement agricole dans la province de l'Atlantique, in: Elwert et al. (eds.), Ländliche Regionalentwicklung, CARDER Atlantique, Evaluationsbericht, Band III

Ahohounkpanzon, Michel, 1990, L'expérience du Club du Jeunes Agriculteurs d'Ayou ou l'impossible stabilisation de la jeunesse rurale en temps de crise de l'économie paysanne, Sozialanthropologische Arbeitspapiere, Nr. 34, Berlin, Das Arabische Buch

Akstein, D. 1987, Bewegungstrance. Terpsichore Trancetherapie, eine neue Dimension der non-verbalen Therapie, in: Dittrich, A./Scharfetter, C. (Hrg.), Ethnopsychotherapie. Psychotherapie mittels außergewöhnlicher Bewußtseinszustände in westlichen und indigenen Kulturen, Stuttgart, Enke

Albert, Irene, 1991, Evaluation des stratégies individuelles et collectives des femmes rurales dans la Province de l'Atlantique en République Populaire du Bénin, Texte de Recherche no.2, Paris, Institut d'Étude du Développement Économique et Social

Antoine, Régis, 1986, L'histoire curieuse des monnaies coloniales, Nantes

Asad, Talal, 1983, Anthropological conceptions of religions: reflections on Geertz, in: Man (NS), 18, pp. 237-59

Awolalu, Omosade, 1972, Yoruba. Sacrificial practice, in: Journal of Religion in Africa, 1972, 4, pp. 81-93

Balandier, Georges, 1955, Sociologie actuelle de l'Afrique noir, Paris

Balz, Heinrich, 1984, Where the faith has to live. Studies in Bakossi society and religion, Part I, Living together, The Basel Mission

Barber, Karin, 1981, How man makes God in West Africa: Yoruba attitudes towards the Orisa, in: Africa 51, 3, pp. 724-44

Barber, Karin, 1990, Rezension zu Sandra Barnes': Africa's Ogun (1989), in: Journal of Religion in Africa, XX, 3, pp. 289-291

Barbier, Jean-Claude, 1997, Appartenances religieuses et catégories statistiques. L'exemple du Bénin, unveröffentlichtes Arbeitspapier, ORSTOM au Centre »Religions et Développement« du CBRST, Porto Novo
Barnes, Sandra T. (ed.), 1989, Africa's Ogun: Old world and new, Bloomington, Indianapolis, Indiana University Press
Barnes, Sandra T./ Gershick Ben-Amos, Paula, 1989, Ogun the empire builder, in: Barnes, Sandra T. (ed.), Africa's Ogun: Old world and new, Bloomington, Indianapolis, Indiana University Press
Barnes, Sandra T., 1991, Ritual, power and outside knowledge, in: Journal of Religion in Africa, XXI, 1, pp. 248-68
Bastide, Roger, 1972, La rêve, la transe et la folie, Paris, Flammerion
Baudin, R. P., 1884, Fétichisme et féticheurs, Lyon
Baumann, Heinrich und Westermann, Dietrich, 1957, Les peuples et les civilisations de l'Afrique, Paris, Payot
Beattie, John und Middleton, John (eds.), 1969, Spirit possession and society in Africa, London, Routledge and Kegan Paul
Blier, Suzanne Preston, o.J. (ca.1990), The path of the Leopard: Myth, history and motherhood in Danhome Dynastic Discourse, unveröffentlichtes Manuskript
Bloch, Maurice, 1974, Symbols, songs, dance and features of articulation: Is religion an extreme form of traditional authority? in: Archives Européenes de Sociologie, 15, pp. 55-81
Bohner, 1890, Im Lande des Fetisch, Basel
Borghero, Francois, 1881, Missions of Dahomey. Annals of the propagation of the faith, London
Bosmann, Willem, 1705, Description of the Coast of Guinea, divided into the Gold, the Slave and the Ivory Coast, London
Bouche, Abbé Pierre, 1874, Le Dahomey, in: Bulletin de la société de Géographie, Juin 1874, pp. 561-582
Bourguignon, Erika (ed.), 1973, Religion, altered states of consciousness and social change, Columbus, Ohio State University Press
Brand, Roger, 1973, Dynamisme des symboles dans les cultes Vodun, Thèse de 3e cycle, Paris, Bibliothèque du CARDAN
Brand, Roger, o. J. (ca.1973), Initiation de deux voduno, in: Agbanou, o.J., Initiations sociales et religieuses au Dahomey et au Togo, La Voix de St. Gall (éd.) Nr. 23, Ouidah (Dahomey)
Brenner, Louis, 1989, »Religious« discourses in and about Africa, in: Barber, Karin, P.E. de Moraes Farias (eds.), Discourse and its disguises. The interpretation of African oral texts, African Studies Series 1, Centre of West African Studies, Birmingham University
Burton, R. F., 1893, A mission to Gelele, King of Dahomey, vol. 2 , London

Cannon W.B., 1942, Voodoo Death, in: American Anthropologist, 44, pp. 169-81
Chesi, Gert, 1979, Voodoo. Afrikas geheime Macht, Wörgl, Perlinger Verlag
Chesi, Gert, 1980, Voodoo. Die Götter sind heimgekehrt, in: GEO, No.2, Februar

Chesi, Gert, 1989, Die Medizin der schwarzen Götter, Magie und Heilkunst Afrikas, Wien, Verlag Jugend und Volk
Cicourel, Aron, 1964, Method and measurement in sociology, New York
Clarke, Peter, B., 1986, West Africa and christianity, London, Arnold
Colson, Elizabeth, 1969, Spirit possession among the Tonga of Zambia, in: John Beattie and John Middleton, Spirit possession and society in Africa, London
Cox, Paul Alan/ Balik, Michael, 1994, Neue Medikamente durch ethnobotanische Forschung, in: Spektrum der Wissenschaft, 8, August 1994

D'Albéca, Alexandre L., 1885, La France au Dahomey, Paris, Hachette
Dalzel, Archibald, 1793, The history of Dahomey. An inland kingdom of Africa, London
Davis, Wade, 1986, Die Toten kommen zurück, München, Droemer
Delbée, 1671, Journal du voyage du Sieur Delbée, Paris
De Marees, Pieter, 1602, Description and historical account of the Gold Kingdom of Guinea, übers. und hrg., Albert van Dantzig und Adam Jones, Oxford, 1987
Devereux, Georges, 1973, Angst und Methode in den Verhaltenswissenschaften, München
Dittrich, A./Scharfetter, C. (Hrg.), 1987, Ethnopsychotherapie. Psychotherapie mittels außergewöhnlicher Bewußtseinszustände in westlichen und indigenen Kulturen, Stuttgart, Enke
Doctrina Christiana, 1658, Faksimilereproduktion im Anhang, in: Henry Labouret und Paul Rivet, Le Royaume d'Ardra et son évangélisation au XVIIe siècle, Institut d'Ethnologie, Paris, 1929
Douglas, Mary, 1974, Ritual, Tabu und Körpersymbolik, Frankfurt/Main, Fischer
Drewal, Margret Thompson, 1989 a, Performers, play and agency: Yoruba ritual process, Ann Arbor, Microfiche
Drewal, Margret Thompson, 1989 b, Dancing for Ogun in Yorubaland and in Brazil, in: Sandra T. Barnes (ed.), Africa's Ogun. Old world and new, Bloomington, Indiana University Press
Drewal, Henry, 1989, Art or accident: Yoruba body artists and their deity Ogun, in: Sandra T. Barnes (ed.), Africa's Ogun. Old world and new, Bloomington, Indiana University Press
Durkheim, Emile, 1960, Les formes élémentaire de la vie religieuse, Paris

Ehuzu (Tageszeitung), 1985, Combattons les cérémonies ruineuses (Leitartikel), vendredi 23.8.1985, Cotonou
Elwert, Georg, 1980, Die Elemente der traditionellen Solidarität. Eine Fallstudie aus Westafrika, in: Kölner Zeitschrift für Soziologie und Sozialpsychologie, 32, pp. 681-704, Opladen, Westdeutscher Verlag
Elwert, Georg, 1983, Bauern und Staat in Westafrika. Die Verflechtung sozioökonomischer Sektoren am Beispiel Bénin, Frankfurt/Main, Campus
Elwert, Georg, 1984, Die Verflechtung von Produktionen: Nachgedanken zur Wirtschaftsanthropologie, in: Ethnologie als Sozialwissenschaft, Sonderheft 26, Kölner Zeitschrift für Soziologie und Sozialpsychologie, Opladen, Westdeutscher Verlag

Elwert, Georg, 1985, Ehekonflikte als politische Konflikte. Die Entwicklung der Heiratsallianzen bei den Ayizo Bénins, Westafrika, in: G. Völger und K. v. Welck (Hrg.), Die Braut. Geliebt, verkauft, getauscht, geraubt. Zur Rolle der Frau im Kulturvergleich, Band 2, Köln, Rautenstrauch-Joest Museum

Elwert, Georg, 1992, Alter im interkulturellen Vergleich, in: Paul Baltes, Jürgen Mittelstraß (Hrg.), Zukunft des Alterns und gesellschaftliche Entwicklung, Berlin, New York, de Gruyter

Elwert, Georg, 1994, Feldforschung, Working Paper, 1, Fakultät für Kulturwissenschaften, Viadrina Universität, Frankfurt/Oder

Elwert, Georg/Elwert-Kretschmer, Karola , 1991, Mit den Augen der Béniner. Eine andere Evaluation von 25 Jahren Deutscher Entwicklungsdienst in Bénin, Berlin, Deutscher Entwicklungsdienst

Elwert, Georg/Wong, Diana, 1978, Structures agraires et procès de développement dans la province de l'Atlantique (Bénin), Bielefeld, vervielfältigter Evaluationsbericht

Elwert-Kretschmer, Karola, 1985, Haushalte zwischen Markt und Verwandtschaft, Saarbrücken, Breitenbach

Elwert-Kretschmer, Karola, 1986, »Befreit Euch von den Zwängen der traditionellen Religion.« Der Wandel der Vodun-Kulte in Bénin, West-Afrika, in: Journal für Geschichte, 1986, 6, pp. 48-59, Weinheim

Elwert-Kretschmer, Karola, 1995, Vodún et contrôle sociale au village, in: Politique africaine, Sonderheft, Le Bénin, No. 59, pp. 102-119

Falcon, Paul R.P., 1970, Religion du vodun, in: Études Dahoméenes,18-19, Porto Novo

Fanon, Frantz, 1961, Les damnés de la terre, Paris, Maspero

Firth, Raymond, 1959, Problem and assumption in an anthropological study of religion, in: Journal of the Royal Anthropological Institute 89, 2, pp. 129-148

Fisher, Humphrey J., 1973, Conversion reconsidered: Some historical aspects of religious conversion in Black Africa, in: Africa, XLIII, pp. 27-40

Floquet, Anne, 1993, Dynamique de l'intensification des exploitations au sud du Bénin et innovations endogènes. Un défi pour la recherche agronomique, Unveröffentlichte Dissertation, Universität Hohenheim

Forbes, Frederick, Band I und II, 1851, Dahomey and the Dahomeans, London, Longman

Frey-Nakonz, Regula, 1984, Vom Prestige zum Profit. Zwei Fallstudien aus Südbénin zur Intergration der Frauen in die Marktwirtschaft, Saarbrücken, Breitenbach,

Frey-Nakonz, Regula, 1991, Soldarität und soziale Sicherung bei den Aizo (Südbénin), in: Berg, Eberhard et al (Hrg.), Ethnologie im Widerstreit, München, Trickster

Freyer, Bryna, 1993, Asen. Iron altars from Ouidah. Washington D.C., National Museum of African Art

Geertz, Clifford, 1966, Religion as a cultural system, in: Michael Banton (ed.), Approaches to the study of religion, London, Tavistock Publications

Geschiere, Peter, 1995, Sorcellerie et politique en Afrique, Paris, Karthala

Gilli, Bruno, 1976, Heviesso et le bon ordre du monde, Mémoire pour l'obtention du Diplôme de l'École des Hautes Études en Sciences Sociales, Paris

Glélé, Maurice, 1974, Le Danxome: Du Pouvoir Aja à la Nation Fon, Paris

Goffmann, Erving, 1972, Asyle. Über die soziale Situation psychiatrischer Patienten und anderer Insassen, Frankfurt/Main, Suhrkamp

Greuter, Susy, 1979, Histoire économique, école et changements dans le milieu rural (une étude de cas dans le Sud-Bénin), Thèse de Doctorat, Zürich

Greuter, Susy, 1984, Paysans dans l'impasse (Etude de cas dans le Sud du Bénin), Bern, Peter Lang Verlag

Grohs, Elisabeth, 1990, Frauen und rituelle Macht am Beispiel der Zigua und Ngulu Ost-Tanzanias, in: Ilse Lenz/Ute Luig, Frauenmacht ohne Herrschaft, Berlin, Orlanda

Guéry, Michel, 1973, Christianisme Céleste. L'église. La vie spirituelle. Cotonou, Miméo

Hazoumé, Paul, 1937, Le pacte de sang au Dahomey, Paris, Institut de l'Éthnologie

Hazoumé, Paul, 1993 (1956), La révolte des prêtres, in: Présence Africaine, Sonderheft Vodun, Paris

Herskovits, Melville/ Herskovits, Francis, 1933, An outline of Dahomean religious belief, in: Memoirs of the Anthropological Association, 41, Menasha, Wisconsin

Herskovits, Melville, 1967 (1938), Vol. I und II, Dahomey. An ancient West African Kingdom, Evanston, Northwestern University Press

Höftmann, Hildegard, 1993, Grammatik des Fon, Leipzig und Berlin, Langenscheidt

Horton, Robin, 1971, African conversion, in: Africa 41, 2, pp. 85-108

Horton, Robin, 1975, On rationality of conversion, part I, in: Africa 45, No. 3, pp. 220-235

Horton, Robin, 1975, On rationality of conversion, part II, in: Africa 45, 4, pp. 373-398

Houngan, Christophe, 1983/84, La sorcière et sa calebasse, Mémoire de maîtrise en Sociologie-Anthropologie, Cotonou, Université Nationale du Bénin

Hountondji, Paulin, 1992, »Non, les cultures du Bénin ne sont pas des cultures du vaudou«, Colloque Internationale: »L'identité des peuples d'Amérique 500 ans après«, Saint-Domingue, 16.- 21.11.1992, République Dominiquaine

Idowo, Bolaji, 1962, Olódùmarè. God in Yoruba belief, London, Longman

Ilien, Albert/Jeggle, Utz, 1978, Leben auf dem Dorf. Zur Sozialgeschichte des Dorfes und Sozialpsychologie seiner Bewohner, Opladen, Westdeutscher Verlag

Jeggle, Utz, 1984, Verständigungsschwierigkeiten im Feld, in: ders. (Hrg.), Feldforschung. Qualitative Methoden in der Kulturanalyse, Tübingen, Tübinger Vereinigung für Volkskunde

Jilek, W.G., 1987, Veränderte Bewußtseinszustände in Heiltanzritualen nordamerikanischer Indianer, in: Dittrich, A./Scharfetter, C. (Hrg.), 1987, Ethnopsychotherapie. Psychotherapie mittels außergewöhnlicher Bewußtseinszustände in westlichen und indigenen Kulturen, Stuttgart, Enke

Johnson, Marion, 1970, The cowrie currencies of West Africa, in: Journal of African History, 11, pp. 17-49; 331-53

Kwadzo, Afelevo Stefano, 1930, Ein Bericht über den Yehwekultus der Ewe (bearb. und hrg. von Dietrich Westermann), in: Mitteilungen des Seminars für orientalische Sprachen der Friedrich-Wilhelm Universität zu Berlin

Labat, Jean-Batiste, 1731, Voyage du Chevalier des Marchais en Guinée, îles voisines et à Cayenne, fait en 1725, 1726 et 1727, 4 vols. Amsterdam

La Fontaine, Jean S., 1986, Initation. Ritual drama and secret knowledge across the world, Manchester, Manchester University Press

La Voix de St. Gall (Hrg.), o.J. (ca. 1970), Les funérailles chez nous, Bulletin d'information des Grands Séminaristes de Ouidah

Law, Robin, 1987, Concentrating power in pre-colonial West Africa. Ideologies of royal power: The concentration of political authority on the 'Slave Coast', 1680-1750, in: Africa. Journal of the International African Institute, 57, 3, pp. 321-44, London

Law, Robin, 1989, The slave-trader as historian: Robert Norris and the history of Dahomey, in: History in Africa, 16, pp. 219-35

Law, Robin, 1991a, The Slave Coast of West Africa 1550-1750, Oxford, Clarendon Press

Law, Robin, 1991b, Religion trade and politics on the Slave Coast: Roman catholic missions in Allada and Whydah in the 17th century, in: Journal of Religion in Africa, XXI, 1, pp. 42-77

Le Hérissé, A., 1911, L'ancien royaume du Dahomey, Paris

Lenz, Ilse/Luig, Ute, 1990, Frauenmacht ohne Herrschaft, Berlin, Orlanda

Lentz, Carola, 1988, »Von seiner Heimat kann man nicht lassen«. Migration in einer Dorfgemeinde in Ecuador, Frankfurt/Main, Campus

Leonhard A.G., 1906, The lower Niger and its tribes, London

Leonhardt, Manuela, 1994, Bauern, Bürokraten und Berater. Eine akteursorientierte Untersuchung zu Entstehung, Folgen und Transformation eines agroindustriellen Entwicklungsprojektes in Südbénin, Unveröffentliche Magisterarbeit, Institut für Ethnologie, Berlin

Lewis, Gilbert, 1987, Fear of sorcery and the problem of death by suggestion, in: Social Science of Medicine, 24, 12, pp. 997-1010

Lewis, Ioan, M., 1986, Religion in context. Cult and charisma, Cambridge, Cambridge University Press

Lindner, Rolf, 1984, Ohne Gewähr. Zur Kulturanalyse des Informanten, in: Utz Jeggle (Hrg.), Feldforschung. Qualitative Methoden in der Kulturanalyse, Tübingen, Tübinger Vereinigung für Volkskunde

Löffler, Irene, 1983, Vom Frauentausch zur Liebesheirat, in: Peripherie 13, pp. 38-44

Luhmann, Niklas, 1985, Soziale Systeme, Grundriß einer allgemeinen Theorie, Frankfurt/M., Suhrkamp

Luhmann, Niklas/ Fuchs, Peter, 1992, Reden und Schweigen, Frankfurt/Main, Suhrkamp

Luig, Ute, 1992, Besessenheit als Ausdruck von Frauenkultur in Zambia, in: Peripherie, 47/48, pp. 111-128

Mabetoa, P. 1992, Psychotherapeutic implications of ancestral veneration and spirit possession in Africa: The case of South Africa, unveröffentlichtes Manuskript

Maul, Andreas, 1990, Die Struktur subsistenzorientierter Ökonomie. Mangelwirtschaft und Saisonalität bei Bauern in Süd-Bénin, Gießen, Wissenschaftlicher Fachverlag

Maupoil, Bernard, 1961, La géomancie à l'ancienne Côtes des Esclaves, Paris, Institut d'Ethnologie

Mauss, Marcel, 1950, Effet physique chez l'individu de l'idée de mort suggérée par la collectivité, in: ders., Sociologie et Anthropologie, Paris, P.U.F.

Meillassoux, Claude, 1978, Die wilden Früchte der Frau. Über häusliche Produktion und kapitalistische Wirtschaft, Frankfurt/Main, Syndicat

Mercier, Pierre, 1954, The Fon of Dahomey, in: Daryll Forde (ed.), African Worlds, London, New York, Oxford University Press

Métreaux, Alfred, 1955, La comédie rituelle dans la possession, in: Diogène, 11, pp. 26-49, Paris

Middleton, John, 1960, Lugbara Religion, London

Middleton, John, 1987, Secrecy among the Lugbara, in: Kees Bolle (ed.), Secrecy in Religion, Leiden, Brill

Mondjannagni, Alfred C., 1977, Campagnes et villes au Sud de la République Populaire du Bénin, Paris, Mouton

Monfouga-Nicolas, Jaqueline, 1972, Ambivalence et cultes de possession, Paris, Anthropos

Montilus, Guérin, 1972, L'homme dans la pensée traditionnelle Fon, Cotonou, Mimeo

Morton-Williams, P., 1956, The Atinga Cult among the South-Western Yoruba: A sociological analysis of a witch-finding movement, in: Bulletin de l'IFAN Serie B, 18, 3-4, pp. 315-34

Nadig, Maya, 1986, Die verborgene Kultur der Frau. Ethnopsychoanalytische Gespräche mit Bäuerinnen in Mexiko, Frankfurt/Main, Fischer

Neher, A., 1962, A physiological explanation of unusual behavior in ceremonies involving drums, Detroit, University Press

Norris, R., 1789, Memoirs of the Reign of Bossa Ahadée, King of Dahomey, London

O'Dea, Th. F., 1964, Die fünf Dilemmas der Institutionalisierung der Religion, in: Friedrich Fürstenberg (ed.), Religionsoziologie, Neuwied, Luchterhand

Olivier de Sardan, Jean-Pierre, 1987, Analyse comparée de quatre systèmes de possession ouest-afriquaines, Unveröffentlichtes Manuskript

Olivier de Sardan, Jean-Pierre, 1992, Occultism and the ethnographic »I«, in: Critique of Anthropology, 12, 1, pp. 5-25, London, Newburry Park and New Delhi, Sage

Olivier de Sardan, Jean-Pierre, 1993, La surinterprétation politique. Les cultes de possession hawka du Niger, in: Jean-Francois Bayart (ed.), Religion et modernité politique en Afrique Noire, Paris, Karthala

Ortner, Sherry/Whitehead, Harriet, 1981, Introduction: Accounting for sexual meanings, in: dies. (eds.), Sexual meanings, Ann Arbor

Palau Marti, Montserrat, 1993, Société et religion au Bénin. Les Sàbé-Opara, République du Bénin, Paris, Maisonneuve/Larose

Parrinder, Geoffrey, 1954, African traditional religion, London

Parrinder, Geoffrey, 1961, West African religion, London

Parrinder, Geoffrey, 1989, Dahomey half a century ago, in: Journal of Religion in Afrika, Vol. XIX, 3, pp. 264-273

Parsons, Talcott, 1951, The social System, Glencoe, Illinois

Peel, J.D.Y., 1968 a, Aladura: A religious movement among the Yoruba, London, Oxford University Press

Peel, J.D.Y., 1968 b, Syncretism and religious change, in: Comparative Studies in Society and History 10, pp. 121-41

Pfeiffer, Verena, 1988, Agriculture au Sud-Bénin. Passé et perspective, Paris, Harmattan

Pike, Keneth, 1967, Language in relation to unified theory of human behaviour, The Hague, Mouton

Polanyi, Karl, 1968, Dahomey and the slave trade, London and Seattle

Présence Africaine (ed.), 1993, Sonderheft Vodun, Paris

Pruneau de Pommegorge, 1789, Description de la Nigrité, Nachdruck in: Études Dahoméenes 19, 1957, pp. 63-84, Porto Novo, Centre IFAN

Quénum, Maximilien, 1983 (1922), Au pays des Fon. Us et coutumes du Dahomey, Paris

Ranger, Terence/ Kimambo I. (eds.), 1972, The historical study of african religion, Berkeley and Los Angelos, University of California Press

Relation du Royaume de Judas en Guinée, unveröffentliches, undatiertes Manuskript (ca.1714) im Archives d'Outre-Mèr, Aix-en-Provence: Dépôt des Fortifications des Colonies, Côtes d'Afrique, Ms 104

République Populaire du Bénin, 1975, Libérons-nous de l'étau féodal, Discours du Président de la République à la clôture de la conférence des cadres et agents de commandement, Abomey, le 20. Dec. 1975

Rosaldo, Michele Zimbalist, 1974, Women, culture and society: A theoretical overview, in: M. Rosaldo and L. Lamphère (eds.) Women, culture and society, Stanford

Rouget, Gilbert,1990, La musique et la transe. Esquisse d'une théorie générale des relations de la musique et de la possession, Paris, Édition Gallimard

Saulnier, Pierre, 1973, Recherches sur les Vodun Ḍan à partir des noms individuels de ses vodunsi, Bulletin de l'Institut Fondamental d'Afrique Noir (Dakar) 37, 2, pp. 358-87

Saulnier, Pierre, 1974 a, Le Vodun Dan. A partir des noms individuels, Porto Novo

Saulnier, Pierre, 1974 b, Le Vodun Sakpata. A partir des noms individuels, Porto Novo

Sault, Nicole L., 1985, Baptismal sponsorship as a source of power for Zapotec Women in Oaxaca, Mexico, in: Journal of Latin American Studies, 11, 2, Los Angeles

Schaefer, Susanne, 1994, Trance. Untersuchung eines Phänomens am Beispiel des Voudoun in Haiti und anhand relevanter westlicher Therapieformen, unveröffentlichte Diplomarbeit, Psychologisches Institut der Freien Universität, Berlin

Schlegel, Alice (ed.), 1977, Toward a theory of sexual stratification, in: A. Schlegel (ed.), Sexual stratification. A cross cultural view, New York

Schindler, Norbert, 1982, Freimaurerkultur im 18. Jahrhundert. Zur sozialen Funktion des Geheimnisses in der entstehenden bürgerlichen Gesellschaft, in: Berdahl/Lüdtke/Medick et al., Klassen und Kulturen, Sozialanthropologische Perspektiven in der Geschichtsschreibung, Frankfurt/Main, Syndikat

Ségbénou, René, 1982, Grundlage zum Verständnis des Frauenproblems im südlichen Teil Westafrikas, Arbeitspapier No. 19, Universität Bielefeld

Segurola, B., 1968, Dictionnaire Fon-Francais, Porto Novo

Séhouéto, Lazare, 1994, Savoirs locaux ou savoirs localisés, unveröffentlichte Dissertation, Institut für Ethnologie, Freie Universität, Berlin

Shaw, Rosalind, 1985, Gender and the structuring of reality in Temne divination: An interactive study, in: Africa 55, pp. 286-303

Sigrist, Christian, 1967, Regulierte Anarchie, Olten, Freiburg, Walter Verlag

Simshäuser, Ulla, 1995, Die Inszenierung von Gesundheit. Das Beispiel der Volksrepublik Bénin, unveröffentlichte Dissertation, Fakultät für Soziologie, Universität Bielefeld

Skertchly, J.A., 1874, Dahomey as it is, London

Snelgrave, William, 1734, A new account of some parts of Guinea and the slave trade, London

Soares de Souza, G., 1879, Trafado descriptivo do Brasil in 1578, Rio de Janeiro

Soglo, Gilles, 1986, Gu, Dieu des forges: culte et rite, in: Cahiers des archives du sol, Publication de l'équipe de recherche archéologique de Univ. Nationale du Bénin, No.1

Spieth, J., 1911, Die Religion der Eweer in Süd-Togo, Leipzig, Dieterich'sche Verlagsbuchhandlung

Spindel, Carol, 1989, In the shadow of the sacred grove, New York, Vintage Departures

Spittler, Gerd, 1980, Konfliktaustragung in akephalen Gesellschaften: Selbsthilfe und Verhandlung, in: Erhard Blankenburg u.a. (eds.), Alternative Rechtsformen und Alternativen zum Recht, Opladen, Westdeutscher Verlag

Spring, Anita, 1978, Epidemiology of spirit possession among the Luvale of Zambia, in: Hoch-Smith A./Spring A. (eds.), Women in ritual and symbolic roles, New York, London, Plenum Press

Statistisches Bundesamt Wiesbaden (Hrg.), 1986, Statistik des Auslandes. Länderbericht Bénin, Stuttgart und Mainz, Kohlhammer

Sulikowski, Ulrike, 1990, Voodoo, Zombies, Zauberei. Über Horrorfilm und Fremddarstellung, in: Christa Blümlinger (Hrg.), Sprung im Spiegel. Filmisches Wahrnehmen zwischen Fiktion und Wirklichkeit, Wien

Sulikowski, Ulrike, 1993 a, »Sie geben eine Party für die Götter und die Götter kommen.« Überlegungen zu Vodun, Besessenheitskulten und dem Diskurs über Afrika, in: Thomas Fillitz et al. (Hrg.), Kultur, Identität und Macht, Frankfurt/Main, Iko

Sulikowski, Ulrike, 1993 b, »Eating the flesh, eating the soul«. Reflections on politics, sorcery and vodun in contemporary Bénin, in: Jean-Pierre Chrétien et al. (eds.), L'invention religieuse en Afrique Noire, Paris, Karthala

Surgy de, Albert, 1994, Nature et fonction des fétiches en Afrique Noire. Le cas du Sud-Togo, Paris, l'Harmattan

Tall, Emmanuelle Kadya, 1995 a, Dynamique des cultes voduns et du Christianisme Céleste au Sud-Bénin, Cahier des Sciences Humaines, XXXI, 4, pp. 797-823, ORSTOM

Tall, Emmanuelle, Kadya, 1995 b, De la démocratie et des cultes voduns au Bénin, in: Cahier d'Études africain, 137, XXXV, 1, pp. 195-208

Thoden van Velzen, Bonno, 1977, Bush Negro regional cults: A materialist explanation, in: Richard Werbner (ed.), Regional cults, London, Academic Press

Uexküll, Th. von, 1979, Lehrbuch der Psychosomatik, München, Wien, Baltimore, Urban/Schwarzenberg

van Binsbergen, Wim/ Buijtenhuijs, Robert (eds.), 1976, Religious innovation in modern african society, in: African Perspectives, 2, Leiden, African Studies Centre

van Binsbergen, Wim, 1981, Cults of affliction in town and the articulation of modes of production, in: ders. Religious change in Zambia. Exploratory studies, London, Kegan Paul

Varnhagen, F. A. 1875, Historia Geral do Brasil

Vendeix, 1928, Étude sur les couvents fétichistes au Dahomey, in: Comité d'études historiques et scientifiques de l'Afrique Occidentale Francaise, Bulletin 11, 4, pp. 642-646, Dakar

Verger, Pierre, 1951, Une sortie de Lyano dans un village Nago au Dahomey, in: Études Dahoméennes, 6, pp. 11-26, Porto Novo

Verger, Pierre, 1954 a, Dieux d'Afrique. Culte des Orishas et Vodouns á l'ancien Côte des Esclaves en Afrique et á Bahia, la Baie de tous les Saints au Brasil, Paris, Hartmann

Verger, Pierre, 1954 b, Rôle joué par l'état d'hébétude au cour de l'initiation des novices aux cultes des Orishas et des Vodoun, Bulletin de l'Institut Francais d'Afrique Noir, XVI, 3-4, pp. 322-340

Verger, Pierre, 1957, Notes sur le culte des Orisha et Vodun, Dakar, IFAN

Verger, Pierre, 1965, Les religions traditionnelles africaines, sont-elles compatibles avec les formes actuelles de l'existence? in: Dénise Paulme (ed.) Rencontre internationales de Bouaké, Les religions africaines traditionnelles, Paris, Éditions du Seuil

Watson-Franke, Maria-Barbara, 1985, Production and the status of women: An anthropological interpretation of historical materialism, in: Anthropos, 80, pp.1-14

Weber, Max, 1976, Wirtschaft und Gesellschaft, Tübingen, Mohr

Weickmann, Christoph, 1659, Exoticophylacium Weickmannianum, Ulm

Werbner, Richard P. (ed.), 1977, Regional cults, ASA Monograph, No. 16, London, Academic Press

Wesel, Uwe, 1985, Frühformen des Rechts in vorstaatlichen Gesellschaften, Frankfurt/ Main, Suhrkamp

Westermann, Dietrich, 1930, Afrikanische Studien, in: Eugen Mittag (Hrg.), Mitteilungen des Seminars für orientalische Sprachen, 33, Berlin

Westermann, Dietrich, 1935, Die Glidyi - Ewe in Togo, Berlin, de Gruyter

Whyte, Martin King, 1978, The status of women in preindustrial societies, Princeton

Wong, Diana, 1987, Peasants in the making. Malaysia's Green Revolution, Singapore, ISEAS

Yai, Olobiyi B., 1993, From Vodun to Mawu: Monotheism and history in the Fon cultural area, in: Jean-Pierre Chrétien (ed.), L'invention religieuse en Afrique, Paris, Karthala

Yoder, J.C., 1974, Fly and Elephant parties: Political polarizations in Dahomey 1840 - 1870, in: Journal of African History, XV, 3, pp. 417-432

Zempleni, Andreas, 1967, Sur l'alliance entre personne et le rab dans le N'döp, in: Psychopathologie africain, III, 3

Ziemer, Klaus, 1982, West- und Zentralafrika: Grundstrukturen und länderübergreifende Problemstellungen, in: F. Nohlen/ D. Nuscheler, Handbuch der Dritten Welt, Bd. 4, Hamburg